Paul Harding · Tödliches Rätsel

Paul Harding

Tödliches Rätsel

Kriminalroman
aus dem mittelalterlichen London

Aus dem Englischen
von Rainer Schmidt

Eichborn.

Für Kathie und Peter Gosling
Vielen Dank für all Eure Hilfe

CIP-Einheitsaufnahme

Harding, Paul:
Tödliches Rätsel : Kriminalroman aus dem mittelalterlichen London / Paul Harding. Aus dem Engl. von Rainer Schmidt. – Frankfurt am Main : Eichborn, 1998
ISBN 3-8218-0370-3

Titel der Originalausgabe: THE ASSASSIN'S RIDDLE

Lektorat: Susanne Aeckerle, Doris Engelke.
Umschlaggestaltung: Christina Hucke unter Verwendung einer Illustration von Bill Gregory
Satz: Fuldaer Verlagsanstalt, Fulda.
Druck und Bindung: Wiener Verlag, Himberg.
ISBN 3-8218-0370-3

Verlagsverzeichnis schickt gern:
Eichborn Verlag, Kaiserstraße 66, D-60329 Frankfurt am Main
http://www.eichborn.de

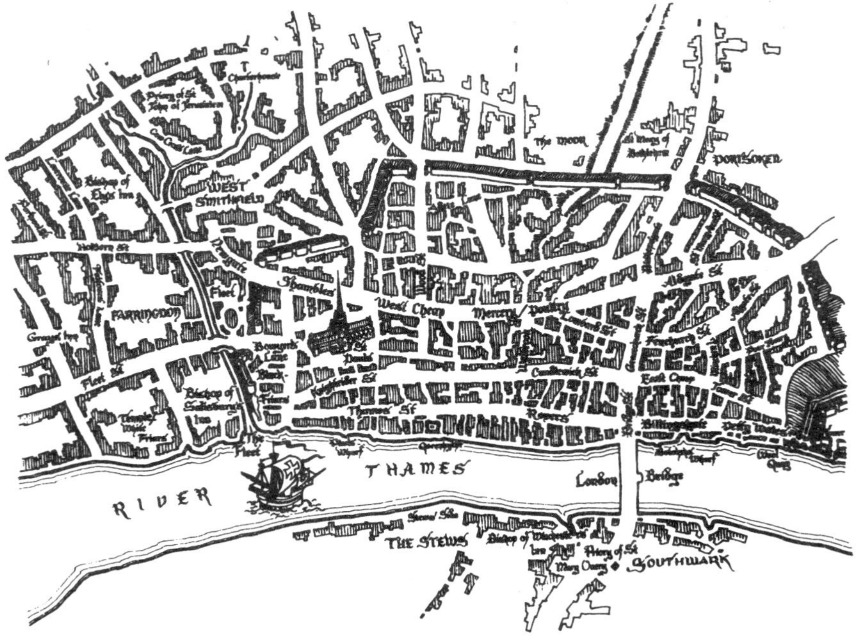
WEST SMITHFIELD
FARRINGDON
Holborn St
Fleet St
Newgate
Shambles
Fleet
West Cheap
Mercery
Poultry
Lombard St
Fenchurch St
Aldgate St
East Cheap
Candlewick St
Thames St
Ropery
Billingsgate
Bishop of Ely's Inn
Bishop of Salisbury's Inn
Priory of St John of Jerusalem
Charterhouse
Cow Cross Lane
Temple
White Friars
Black Friars
The Fleet
Bowyer's Lane
The Moor
All Hallows
PORTSOKEN
London Bridge
THAMES
RIVER
THE STEWS
Bishop of Winchester's Inn
Priory of St Mary Overy
SOUTHWARK

Prolog

Edwin Chapler, Schreiber in der Kanzlei vom Grünen Wachs, saß in der kleinen, muffigen Kapelle, die mitten auf der London Bridge stand. Draußen war die Sonne untergegangen, aber der Himmel war noch blutrot. So leuchteten die Sterne nur blaß, und die Einwohner von London hatten einen Vorwand, weiter Handel zu treiben, zu spielen oder Arm in Arm am Flußufer entlangzuspazieren. Schenken und Herbergen waren voll. Die Lieder aus den Bierkneipen hallten durch das Gewirr der Straßen. Leiden und Hunger des Winters waren jetzt vergessen; die Ernte war gut gewesen, und auf den Märkten herrschte geschäftiges Treiben. Edwin Chapler aber war das Herz schwer, und so würde es jedem Mann ergehen, wenn er der Wahrheit ins Auge schauen müßte und sie doch niemandem erzählen könnte. Er schaute sich in der Kapelle um. Am vorderen Ende war der kleine Chor, zur Linken stand ein Marienaltar und zur Rechten eine große Statue von St. Thomas à Becket, dem ein Schwert grotesk in den Schädel getrieben war.

»Ich sollte im ›Bäckerdutzend‹ sitzen«, flüsterte Chapler. »Sollte einem Fiedler zuhören und mich fragen, ob Alison wohl zu seiner Musik tanzen könnte.«

Er war hergekommen, wie er es oft tat – um Anleitung zu suchen. Aber er konnte nicht beten. Er öffnete den Mund, doch es kam kein Wort heraus. Er schaute hinauf zu dem buntbemalten Glasfenster. Im rasch verblassenden Licht des Tages wand sich der gemarterte Christus an seinem Kreuz.

Chapler wandte den Blick wieder ab. Hier drin war es kalt, und er war ganz allein; es könnte noch Tage dauern, bis er endlich einen Entschluß faßte. Lautloses Grauen ergriff ihn. Wenn er nun gar nichts unternähme und es entdeckt würde? Chapler schluckte angestrengt. Vor zwei Sommern hatte er gesehen, wie ein Mann wegen Verrats hingerichtet wurde, ein Schreiber, der Geheimnisse an die Spanier verkauft hatte. Chapler schloß die Augen, aber die grausige Szene wollte nicht vergehen: die schwarz verhangene Plattform, die Fleischbank unter dem hoch aufragenden Galgen in Tyburn. Man hatte den unglückseligen Schreiber abgeschnitten und von der Gurgel bis zum Unterleib aufgeschlitzt, wie eine Hausfrau es mit einem Huhn macht. Dann hatte man ihm den Kopf abgehackt und den Leib gevierteilt, um ihn in Pech zu kochen und über dem Stadttor zur Schau zu stellen.

Fröstelnd spähte Chapler durch das Halbdunkel. Die beiden Kerzen, die er vor der Figur des Hl. Thomas angezündet hatte, glühten wie feurige Augen. Dunkelheit drängte herein. Chapler hatte das Gefühl, daß eine böse Macht in der Nähe lauerte, bereit, ihn anzuspringen wie eine monströse Katze. Die donnernden Hufe eines Pferdes draußen ließen ihn zusammenfahren. Chapler erinnerte sich, weshalb er hier war. Man hatte ihn hinreichend davor gewarnt, den Mund aufzumachen. Er war in den Stall gekommen, und sein Pferd hatte sich in Schmerzen gewunden. Ein mitfühlender Stallknecht hatte sich bereitgefunden, das Tier von seinem Leiden zu erlösen. Als man den Kadaver zum Abdecker geschleift und den Bauch aufgeschnitten hatte, da hatte man darin nicht Heu und Stroh, sondern Angelhaken und stachlige Distelblätter gefunden. Chapler hatte sich beschwert, aber der Wirt mit dem fettglänzenden Gesicht, dem der Stall gehörte, hatte nur die Achseln gezuckt.

»Gebt mir nicht die Schuld!« hatte er geblafft. »Die Pferde sind hier gut versorgt. Seht Euch um, Meister, seht Euch nur um! Weshalb, um Himmels willen, sollten wir ein armes Pferd mit Angelhaken und Disteln füttern?«

Chapler hatte ihm beigepflichtet und war weggegangen. Ein Feind hatte es getan. Wieder schloß er die Augen und ballte die Fäuste, als er neben dem Pfeiler niederkniete. Ein Geräusch über ihm ließ ihn zusammenschrecken. Entsetzt riß er die Augen auf, als er die schwarze Gestalt erblickte, die unter den wuchtigen Deckenbalken schwebte. Angstvoll stöhnte er auf. Ein Dämon? Eine finstere Seele, die ihn jagte? Der schwarze Schatten kehrte um, und fedrige Schwingen schlugen sanft durch die Luft. Chapler entspannte sich: Es war nur ein Rabe, einer der großen schwarzen Vögel, welche die London Bridge heimsuchten und auf den Pfeilersockeln unten nach Aas stöberten oder – noch besser – auf die abgeschlagenen Köpfe von Verbrechern und Verrätern warteten, die hier auf Stangen gesteckt wurden. Anscheinend war der Rabe hier hereingeflogen und fand den Ausgang nicht mehr. Chapler beobachtete ihn neugierig. Der Vogel krächzte nicht, sondern flatterte auf ein Fenstersims und pochte mit dem gelben Schnabel gegen das horngefaßte Glas. Dann drehte er sich wieder um. Chapler vermutete, daß der Rabe ihn betrachtete. Ein Vorzeichen? Ein Teufel? Er überlegte, ob er die Tür aufmachen sollte, um zu sehen, ob das Tier hinausflog, aber er konnte sich nicht rühren. Eigentlich lohnte sich die

Mühe auch nicht; zumindest leistete der Vogel ihm Gesellschaft. Der Rabe krächzte, als könne er seine Gedanken lesen, und drehte den Kopf zur Tür. Seufzend wollte Chapler sich aufrappeln, als die Tür krachend aufflog. Der Rabe krächzte triumphierend, schwebte hinunter und hinaus ins schwindende Licht. Chapler achtete nicht auf ihn, hatte nur Augen für die Schattengestalt, die in die Kirche geschlurft kam.

»Wer bist du?« rief er.

Die verhüllte Gestalt antwortete nicht. Statt dessen blieb sie vor dem Christophorus-Altar stehen, der sich gleich neben dem Eingang befand. Eine Münze fiel in einen Kasten, ein Kienspan wurde angezündet, eine brennende Kerze auf einen eisernen Dorn vor der Statue des Schutzheiligen der Reisenden gesteckt. Die Gestalt drehte sich um. Es war eine Frau. Ihr zottiges Haar fiel unter der Krempe ihres spitzen Hutes hervor und lag in struppigen Locken auf ihren Schultern. Schlurfend kam sie näher. Chapler erkannte ein runzliges Gesicht, glitzernde Knopfaugen und fest zusammengepreßte Lippen, die zwischen den Falten der Wangen fast verborgen waren. Er seufzte erleichtert auf. Es war nur die alte Harrowtooth, eine Hexe, eine weise Frau, die in einer schäbigen Behausung weiter unten an der Brücke wohnte. Man nannte sie Harrowtooth – Eggenzahn –, weil ein einzelner vorstehender Zahn wie der Zinken einer Egge über ihre Unterlippe hinunterragte.

»Ich bete gern über dem Wasser«, krächzte die alte Harrowtooth und lächelte gezwungen. »Ein guter Ort zum Beten, sage ich. Immer still. Gottes Wasser unter mir, Gottes Himmel über mir.« Ihre Klauenhand schloß sich um Chaplers Handgelenk. »Und es tut immer gut, wenn man sieht, wie ein stattlicher junger

Mann seine Gebete spricht. So manchen jungen Mann hab' ich im Leben gesehen«, plapperte sie weiter. »Ich erinnere mich an einen hier, der mich mit Flüchen vertreiben wollte, als ich ihn um eine Münze bat.« Sie schob ihr häßliches Gesicht dichter an seines heran. »Krank ist er geworden, ein Fieber hat er bekommen, und schrecklicher Durst wütete in seiner Kehle. Trotzdem wagte er nicht, sich die Lippen zu befeuchten, denn er ertrug es nicht mehr, das Wasser zu hören oder zu fühlen.«

Chapler zog die Hand weg, öffnete seine Börse und reichte ihr einen Penny.

»Gott segne dich, mein Herr.« Sie hielt die Münze in die Höhe. »Gott segne dich. Ich komme herein und gebe einen Farthing für eine Kerze aus, und wie es aussieht, gehe ich reicher wieder hinaus. Wer sagt da, daß Gott unsere Gebete nicht erhört?« Die schmalen Schultern der Alten bebten vor Lachen. Sie öffnete die Tür und drehte sich noch einmal um. »Ein Wort der Warnung, junger Mann.« Ihre Stimme klang jetzt rauh und überraschend stark. »Der Rabe ist ein Vorbote des Unheils!« Sie schlug die Tür hinter sich zu.

Chapler kehrte zu seinem Pfeiler zurück und kauerte sich nieder. Trotz der Erscheinung der alten Harrowtooth war ihm gelassener zumute, als habe er einen Entschluß gefaßt. Wenn er tat, was recht war, wenn er tat, was sich gehörte, würde ihm nichts geschehen, und alles würde gut werden. Er blieb noch eine Weile und überdachte, was er tun würde. Er sank auf die Knie. Jetzt, da seine Seele ruhig war, konnte er beten. Vielleicht sollte er auch noch eine Kerze anzünden, bevor er ginge? In seiner Andacht versunken, hörte Chapler nicht, wie die Tür sich leise öffnete.

Die Schattengestalt kam schnell wie eine Spinne

heran, huschte über die Steinplatten, und man hörte keinen Laut, bis die eisenbeschlagene Keule Chaplers Hinterkopf zerschmetterte und der junge Mann zu Boden fiel, während ihm das Blut aus dem Mund floß.

Die Gestalt bückte sich und schleifte ihn hinaus auf die Stufen vor der Tür. Dort verharrte der Mörder. Niemand war in der Nähe. Es war dunkel geworden, und die Geschäfte des Tages waren beendet. Er hob Chapler auf, als sei das Opfer ein Freund, der zuviel getrunken hatte, und eilte mit ihm seitlich um die Kirche herum zum Brückengeländer. Hier konnte man ihn nicht sehen. Strebpfeiler der Kapelle ragten zu beiden Seiten heraus und schirmten ihn vor fremden Blicken ab. Er wuchtete Chaplers Leichnam auf das Geländer und kippte ihn dann wie einen Sack hinunter in den Fluß, der unten schäumte.

Drei Abende später, als der Fluß mit voller Kraft dem Meer zuströmte, löste sich eine lange Barke von St. Paul's Wharf und überquerte die wogende Flut. Verhüllte Gestalten stakten die Barke voran, und im Bug und im Heck standen weitere, ähnlich gekleidete und hielten Fackeln in den Händen. In der Mitte der Barke saß der Menschenfischer, die Kapuze zurückgeschlagen, und starrte mit lidlosen Augen über den Fluß. Er suchte nach Leichen. Er und die Seinen, die Ausgestoßenen von London, wurden von der Gemeinde nach einem festen Gebührensatz für jede Leiche bezahlt, die sie aus dem Wasser zogen – eine bestimmte Summe für einen Unfalltoten, eine andere für einen Selbstmörder. Den höchsten Preis erzielte natürlich ein Mordopfer. Der Menschenfischer, der sein gespenstisches, birnenförmiges Gesicht zum Schutz vor dem kalten Wind auf dem Fluß sorgfältig eingefettet hatte, gurrte ein Wiegenlied, während er das Wasser absuchte.

»Es wird Leichen geben«, murmelte er. »Schaut nur angestrengt und lange hin, meine Hübschen!«

Die wenigen Barken und Kähne, die auf dem Fluß unterwegs waren, machten einen weiten Bogen um sie. Der Menschenfischer war nicht beliebt, und besonderen Schrecken besaß er für diejenigen, die an der Themse arbeiteten. Überall in den Schenken und Bierstuben munkelte man, daß der Menschenfischer und seine Kumpane sich nicht zu schade seien, auch selbst für die Opfer zu sorgen, die sie dann aus der Themse fischten. Jeder Bootsmann zwischen Southwark und Westminster betete unablässig zu seinem Schutzpatron, sein Leichnam möge nicht vom Menschenfischer gefunden und in seine seltsame Kapelle geschafft werden, wo er in einem Behelfssarg liegen würde, bis man ihn identifiziert hätte.

Heute nacht war der Fischer voller Hoffnung. Vor zwei Tagen hatten sie die Leiche eines Betrunkenen und die eines Brabanter Matrosen, der in einer Wirtshausprügelei ums Leben gekommen war, aus dem Wasser gefischt. Sir John Cranston, der dicke Coroner der Stadt, hatte sie gut bezahlt. Jetzt war der Menschenfischer wieder auf der Jagd.

»Ah ja, meine Hübschen!« wisperte er und zitierte falsch aus der Totenmesse. »Gedenket jenes schrecklichen Tages, da die Erde ihre Toten herausgeben wird und die Flüsse Gottes ihre Geheimnisse.«

Dann bellte er einen Befehl, und die Barke fuhr einen Bogen, um einem Mistkarren auszuweichen, der am Rande der Fleet stand und den Kot und Müll der Stadt einfach in den Strom kippte. Die Mistsammler fluchten und machten ein Zeichen zum Schutz vor dem Bösen Blick, als die grausige Barke des Menschenfischers vorüberglitt.

»Steuert auf die Uferböschung zu«, befahl der Menschenfischer. Er deutete auf die Stelle, wo der Fluß eine Biegung machte, ehe er nach Westminster weiterrauschte.

»Bist du sicher, Meister?« fragte Ichthys, der beste Schwimmer des Menschenfischers. »Sollten wir nicht in der Strommitte bleiben?«

»Nein, nein«, antwortete der Fischer. »Ich kenne den Fluß, da fließt er zu schnell. Leichen aus Southwark oder von der London Bridge werden hier ins Schilf geschwemmt.«

Die Barke wendete, die Pechfackeln flackerten und knisterten im Abendwind. Der Menschenfischer griff zu seiner Handglocke und läutete sie. Ominös hallte ihr Klang über den Fluß und warnte andere davor, näherzukommen. Die Barke steuerte dichter ans Ufer.

»Ich sehe einen!« schrie ein Ausguck. »Meister, ich sehe einen! Da, im Schilf!«

Der Menschenfischer spähte durch das Dämmerlicht. Für ihn war es immer noch hell genug. Er suchte das Schilf ab, und dann sah auch er es: den Schimmer einer Gürtelschnalle und noch etwas anderes.

»Fahrt näher heran!«

Die Barke tat es. Ichthys sprang ins Wasser. Er schwamm wie ein Fisch, und »Fisch« bedeutete ja auch sein Name. Und bald hatte er Edwin Chaplers vom Wasser aufgedunsenen Leichnam, der da dümpelte, gepackt. Er sah das verquollene Gesicht, die starren Augen und den blutverkrusteten Mund.

»Ein Toter!« krähte Ichthys. »Meister, wir haben einen Toten gefunden!«

In der Ratcat Alley, gleich hinter der Watling Street im Schatten der turmhohen Massen der St. Paul's-Kathedrale, war auch Bartholomew Drayton, ein Geldverleiher, der in dem Ruf stand, so schlecht wie der Satan zu sein, kurz davor, dem Tod ins Auge zu sehen. Drayton lag auf dem Boden in seinem Kontor und stöhnte in Todesqualen, denn ein Armbrustbolzen mit Widerhaken saß tief in seiner Brust. Er wälzte sich auf die Seite und schaute zur Tür, aber er konnte unmöglich die zahlreichen Riegel zurückschieben oder die Schlüssel in den drei großen Schlössern umdrehen. Drayton schloß die Augen und ächzte. Er war immer so stolz gewesen auf diese Tür. Sechs Zoll dick, mit stählernen Angeln, außen von starken Messingnägeln geschützt – für ihn erwies sie sich nun als tödlich. Er hatte sich stets sicher geglaubt, hier unten in seinem Kontor. Hier konnten keine Diebe einbrechen, und keiner seiner habgierigen Schreiber konnte sich nehmen, was der Geldverleiher im Laufe der Jahre zusammengetragen hatte. Keine Fenster. Nicht einmal eine Schießscharte. Und am Ende erwies sich nun alles als nutzlos. Drayton, ein alter Soldat aus den Frankreich-Kriegen des Königs, wußte, daß er sterben würde. So seltsam – hier in dieser Gewölbekammer. Er starrte auf die Wand am hinteren Ende. Vielleicht war es richtig so. Die Gereichtigkeit hatte ihn eingeholt. Er schloß die Augen. Die Beine und die Füße wurden ihm so kalt.

Wie Chapler, versuchte auch Drayton zu beten, aber ihm fielen nur die Worte aus der Heiligen Schrift über jenen reichen Mann ein, der seine Scheuern gefüllt hatte und sich nun auf ein Leben des Schmausens und der Fröhlichkeit freute. »Narr!« hatte Gott da gedonnert. »Weißt du denn nicht, daß der Ruf erging nach deiner Seele?« Drayton murmelte ein Gebet. Er hatte noch Zeit, Gott um Verzeihung zu bitten, aber wie stand es mit dem anderen Verbrechen? Drayton drehte sich auf die andere Seite. Mit all seinen schwindenden Kräften versuchte er, zur hinteren Wand zu kriechen und sie zu berühren. Ja, wenn er sie berühren könnte, dann könnte er um Vergebung bitten. Aber er war nur ein paar Handbreit vorangekommen, als der Schmerz ihn überwältigte. Kälte strömte in seinem Körper herauf, und Bartholomew Drayton gab seine Seele auf.

Eins

Sir John Cranston, der Coroner der Stadt London, balancierte seine Leibesfülle auf einem Schemel, schob die Biberfellmütze in den Nacken und wischte sich über das rote, glänzende Gesicht. Zu gern hätte er den wunderbaren Weinschlauch unter seinem Mantel hervorgezogen, aber er war nicht sicher, in welcher Stimmung sein Secretarius war, der Dominikanerbruder Athelstan, der am anderen Ende des Zimmers saß. Athelstan war still – noch stiller als sonst. Das schmale, olivhäutige Gesicht unter dem schwarzen Haar mit der Tonsur war regungslos, und seine sonst lächelnden Augen blitzten ziemlich streng. Er hatte die Hände in die Ärmel seiner weißen Kutte geschoben und nagte an der Unterlippe.

Er ist nicht gern hier, dachte Cranston. Er wäre lieber drüben am anderen Ufer in St. Erconwald, bei seiner verdammten Pfarrgemeinde. Der Coroner betrachtete die Miene des Freundes aufmerksam. Athelstan hatte noch nicht einmal Zeit gehabt, sich zu rasieren oder zu frühstücken. Er hatte eben die Morgenmesse gelesen, als Cranston ihn gerufen hatte.

»Du mußt kommen, Bruder«, hatte der Coroner gedrängt und auf den großen Kater gedeutet, der mit Athelstan in der Kirche ein und aus ging. »Bonaventura kann St. Erconwald bewachen. Wirf dem alten Philomel ein bißchen Heu vor. Ich möchte ein Geheimnis aufdecken, welches sogar deinen Verstand auf eine harte Probe stellen wird. Der meine ist jedenfalls ratlos.«

Athelstan war schnell und schweigend gefolgt, und sie waren über die London Bridge und durch das Gedränge zum Haus des Wucherers Bartholomew Drayton in der Ratcat Alley marschiert.

»Erzähle es uns noch einmal.« Cranston winkte seinen obersten Büttel, Henry Flaxwith, heran.

Der Mann prustete geräuschvoll.

»Ich weiß, ich weiß«, sagte Cranston zuckersüß. »Aber Bruder Athelstan muß alle Tatsachen erfahren. Wir wären alle lieber anderswo. Aber Drayton ist ermordet worden, und eine Menge Silber ist verschwunden.«

»Es ist so, Sir John«, begann Flaxwith. »Heute früh, lange bevor es zur Morgenandacht läutete, waren ich und Samson ...«

»Zur Hölle mit ihm!« unterbrach Cranston. »Ich will nichts von deinem verdammten Köter hören.«

»Ich und mein Hund«, fuhr Flaxwith unerschütterlich fort, »waren auf meinem dienstlichen Rundgang. Samson nun ...« Er zwinkerte Athelstan zu. »Samson ...«, intonierte er, ohne auf Cranstons verdrossenen Seufzer zu achten, »geht immer sehr langsam, bleibt gern stehen, schnuppert und hebt das Bein. Ich hatte mir eine Aalpastete gekauft, weil ich noch nicht gefrühstückt hatte ...«

Cranston schloß die Augen. Oh Gott, gib mir Geduld, betete er. Flaxwith hatte ein so trübsinniges Aussehen, aber er war ehrlich und gründlich und besaß einen scharfen Blick für Einzelheiten.

»Ich hatte die Pastete eben aufgegessen«, fuhr Flaxwith fort, »als wir in die Ratcat Alley kamen. Zwei junge Männer, Draytons Schreiber, Philip Stablegate und James Flinstead, standen vor dem Haus ihres Herrn und hämmerten an die Tür.«

»Das sind die beiden Hübschen dort oben?«

»So ist es, Sir John. Nun, ich fragte sie, was denn los sei.« Flaxwith hob das pausbäckige Gesicht. »Ich sollte eigentlich nachsehen, was Samson macht . . . «

»Samson geht es wunderbar«, gurrte Cranston. »Ich habe eine Wurst in der Speisekammer gefunden. Die frißt er, als sei morgen der Jüngste Tag.«

»Nun – ich fragte sie also, was los sei. Sie berichteten, sie hätten die Glocke geläutet und an die Tür gehämmert, aber Master Drayton habe nicht aufgemacht. Nun habt ihr ja die Haustür gesehen, Sir John – dick wie ein Franzosenschädel. Wir gingen also außen herum. Alle Fenster waren verrammelt, die Läden geschlossen.«

»Gibt es einen Hintereingang?« fragte Athelstan.

»Oh ja, aber die Tür ist wie die vordere, hartes Eichenholz. Wir hätten eine Belagerungsmaschine aus dem Tower gebraucht, um diese Türen aufzubrechen.«

Cranston hielt es nicht länger aus, nahm rasch einen Schluck Rotwein aus seinem Weinschlauch. Dann bot er ihn Athelstan an, aber der schüttelte nur den Kopf.

»Nun, und da brechen wir eben ein. Master Philip klettert Master James auf die Schultern. Mit einem Messer hebelt er die Läden auf. Dahinter ist eins von diesen kleinen Bogenfenstern. Er zerbricht die Scheibe und drückt den Griff hoch.«

»Da bist du sicher?« unterbrach Athelstan.

»Natürlich«, sagte Flaxwith. »Du könntest es dir selbst ansehen; das Holz ist gebrochen, die Sprossen verschrammt. Ja, es sieht aus, als wäre es jahrelang nicht geöffnet worden. Master Stablegate klettert jedenfalls hinein. Dann entriegelt er die Haustür, schließt das Schloß auf, und wir betreten das Haus.«

»Und wie war es da?« wollte Cranston wissen.

»Dunkel wie die Nacht. Es roch muffig. Keine Kerzen, kein Fackellicht.« Flaxwiths Stimme senkte sich zu einem Flüstern. »Still wie in einem Grab, Sir John – das war es.«

»Weiter!« raunzte Cranston.

»Nun, alle Zimmer waren leer. Genau wie dieses hier.«

Athelstan fuhr aus seinen Gedanken auf und schaute sich um. Er dachte an den Vers aus dem Evangelium: *Was hülfe es dem Menschen, so er die ganze Welt gewönne und nähme doch Schaden an seiner Seele?* Drayton, einer der größten Geldverleiher der Stadt, mußte zugleich ein Geizhals gewesen sein. Die schäbige Kammer wies nur wenige Möbelstücke auf, und die Binsen auf dem Boden sahen aus, als wären sie seit Jahren nicht erneuert worden. Die Wände waren schmierig, die weiße Farbe war fleckig und blätterte ab. Und Athelstan war sicher, daß er irgendwo im Korridor Ratten hatte quieken hören.

»Erzähle ich zu schnell?« fragte Flaxwith.

Cranston lächelte nur.

»Wir gingen zum Kontor«, plauderte der Büttel weiter. »Wir klopften und klopften, daß es Tote hätte aufwecken mögen. Aber es kam kein Laut.«

»In den Kammern oben habt ihr nachgeschaut?« fragte Athelstan.

»Oh ja, da war nichts. Deshalb wußten wir, daß Master Drayton in seinem Kontor sein mußte. Nun habt Ihr ja die Tür gesehen, Sir John: schweres Eichenholz, stählerne Angeln, außen mit Nägeln beschlagen. Inzwischen bekam ich es mit der Angst.

Ich lief auf die Straße hinaus und gab vier Mistsammlern einen Penny, damit sie hereinkamen. Im Garten fanden wir einen Hackklotz, und damit rammten wir die Tür ein.«

»Das wäre doch unmöglich«, bemerkte Athelstan, »wenn die Tür so schwer ist, wie du sagst.«

»Da hast du recht, Pater«, sagte Flaxwith. »Aber einer der Mistsammler hatte als Soldat in Frankreich gedient und dort auch Türen eingeschlagen. Er meinte, wir sollten uns auf die Angeln konzentrieren, und das taten wir. Schlugen sie richtig aus der Wand, und da gab die Tür nach. Drinnen fanden wir Drayton auf dem Boden. Wir haben den Leichnam nicht angerührt. Er hat einen Armbrustbolzen in der Brust, und das Silber ist weg.«

»Wieviel Silber?«

»Nach dem Rechnungsbuch mindestens fünftausend gute Pfund Sterling.«

Cranston pfiff durch die Zähne. »Du lieber Gott – und was habt ihr sonst noch herausgefunden?«

»Die beiden Schreiber, Stablegate und Flinstead, hatten das Haus am Abend zuvor zur Vesper verlassen, wie sie es immer taten. Wenn sie gegangen waren, pflegte Master Drayton die Türen zu verschließen und zu verriegeln. Das war überall bekannt, Sir John, er ließ niemanden hinein, und niemand kam je heraus.«

Athelstan stand auf und spielte mit dem Holzkreuz, das an einer Schnur um seinen Hals hing.

»So, Master Flaxwith.« Er lächelte den Büttel an. »Nach allem, was du sagst, haben wir hier einen Mann, der sich in seinem Kontor einschloß, niemals hinausging und niemanden hereinließ. Am Morgen sind Türen und Fenster verriegelt und verrammelt. Das Kontor ist verschlossen und gesichert, aber drinnen liegt unser Geldverleiher tot, und sein Silber ist fort.«

»Mit einem Wort: ja.«

»Und es gibt keine geheimen Eingänge, Korridore, Hintertürchen?«

»Nicht einen, Pater. Du hast das Haus gesehen; es ist aus Stein. Nur wenige Häuser hier in der Gegend sind es. Deshalb hat Drayton es gekauft.«

»Und das Kontor?«

»Sieh es dir selbst an, Pater«, erwiderte Flaxwith. »Es ist eine viereckige Kammer aus Stein. Die Decke ist Gipsputz, aber sie ist unversehrt, und die Wände sind aus schierem Stein, genau wie der Boden. Wenn Drayton frische Luft haben wollte, machte er einfach die Tür auf. Pater, ich kenne mich aus mit Einbrechern. Die gehen so schnell durch ein Fenster wie ein Pfaffe ins Bordell . . . « Er unterbrach sich. »Ich meine, wie ein Frettchen ins Loch. Aber in dieses Kontor einzubrechen, dafür würde ein Dieb Stunden brauchen.«

»Dann wollen wir es uns mal ansehen.«

Flaxwith erhob sich und führte sie hinaus. Cranston packte Athelstan am Arm. »Bruder, fühlst du dich wohl?«

»Natürlich, Sir John. Ein bißchen schläfrig. Ich . . . «

»Du hast letzte Nacht nicht geschlafen, nicht wahr?« sagte Cranston vorwurfsvoll. »Hast wieder auf deinem Kirchturm gehockt und die verdammten Sterne studiert, stimmt's?«

Athelstan lächelte verlegen. »Ja, Sir John.«

»Es steckt doch nichts anderes dahinter, oder?« fragte Cranston. »Ich meine, Pater Prior hat dir doch nicht geschrieben, daß er dich deiner Pflichten in St. Erconwald entheben und dich in die Hallen von Oxford schicken will?«

Athelstan ergriff Sir Johns mächtige, dicke Pranke und drückte sie. »Sir John, der Pater Prior hat mich vor einem Monat gefragt, ob mir eine solche Versetzung gefallen würde, und ich habe gesagt, ich möchte es nicht.«

Cranston verbarg seine Erleichterung. Er liebte seine Frau, Lady Maude, seine kleinen Zwillinge, die er »Kerlchen« nannte, und seine beiden Hunde Gog und Magog, vor allem aber diesen sanftmütigen Ordensbruder mit dem scharfen Verstand und dem trockenen Humor. Cranston hatte viele Jahre lang als Soldat wie auch als Coroner gedient. Dabei hatte er so manchen Mann kennengelernt, aber, wie er Lady Maude erklärte, »die Zahl meiner Freunde kann ich an einer Hand abzählen und habe immer noch genügend Finger frei, um den Regenten mit einer ungehörigen Geste zu begrüßen. Athelstan ist mein Freund.« Cranston schaute den Ordensbruder wehmütig an.

»Du gehst nicht nach Oxford, nicht wahr, Bruder?«

»Nein, Sir John. Ich gehe ins Kontor.« Athelstan sah sich in der kargen Kammer um. »Dies ist ein tückischer Mordfall, Sir John, aber warum seid Ihr hier?« Und nach kurzem Zögern fügte er hinzu: »Warum seid Ihr so beunruhigt deswegen?«

»Drayton bewahrte sein Geld für gewöhnlich bei den Italienern auf«, sagte Cranston. »Bei Frescobaldi und den Gebrüdern Bardi in der Leadenhall Street. Aber das meiste hat er dort abgehoben, um es unserem hochedlen Regenten John von Gaunt, dem Herzog von Lancaster, zu geben: ein Darlehen über fünftausend Pfund in Silber.«

Athelstan seufzte.

»Du siehst, Bruder, Gaunt interessiert es einen Dreck, ob Drayton im Himmel oder in der Hölle ist.

Er will das Silber, zumal da Drayton keine Erben hat und er es deshalb nicht zurückzahlen muß. Und er will, daß der Dieb gefaßt wird. Und wie du weißt, mein guter Mönch . . . «

»Ordensbruder, Sir John.«

»Wie du weißt, mein guter Ordensbruder, kommt niemand, der unseren Regenten ärgert, ungeschoren davon.« Cranston unterbrach sich, als er Flaxwith rufen hörte. »Wir gehen jetzt lieber, Bruder.«

Sie gingen hinaus in den schmutzigen und düsteren Korridor. Hier roch es nach Talg, gekochtem Öl und anderen unappetitlichen Dingen.

»Flaxwith sagt, der Nachttopf oben war voller Kot«, flüsterte Cranston. »Drayton war ebenso schmutzig wie niederträchtig.«

An der Treppe wartete Flaxwith mit einer Fackel. »Sir John, was ist denn mit Samson?« fragte der Büttel flehentlich.

»Zum Teufel mit ihm!« erwiderte Cranston. »Henry, dein Köter wird ewig leben, und das ist mehr, als ich von mir selbst sagen kann, falls wir dieses Silber nicht wieder herschaffen.«

Flaxwith zuckte die Achseln und führte sie die schmalen Steinstufen hinunter. Unten lehnte die mächtige Tür, die er beschrieben hatte, an der Wand. Flaxwith führte sie ins Kontor und steckte die Fackel in einen Halter.

Athelstan starrte den Leichnam an, der ausgestreckt auf dem Steinboden lag. Eine Blutlache hatte sich in Rinnsalen durch die Spalten zwischen den Steinplatten ausgebreitet. Athelstan hockte sich nieder und betrachtete mitleidig Draytons hageres Gesicht: Die Augen waren im Tode geschlossen, und der blutverkrustete Mund hing offen. Er betastete den Hals; die

Haut dort war kalt und klamm. Athelstan schloß die Augen und betete, daß Christus in Seiner unendlichen Barmherzigkeit Erbarmen mit diesem Mann haben möge, der hier unter seiner Würde gelebt hatte und gestorben war wie ein Hund. Er drehte den Toten um. Drayton war mit einem schäbigen Wams und einer engen Kniehose bekleidet. Die verschlissenen Stiefel sahen an den spindeldürren Beinen ziemlich erbärmlich aus, und er trug keine Kette am Hals und keine Ringe an den Fingern. Athelstan fragte sich, welche Freude dieser Mann wohl im Leben gefunden haben mochte.

»War er Junggeselle?« fragte er.

»Er war einmal verheiratet«, antwortete Flaxwith. »Aber vor vielen Jahren, nach dem Vertrag von Bretigny und dem Frieden mit Frankreich, ging ihm seine Frau auf und davon. Wer kann es ihr verdenken? Und andere Verwandte hatte er nicht.«

Athelstan untersuchte die Wunde, die der Armbrustbolzen geschlagen hatte. Der Bolzen war tief in Draytons dürre, schmale Brust eingedrungen. Er lehnte sich zurück und studierte den Blutfleck, der den Boden ein Stück weit entfernt bei der Tür bedeckte. Dann raffte er seine Kutte hoch und kroch über die Steinplatten.

»Was ist los, Bruder?«

Athelstan deutete zur Tür. »Das Blut beginnt mindestens einen Fuß weit von dort entfernt. Drayton muß also dort gefallen sein.« Er drehte sich um und zeigte zur gegenüberliegenden Wand. »Wir haben hier demnach einen Sterbenden, und die Tür ist verschlossen und verriegelt, ja?«

Flaxwith nickte.

»Da drüben« – Athelstan streckte den Finger aus

– »ist Draytons Schreibpult, wo er all seine Geschäfte besorgte. Wo er saß und die Reichtümer bestaunte, die er angehäuft hatte.«

»Ja«, sagte Cranston leise. »Aber er versucht nicht, zur Tür oder zu seinem Schreibpult zu gelangen, sondern zur gegenüberliegenden Wand. Warum?«

Er ging hinüber, zog seinen Dolch und klopfte damit an die weißgekälkten Steine. »Hört sich doch ganz solide an, finde ich«, erklärte er. »Hörst du, Athelstan?«

Er klopfte weiter an die Wand, oben und unten, und man hörte immer nur einen dumpfen Klang. »Ein Geheimgang ist da nicht«, stellte er fest und steckte den Dolch wieder ein.

»Vielleicht war Drayton von Sinnen?« erwog Flaxwith.

»Es beweist nur eins«, sagte Athelstan. »Die Tür muß immer noch verschlossen und verriegelt gewesen sein, denn sonst wäre der Ärmste dorthin gekrochen.« Er stand auf und wischte sich die Hände an dem schwarzen Umhang über seiner weißen Kutte ab. Dann schaute er sich noch einmal in der Kammer um. »Du hast recht, Master Flaxwith: eine viereckige Kammer aus reinem Stein und Gipsputz.«

Athelstan ging umher. An einer Wand stand der Zähltisch und ein Stuhl mit einem Kissen. Auf dem Tisch fanden sich eine Waage, Pergamentstücke, Federkiele, ein Tintenhorn und eine Schatulle mit zerbrochener Schließe. Athelstan untersuchte die Schließe und kam zu dem Schluß, daß sie seit Jahren in diesem Zustand sein mußte. In der Schatulle lagen nur Wachsstreifen und weitere Federkiele. Der Rest des Raumes war kahl und trostlos.

»Nicht einmal ein Kruzifix«, flüsterte Athelstan.

»Drayton muß eine sehr verschlossene, engstirnige Seele gewesen sein.«

Eine Zeitlang suchten alle drei die viereckige, muffige Kammer ab.

»Nicht einmal eine Ratte könnte hier einbrechen«, befand Cranston schließlich. Er wischte sich über die Stirn und nahm noch einen Schluck aus dem wunderbaren Weinschlauch.

»Es sei denn durch die Tür«, stellte Athelstan fest. »Es wird Zeit, daß wir sie untersuchen.«

Sie nahmen die Fackel aus dem Halter an der Wand und betrachteten eingehend die Tür. Athelstans Neugier wuchs. Das Holz war mindestens neun Zoll dick, und die Angeln waren aus Stahl. An den drei Riegeln und zwei Schlössern, in denen die Schlüssel noch steckten, sah er, daß die Tür verschlossen gewesen sein mußte, als sie eingeschlagen worden war. Er begutachtete die metallenen Beschlagnägel. An der Außenseite waren sie kegelförmig, und innen waren sie mit einer Mutter im Holz verschraubt. Die einzige Öffnung war ein kleines Gitter hoch oben in der Tür, etwa sechs Zoll breit und sechs Zoll hoch. Er bewegte die Holzklappe, die es bedeckte.

»War diese Klappe offen oder zu?«

»Das weiß ich nicht genau«, sagte Flaxwith. »Jetzt hängt sie herunter. Aber vielleicht wurde sie durch die Gewalt, die wir anwenden mußten, gelöst?«

Athelstan betrachtete das kleine Gitter. Es war breit genug, um durchzuschauen, aber die Stäbe standen so eng, daß es schwierig gewesen wäre, auch nur einen Dolch hindurchzuschieben, von einem Armbrustbolzen ganz zu schweigen. Athelstan wandte sich wieder den dicken Eisenägeln zu und begann, an jedem einzelnen zu rütteln.

»Was machst du da?« fragte Cranston neugierig.

»Ich will sehen, ob welche locker sind«, sagte Athelstan. »Sie sind mit Schrauben an der Tür befestigt.«

»Das habe ich selbst schon getan«, sagte Flaxwith triumphierend. »Pater, da ist kein Nagel locker.«

»Und wenn«, warf Cranston ein, »wäre er doch sicher herausgefallen, als Master Flaxwith und seine Kameraden gegen die Tür hämmerten?«

Widerstrebend stimmte Athelstan zu und kratzte sich am Kopf. »Das Problem bleibt also bestehen«, sagte er und ging zurück ins Kontor. »Master Drayton dürfte sein Silber hier bei sich gehabt haben, ja?«

Cranston nickte.

»Das begreife ich nicht«, sagte Athelstan. »Der Mörder mußten unseren Geldverleiher töten, das Geld an sich nehmen und fliehen. Nicht wahr? Unter gewöhnlichen Umständen hätte die Tür offenbleiben müssen, aber Drayton liegt drinnen, und die Tür ist verschlossen und verriegelt. Wenn die Räuber also zuschlugen und das Silber dann aus dem Raum schafften, warum ist dann die Tür verschlossen?«

»Und wenn sie verschlossen ist«, vollendete Cranston, »wie sind dann die Räuber überhaupt hineingekommen, wie konnten sie Drayton ermorden, sein Silber stehlen, wieder hinausgelangen und die Tür von innen verschlossen und verriegelt hinterlassen?«

»Genau, Sir John. Ein perfektes Rätsel.«

»Mehr noch«, fügte Flaxwith hinzu, »sie haben nicht nur das Silber gestohlen, sondern auch alle losen Münzen. Außerdem, behaupten Draytons Schreiber, fehlen zwei silberne Kerzenhalter und ein goldener Anhänger.«

Athelstan setzte sich auf den Stuhl und starrte den Toten an.

»Wie?« murmelte er. »Drinnen oder draußen?«

»Was meinst du damit?« Cranston nahm noch einen Schluck aus seinem Weinschlauch.

»Nun, ich kann verstehen, daß sie Drayton umbringen und das Silber stehlen, aber wie sind sie hinein und wieder herausgekommen? Diese Tür ist besser als eine Wand aus Stahl. Sie hat keine Lücken, keine Spalten. Wenn sie sich der Tür genähert hätten, so hätte Drayton die Klappe geschlossen. Hinter dem Gitter war er sicher. Er hätte sich geweigert, die Tür zu öffnen. Nun könnte ich es verstehen, wenn ein Mann wie Drayton einen Schreiber oder einen Freund hereinließe.« Er sah Flaxwith an. »Du bist sicher, daß der Schlüssel im Schloß steckte und die Riegel vorgeschoben waren?«

»Es ist das erste, was ich überprüft habe«, antwortete der Büttel und trat von einem Fuß auf den anderen. »Oh, bitte, Sir John, kann ich jetzt zu meinem Hund gehen? Samson bekommt Sehnsucht, wenn er von mir getrennt wird.«

»Dann geh schon zu deinem verdammten Vieh!« zischte Cranston. »Ich lasse auch schön grüßen.«

Flaxwith rannte fast, als er die Kammer verließ.

»Wir haben noch ein Problem«, fuhr Athelstan fort. »Wie ist der Mörder ins Haus und wieder hinausgekommen, ohne eine Tür oder ein Fenster aufzubrechen?«

»Verflucht rätselhaft!« knurrte Cranston.

»Sind die Schreiber noch hier?« fragte Athelstan.

»Oh ja, Bruder. Sie warten oben.«

Sie verließen die Kammer und gingen hinauf zu den beiden. Athelstan empfand augenblicklich Abneigung gegen Master Philip Stablegate und seinen Kollegen James Flinstead. Oh, sie waren durchaus freundlich.

Als Athelstan und Cranston eintraten, erhoben sie sich höflich. Sie waren von angenehmer Erscheinung, das Haar sauber geschnitten, die Gesichter glattrasiert und gewaschen. Sie waren nüchtern gekleidet und trugen dunkle Hemden und enge Hosen. Der blonde Stablegate hatte ein freundliches, stets zum Lächeln bereites Gesicht. Flinstead war dunkler und ziemlich düster. Gleichwohl fühlte Athelstan sich abgestoßen. Verschlagene Männer, dachte er, voller Hohn. Beide Schreiber gaben sich wenig Mühe, ihre Erheiterung über den in ihren Augen so drolligen Coroner zu verhehlen.

Cranston winkte ihnen, Platz zu nehmen, und dann half er Athelstan, eine recht abgenutzte Bank heranzuziehen, um sich ihnen gegenüberzusetzen. Athelstan stellte die Tasche mit dem Schreibzeug zwischen seine Füße und wartete geduldig, während Sir John noch einen Schluck aus dem wunderbaren Weinschlauch nahm. Der Coroner schloß die Augen und rülpste behaglich. Stablegate senkte den Kopf und kicherte. Cranston, der recht wacklig auf der Bank saß, drückte den Stopfen in den Schlauch. Er mußte den Spott mitbekommen haben.

»Ihr seid Master Draytons Schreiber?« begann er schroff. »Ihr habt ihn als letzte lebend gesehen?«

»Wir sind kurz vor der Vesper gegangen«, sagte Flinstead.

»Erzählt mir, was sich zugetragen hat«, sagte Athelstan.

»Das gleiche wie immer«, antwortete Flinstead spitz. »Du bist . . . ?«

»Bruder Athelstan, Pfarrer von St. Erconwald in Southwark.«

»Und mein Secretarius«, dröhnte Cranston.

»Hast du uns im Verdacht, dieses Verbrechen begangen zu haben?«

»Warum sollte ich?« erwiderte Athelstan.

Flinstead wußte anscheinend nicht, was er darauf sagen sollte.

»Bitte«, sagte Athelstan, »beantwortet doch meine Frage. Was hat sich gestern abend zugetragen?«

»Wir haben den Tag wie gewöhnlich beendet«, antwortete Stablegate. »Wir waren in unserer Schreibstube, einer kleinen Kammer, kaum mehr als ein Dachstübchen, weiter unten am Gang. Master Drayton kam wie immer herauf, um uns hinauszubringen. Und bevor du fragst, Bruder: Nein, er hat uns nicht vertraut. Er hat niemandem vertraut. Wir gingen also auf die Straße hinaus. Master Drayton wünschte uns gute Nacht, mißmutig wie immer. Dann schlug er die Tür zu, und wir hörten, wie die Riegel vorgeschoben und die Schlüssel umgedreht wurden.«

»Und dann?«

»Wie immer gingen wir ins ›Tanzende Schwein‹, eine Schenke in der St. Martin's Lane bei den Shambles.«

»Und danach?«

»Als wir das Nachtläuten von St. Mary Le Bow hörten, gingen wir nach Hause in die Grubb Street, beim Cripplegate. Wir teilen uns dort eine Kammer.«

»Mistress Aldous, unsere Wirtin, wird bestätigen, daß wir ziemlich erschöpft nach Hause kamen. Wir schliefen bis zum Morgen, standen auf und kamen her.«

»Und?« drängte Athelstan.

»Es war das gleiche wie jeden Morgen, Pater. Wir klopften, wir läuteten. Master Drayton kam dann immer den Gang heruntergeschlurft und ließ uns herein.«

»Aber heute morgen war es anders?«

»Ja, Pater. Wir haben geklopft und geläutet, daß es Tote hätte wecken müssen.« Er lächelte schmal. »Dann kam Flaxwith. Den Rest weißt du.«

»Was weiß ich denn?« fragte Athelstan scharf.

»Nun, wir versuchten, die Fensterläden zu öffnen. Vorder- und Hintertür waren verschlossen und verriegelt wie immer.«

»Und da seid ihr eingebrochen?«

»Ja«, sagte Stablegate. »Ich bin auf James' Schultern geklettert.«

Er klopfte an den Griff seines Dolches. »Den habe ich durch einen Spalt im Laden geschoben, um den Riegel hochzuheben.«

Sir John war dabei, einzuschlafen; sein Kopf kippte nach vorn, und sein Mund klappte auf. Stablegate grinste hinter vorgehaltener Hand.

»In diesem Fall . . . «, begann Athelstan mit lauter Stimme und stand auf.

Sir John schrak hoch und kam ebenfalls schwankend auf die Beine. Blinzelnd und breitbeinig stand er da und atmete geräuschvoll durch die Nase. Er sah, daß die beiden Schreiber lachten, und Athelstan schloß die Augen.

»Ihr findet mich komisch, meine Herren?« Cranstons Hand legte sich auf den Dolch in seinem Gürtel. Er trat einen Schritt nach vorn. Sein weißer Bart sträubte sich, und seine wilden blauen Augen quollen aus den Höhlen. »Ihr findet den alten Jack komisch? Weil meine Kerlchen mich schon vor dem Morgengrauen geweckt haben? Und weil der alte Jack ein paar Schluck Wein zu sich genommen hat? Aber ich will euch sagen«, fuhr er fort und atmete Weindunst in die plötzlich ganz ängstlich blickenden Gesichter. »Der alte Jack ist nicht so vertrottelt, wie er aussieht. ›Jack sei hurtig, Jack sei flink‹. Als der Dichter das schrieb, dachte er an den alten Jack Cranston.« Er hob einen Zeigefinger. »Ihr sagt, ihr wohnt bei Mistress Aldous in der Grubb Street bei Cripplegate?«

»Ja«, antwortete Flinstead, ganz überrascht, daß Sir John, der scheinbar geschlafen hatte, trotzdem zugehört hatte.

»Ich kenne Mistress Aldous«, fuhr Cranston fort. »Fünfmal ist sie schon vor meinem Gericht erschienen, wegen Kuppelei, und weil sie ein Freudenhaus führte, einen Dirnenstall.«

»Jetzt ist da aber keiner«, gab Stablegate zurück.

»Nur ihr zwei hübschen Knaben und Mistress Aldous, wie?«

»Jawohl.«

»Jawohl, Sir John.«

»Jawohl, Sir John.«

»Laßt euch eins sagen«, warnte der Coroner bedrohlich. »Lacht nicht über den alten Jack. Ein schrecklicher Mord ist geschehen, und das Silber der Krone wurde gestohlen.«

»Darüber wissen wir nichts.«

»Nein, Bübchen, darüber wißt ihr nichts. Fünftausend Pfund, die für die Schatulle des Regenten bestimmt waren. Jetzt sind sie weg.« Cranston legte jedem eine große Pranke auf die Schulter, daß sie schmerzlich das Gesicht verzogen. »Nun, meine Hübschen, dann wollen wir uns mal dieses verdammte Fenster anschauen.«

Athelstan empfand stille Zufriedenheit über die Art, wie Cranston seine Autorität wiederhergestellt hatte. An der Tür drehte er sich plötzlich um.

»Verzeihung.« Er kam noch einmal zurück. »Ihr

wußtet nicht, daß Master Drayton fünftausend Pfund in Silber in seinem Kontor hatte?«

»Er ließ uns nie mit Geld hantieren«, sagte Stablegate. »Das war eine Regel, von der er niemals abwich. Wir wissen allerdings«, fügte er rasch hinzu, »daß gestern Beauftragte der Bank Frescobaldi im Haus waren, obwohl Master Drayton uns befahl, in unserer Kammer zu bleiben. Er öffnete die Tür selbst. Wir hörten Stimmengemurmel, und dann gingen sie wieder.«

Athelstan nickte. »Und was geschah dann?«

»Wenn die Herren von der Bank Geld gebracht haben«, meinte Stablegate, »dann hat er es, wie ich Master Drayton kenne, Münze für Münze gezählt, eine Quittung ausgeschrieben und das Geld in seinem Kontor verwahrt.«

»Mochtet ihr Master Drayton?« fragte Cranston.

»Nein!« antworteten beide wie aus einem Munde.

»Er war ein höllischer Geizhals«, erklärte Flinstead. »Von früh bis spät ließ er uns schuften. Zum Angelusläuten gab er uns ein bißchen Ale, Brot und Käse, und dann hieß es weiterarbeiten.« Er zupfte an seinem Hemd. »Weihnachten und Ostern bekamen wir neue Kleider, und zu Mittsommer ein Silberstück. Er hat kaum ein Wort mit uns gesprochen, schaute nur hin und wieder bei uns herein, lautlos wie ein Schatten, um sich zu vergewissern, daß wir nicht seine Zeit und sein Geld vergeudeten.«

»Hat er je von Freunden oder Verwandten gesprochen?«

»Niemals«, sagte Stablegate. »Einmal habe ich ihn gefragt, ob er verheiratet gewesen sei, und da bekam er einen schrecklichen Wutanfall.«

»Und dann?«

»Brummend lief er die Treppe hinunter. Wir haben unsere Lektion gelernt. Wir haben ihn nie wieder gefragt.«

»Uns blieb ja nichts anderes übrig, als für ihn zu arbeiten«, fügte Flinstead hinzu. »Er hat uns oft daran erinnert, daß London voll von Schreibern sei, die Anstellung suchten. Ein Bettler kann sich's nicht aussuchen, Pater.«

Athelstan nickte und öffnete die Tür. »Dann, ihr Herren, wollen wir uns das Fenster anschauen.«

Die beiden Schreiber gingen vor ihm hinaus und die Treppe hinunter. Flaxwith wartete unten, streichelte seinen Hund und sprach leise mit ihm. Athelstan glaubte nicht, daß er schon einmal einen häßlicheren Mastiff gesehen hatte. Als sie vorbeikamen, hob der Hund kurz den Kopf und knurrte.

»Aber, aber«, flüsterte Flaxwith. »Du weißt doch, daß Sir John dich liebt.«

»Ich kann das verdammte Vieh nicht ausstehen!« fauchte Cranston. »Schon mindestens dreimal hat er versucht, mir das Bein abzubeißen.«

Die Schreiber führten sie in einen kleinen Saal voller Kram und Gerümpel. Die Holztäfelung war rissig und verstaubt, und es stank nach faulen Binsen. Die Musikergalerie am hinteren Ende bog sich durch, und in den Ecken hingen riesige Spinnweben wie Fahnen. Ratten quiekten protestierend und huschten über den Boden, erbost über die Eindringlinge. Es war dunkel; nur durch die geöffneten Läden eines zerbrochenen Fensters fiel ein wenig Licht herein.

Athelstan zog sich einen Schemel heran, bat Sir John, ihn festzuhalten, und kletterte hinauf, um das Fenster zu untersuchen. Schon ein flüchtiger Blick verriet ihm, daß die Läden aufgebrochen worden waren;

der Riegel war von einem Messer verschrammt. Die vom Fliegendreck übersäte Fensterscheibe war eingeschlagen worden, so daß der Schreiber, der hier eingestiegen war, die Hand hindurchschieben und den Griff des Fensterflügels hochdrücken konnte. Athelstan kletterte wieder hinunter.

»Es ist so, wie ihr sagt. Fenster und Läden sind kürzlich aufgebrochen worden.«

»Das war ich«, bekannte Stablegate, und seine Stimme bekam plötzlich einen verzweifelt flehentlichen Ton. »Sir John, Pater, wir wissen nichts über Bartholomew Draytons Tod und das gestohlene Silber.«

»Und ihr habt nichts weiter hinzuzufügen?«

»Nein, Pater, nichts.«

»Welche Pläne habt ihr für die Zukunft?«

Stablegate zuckte die Achseln und hustete dann, weil soviel Staub umherwirbelte. »Pater, was können wir schon tun? Wir müssen wieder zurück nach St. Paul's, Mittelgang auf und ab gehen und warten, daß ein reicher Kaufmann uns einstellt.«

»Habt ihr eine Genehmigung zum Reisen beantragt, hier oder jenseits des Meeres?« fragte Cranston plötzlich.

Ihre verdutzten Gesichter machten keinen Eindruck auf ihn. »Ihr wißt genau, was ich meine. Habt ihr in der Kanzlei vom Grünen Wachs um eine Reiseerlaubnis ersucht? Ja oder nein?«

»Nein, Sir John.«

Cranston reckte Stablegate das Gesicht entgegen. »Gut«, schnurrte er. »Tut es auch nicht, bis diese Angelegenheit erledigt ist. Bleibt in eurem Quartier. Ihr dürft London ohne meine schriftliche Genehmigung nicht verlassen.« Er nickte. »Ihr könnt gehen.«

Die beiden Schreiber gingen hinaus und schlugen die Tür hinter sich zu, was neuerliche Staubwolken aufwirbelte.

»Was meinst du, Bruder?« Cranston zog seinen Weinschlauch hervor. »Beim Arsch des Satans, dies ist ein trockener Ort!«

»Euch ist jeder Ort zu trocken, Sir John.«

Cranston zwinkerte, nahm einen Schluck aus dem Weinschlauch und klopfte sich mit der flachen Hand auf den Bauch. »Es wird Zeit, daß wir eine kleine Erfrischung zu uns nehmen, Bruder – etwas, das den Wein aufsaugen kann. Aber du hast meine Frage nicht beantwortet.«

»Ich glaube, die beiden sind so schuldig wie Pilatus und Herodes«, sagte Athelstan. »In meinen Augen, Sir John, sind das zwei gottlose junge Männer, die sich einbilden, sie hätten ein perfektes Verbrechen begangen.« Er seufzte. »Und vielleicht haben sie das auch.«

»Die beiden haben Drayton ermordet?«

»So sicher wie das Amen in der Kirche, Sir John. Ich glaube, sie sind schuldig, aber wie sie es getan haben, das ist das Geheimnis.«

»Flaxwith!« brüllte Cranston.

Der Büttel kam hereingestürzt, und Samson trottete mit hängender Zunge hinter ihm her. Er warf nur einen Blick auf Sir Johns saftiges Bein und wollte sich gleich darüber hermachen, aber Flaxwith war klug genug, ihn bei seinem Lederhalsband zu packen und mit beiden Armen zu umschlingen.

»Sir John, Samson und ich stehen Euch zu Diensten.«

»Zur Hölle mit ihm!« knurrte Cranston. »Du sollst drei Dinge für mich tun. Erstens: Geh zu den Bankiers Frescobaldi in der Leadenhall Street und laß dir bestätigen, daß sie gestern eine Ladung Silber hier abgeliefert haben. Zweitens: Geh zum Wirt vom ›Tanzenden Schwein‹ und frag ihn, ob diese beiden Hübschen gestern abend dort waren. Und drittens: Ich wünsche, daß die zwei und ihre Wohnung in der Grubb Street beobachtet werden. Wenn sie versuchen, London zu verlassen, verhaftest du sie.«

»Weshalb, Sir John?«

Cranston schloß die Augen. »Wegen Grausamkeit gegen deinen Hund.«

Zwei

Zur gleichen Zeit, als Cranston und Athelstan in der Ratcat Alley eintrafen, stolzierte Luke Peslep, Schreiber in der Kanzlei vom Grünen Wachs, in die Schenke »Zum Tintenfaß« an der Ecke der Chancery Lane, um dort zu frühstücken. Für Peslep, einen jungen Mann aus guter Familie und mit noch besseren Aussichten, war die Welt in bester Ordnung. Vor drei Abenden hatte er gut gespeist und sich von einer vorzüglichen Hure unterhalten lassen, und davon fühlte er sich noch immer höchst beschwingt. Und heute morgen war er aufgestanden, hatte sich gewaschen und frische Kleider angelegt, bereit zu einem neuen Tag in der Kanzlei vom Grünen Wachs. Jetzt stand er in der Schankstube des »Tintenfasses« und blickte strahlend in die Runde. Er spähte durch den Raum nach hinten, so glücklich und zufrieden, daß er die Tiere nicht sah, den Straßenköter und die räudige Katze, und auch nicht die Essensreste und den Stalldung auf dem hohen Misthaufen. Ebensowenig bemerkte er den Gestank von den Latrinen am hinteren Ende des Gartens hinter einer struppigen Hecke. Peslep sah nur die Sonne, die sich in den Pfützen spiegelte, und hörte das Schnattern der Gänse, und wenn er die Augen schloß, genoß er den würzigen Duft aus der Küche. Er nahm seinen Stammplatz in der hinteren Ecke ein, und als Meg, die Schankdirne, zu ihm kam, bestellte er seinen gewohnten Krug Ale und dazu geschnittenes Brot,

Äpfel und Käse. Und wie immer schob Peslep eine Hand in Megs Miederausschnitt, umfaßte eine ihrer Brüste und drückte sie.

»Jeden Tag reifer, was, Meg? Wird's nicht bald Zeit zum Pflücken?«

Meg strich sich das Haar aus dem fettglänzenden Gesicht und zwang sich zu einem Lächeln. Sie durfte nicht widersprechen. Peslep bezahlte immer in gutem Silber, und wenn sie protestierte, würde der Wirt ihr nur Backpfeifen verpassen, bis ihr die Ohren brannten.

Peslep kaute an seinem Apfel und lauschte den Geräuschen, die durch die Schenke wehten. In der nahen Kirche sang ein Chor, auf der Straße schwatzten ein paar Frauen, Kinder kreischten, ein fauler Hahn begrüßte den neuen Tag, und ein Hausierer rief seine Ware aus. Aus den Werkstätten neben dem Fleet-Gefängnis kam ein ganzes Konzert von Klängen: Hobeln und Hämmern, Feilen und Schmieden, Sieden und Zischen. Peslep schloß die Augen. Das war das London, das er liebte.

Eine Bettlergilde betrat die Schenke und setzte sich an einen Tisch, um die Münzen zu zählen, die unter den Besuchern der Morgenmesse gesammelt worden waren. Der Anführer ließ ein paar Krüge Wein und heißes Essen kommen. Peslep wußte, daß sie hierbleiben würden, bis das ganze Geld verzecht war und sie sinnlos betrunken auf dem Boden lagen, um von dem hinterhältigen Wirt ausgeplündert zu werden. Einer der Bettler zog eine Flöte aus dem Wams und begann zu spielen, ein zweiter holte eine Laute hervor und schlug ein paar Akkorde an. Die übrigen begannen zu singen und schlugen dabei den Takt auf dem Tisch, daß Krüge und Holzteller klapperten. Peslep lehnte sich zurück und beobachtete sie mit halbgeschlossenen Augen. Er war erfreut über den Lauf seines Lebens: Die bedrohlichen Wolken hatten sich verzogen, und alles würde gut werden. Peslep wollte sich ein neues Haus kaufen, vielleicht nördlich von Clerkenwell.

Er öffnete die Augen, als ein junger Mann hereinkam, die Kapuze über den Kopf gezogen, klirrende Sporen an den Stiefeln, einen Soldatengürtel mit Schwert und Dolch über der Schulter. Er schnippte mit dem Finger und sagte etwas zu Meg, und sie huschte davon und brachte einen Humpen Ale.

Der junge Mann setzte sich. Peslep rümpfte verächtlich die Nase und schaute woanders hin. Ein Hofgeck! Einer von diesen jungen Stutzern, die er selbst und seine Kollegen offen beneideten und heimlich wegen ihres Reichtums und ihrer lässigen Manieren bewunderten. Alcest äffte sie sogar nach. Aber eines Tages würde Peslep auch so sein.

In seinem Bauch begann es zu rumoren. Er leerte seinen Humpen.

»Schankwirt!« Er stand auf und schnalzte mit den Fingern.

Der Kerl kam hastig aus seiner Küche und brachte frische Lumpen mit, die er Peslep in die Hand drückte. So ging es jeden Tag: Peslep kam zum Frühstücken, ging dann auf die Latrine und kehrte zurück, um einen letzten Humpen Ale zu trinken, bevor er wieder zur Arbeit ging. Peslep trat in den Hof hinaus und hielt sich die Nase zu, als er am Misthaufen vorbeikam. Die Latrine am hinteren Ende, hinter der spärlichen Hecke, bestand aus einer Reihe von Verschlägen, die man über einem Graben errichtet hatte. Peslep begab sich in einen davon, ließ seine Hose herunter und machte es sich bequem.

Er hielt die Lappen in der Hand, schloß die Augen und dachte an das Geld, das er auf die Seite gebracht hatte. Plötzlich ging die Tür auf. Erschrocken wollte Peslep aufspringen. Er erkannte den jungen Mann, den er in der Schenke gesehen hatte und dessen Schwert jetzt auf seinen Magen zielte. Peslep konnte nichts tun; das Schwert wurde hineingestoßen, umgedreht und wieder herausgezogen. Peslep wand sich in stechenden Schmerzen, aber der Fremde stieß noch einmal zu und bohrte seine spitze Waffe tief in Pesleps Hals.

Sir John Cranston und Athelstan waren in Draytons Kontor zurückgekehrt, um sich alles noch einmal genau anzuschauen, als heftig an der Haustür geklopft wurde. Beide gingen sie hinauf, um zu öffnen. Athelstan erblickte eine hochgewachsene, elegante Gestalt, von Sonnenlicht umstrahlt. Mit einer juwelenbesetzten Mütze in der Hand trat der Mann ein. Die Sporen an den Fersen seiner Stiefel klirrten musikalisch auf den Bodendielen. Er trug kein Schwert bei sich, aber die eine Hand ruhte auf dem edelsteinfunkelnden Dolch, der im Schwertgurt steckte. Ein Mantel von dunklem Safrangelb war elegant über die eine Schulter zurückgeschlagen. Cranston musterte das gutgeschnittene braune Gesicht mit den spöttischen grünen Augen, und er sah, daß der Bart des jungen Mannes nach der adretten französischen Art gestutzt war. Eine Erinnerung erwachte in ihm.

»Kenne ich Euch, Sir?«

»Ihr seid Sir John Cranston, der Coroner der Stadt?«

»Das will ich aufrichtig hoffen. Aber ich habe Euch etwas gefragt, Sir.«

»Ich bin Sir Lionel Havant und gehöre zum Haushalt Seiner Gnaden, des Herzogs von Lancaster.«

»Ach, einer von John von Gaunts Knaben seid Ihr? Ein Lakai des Regenten?« Breitbeinig stand Cranston da und musterte den Mann von Kopf bis Fuß. Dann streckte er die Hand aus und trat einen Schritt vor. »Oh, nichts für ungut, Mann. Ich kannte Euren Vater, Sir Reginald Havant von Crosby in Northampton.«

Der junge Mann lächelte. Aber dann straffte er sich, als sei ihm wieder eingefallen, weshalb er gekommen war. »Sir John, ich bin erfreut, Euch zu sehen, doch ich komme geradewegs vom Regenten. Er möchte seine fünftausend Pfund Silber haben.«

»Da wird er sich gedulden müssen«, knurrte Cranston. »Ich bin Coroner, kein verdammter Wundertäter!«

Havant schaute Athelstan an, und der verdrehte die Augen zum Himmel.

»Sir Lionel ...« Athelstan schaltete sich rasch ein, bevor Cranston sich um Kopf und Kragen reden konnte. »Wir sind noch nicht lange hier. Wir werden bald Fortschritte machen.«

Der junge Ritter nickte.

»Ihr habt eine Botschaft für uns?« fragte Athelstan.

»Ja, woher weißt du ...?«

Athelstan deutete auf die kleine Pergamentrolle im Gürtel des Mannes.

»Ach ja.« Havant zog sie hervor. »Sir John.« Er entrollte das Pergament. »Seine Gnaden der Regent ist zudem besorgt um einen seiner Schreiber, Edwin Chapler aus der Kanzlei vom Grünen Wachs. Gestern nacht hat man seine Leiche aus der Themse geholt. Sie liegt jetzt beim Menschenfischer. Chapler wurde seit etwa zwei Tagen vermißt. Seine Gnaden möchte, daß Ihr den Leichnam in Beschlag nehmt, die Gebühr bezahlt und die Todesursache herausfindet.«

»Aber ich bin zu beschäftigt, um mich mit betrunkenen Schreibern abzugeben«, maulte Cranston.

»Er war nicht betrunken, Sir John«, antwortete Havant. »Chapler wurde ermordet.«

Wenig später marschierte Cranston, begleitet von Athelstan, über die Cheapside und die Bread Street hinunter. Der Coroner wollte zur »Barque des Hl. Petrus«. Diesen ziemlich exzentrischen Namen hatte der Menschenfischer seiner »Kapelle«, seinem Leichenschauhaus, gegeben. Cranston drängte sich durch die Menge und bahnte sich seinen Weg durch die betriebsamen Straßen. Ringsherum und über ihnen verdunkelten die zwei- und dreistöckigen Häuser, schmal und aneinandergezwängt, das Sonnenlicht, und die Menschen stießen und rempelten einander in den verkehrsreichen Gassen an. Stände und Läden waren geöffnet. Die Luft hallte vom Geschrei der Ladenjungen, hauptsächlich der Tuchhändler, deren große Karren und Stände mit einer reichen Vielfalt von Stoffen bedeckt waren. Brüsseler Linnen, verschwenderisch bestickt in leuchtenden Farben, englische Tuche und Textilien aus Louvain und Arras. Weiter unten, in den Straßen von Trinity, türmten sich Waren aus aller Welt – vom Libanon bis Venedig – auf den Ständen: Kisten mit Zimt, Säcke mit Safran und Ingwer, Fäßchen voller Feigen, Bitterorangen und exotisch duftenden kandierten Zitronenschalen. Man sah Kästen voller Johannisbrot, Mandeln und Muskat, Säcke mit Zucker und Pfeffer, Weinfässer, Schreibtafeln und Schachteln mit Kreide sowie Lederwaren in den verschiedensten Brauntönen. Heringe lagen in offenen Fässern neben Bergen von Obst und Gemüse.

Athelstan hätte Sir John zu gern befragt, aber der Lärm war ohrenbetäubend. Immer wieder drohte der Coroner den frechen Lehrjungen mit der Faust, wenn sie herbeisprangen und seinen Arm festhalten wollten; dann brüllte er und schüttelte sich wie ein Bär, der von bissigen Hunden umsprungen wird. Verzweifelt trottete Athelstan hinter ihm drein und versuchte, nicht auf das Geschrei, das Feilschen und Handeln zu achten. Immer wieder stieß er mit Bauern, Handwerkern oder Stadtbürgern zusammen. Hin und wieder stolperte er und mußte sich dann überschwenglich bei irgendeiner Lady entschuldigen, die Arm in Arm mit ihrem Gentleman daherspazierte. Als sie La Réole hinuntergingen und sich der Vintry und den weniger feinen Gegenden der Stadt näherten, hielt Athelstan eine Hand auf seinem Geldbeutel. Quacksalber und Wahrsager hatten hier ihre behelfsmäßigen Stände aufgebaut und lockten die Taschendiebe und Beutelschneider an, die solche Orte stets ebenso schnell umschwärmten wie Bienen den Honig oder – wie Sir John es ätzender zu sagen pflegte – »wie Fliegen den Mist«.

Endlich erblickte Athelstan die Takelage von Schiffen und roch im Morgenwind die frische Schärfe der Luft am Fluß. Cranston, dessen Laune sich verfinstert hatte und der nun immer öfter in tiefen Zügen aus seinem wunderbaren Weinschlauch trank, bog in eine Gasse ein, die zur Barque des Hl. Petrus führte. Ein Reliquienhändler kam winselnd heran, mit einer Schachtel in der Hand, die angeblich die Zehennägel des Pharao enthielt, der Moses verfolgt hatte. Cranston schlug seine Kapuze zurück.

»Oh, der Herr errette uns!« schrie der Mann und rannte wie ein Windhund zurück in die Schatten.

Der Menschenfischer saß auf einer Bank vor seiner Kapelle. Er war umringt von seiner seltsamen Sippschaft – Bettler und Aussätzige, deren Hände und Gesichter von offenen Geschwüren bedeckt waren. Manche waren so entstellt, daß sie Masken trugen. Neben dem Menschenfischer stand Ichthys. Der Junge hatte weder Brauen noch Wimpern; er sah aus wie ein Fisch und konnte auch so schwimmen. Sir John blieb stehen und verbeugte sich, denn er hatte großen Respekt vor dem Menschenfischer.

»Guten Morgen, Sir John.«

»Guten Morgen, meine Hübschen.« Cranston lächelte, und Athelstan machte ein Kreuzzeichen über der Gruppe.

Der Menschenfischer erhob sich mit herabhängenden Armen und erwiderte die Verbeugung. »Willkommen in unserer bescheidenen Kirche, Sir John.« Seine wässrigen Augen richteten sich auf Athelstan. »Und auch du, Bruder Athelstan. Wieder einmal führt der Tod uns zusammen.«

»Der Leichnam des Edwin Chapler«, sagte Cranston.

Der Menschenfischer reichte Ichthys seinen Bierhumpen, öffnete die Tür zur Kapelle und winkte Cranston und Athelstan weiter. Drinnen sah es aus wie in einem langgestreckten, schmalen Schuppen. An der hinteren Wand hatte man einen Behelfsaltar errichtet; zwei Kerzenhalter flankierten ein mächtiges Kruzifix. Die Wände rechts und links waren von Gemälden bedeckt, roh skizzierte Holzkohleumrisse, die mit Farbe ausgefüllt waren. Ein Bild zeigte Jonas, wie er vom Wal verschlungen wurde, auf dem anderen sah man Jesus Christus mit seinen Aposteln; sie hatten verdächtig große Ähnlichkeit mit dem Menschenfischer und seinem Zirkel, wie sie so in einer vollbeladenen Barke über den See Genezareth glitten. Es war ein gespenstischer Ort, beleuchtet von Binsenkerzen und Öllampen. An beiden Seiten reihten sich Tische, und auf jedem lag eine Leiche, aus der Themse gefischt, unter einer schmutzigen Leinwand. Die Luft war abgestanden, und trotz der großen Töpfe mit Kräutern, die unter den Tischen standen, roch Athelstan den ekelhaften Dunst der Verwesung. Der Menschenfischer dagegen schien sich hier zu Hause zu fühlen und schwatzte vor sich hin, als er sie voranführte. An einem Tisch blieb er stehen und schlug das Laken zurück. Der Leichnam eines jungen Mannes lag ausgestreckt dort, Haar, Körper und Kleidung vom Flußwasser durchnäßt, die Augen halb offen und das Gesicht von gelblich-fahler Färbung. Athelstan bemerkte die Spuren von getrocknetem Blut an den Mundwinkeln.

»Es war kein Unfall«, verkündete der Menschenfischer und drehte den Toten um.

Athelstan bemühte sich, die aufsteigende Übelkeit zu bekämpfen, als er die breiige Wunde am Hinterkopf des jungen Mannes betrachtete.

»Hat er noch andere Verletzungen?« Cranston nahm einen Schluck aus seinem Weinschlauch. Dann bot er Athelstan den Schlauch an, und ausnahmsweise akzeptierte der Ordensbruder das freundliche Angebot und trank einen großen Schluck.

»Ich habe keine sehen können.« Der Menschenfischer streckte die Hand aus. »Drei Shilling, Sir John. Drei Shilling für ein Mordopfer aus der Themse.«

»Im Rathaus wird man dich bezahlen«, antwortete Cranston.

Der Menschenfischer lächelte und zog die ausgestreckte Hand nicht zurück. »Kommt, kommt, Sir John, spielt nicht Katz und Maus mit mir. Wenn Ihr ins Rathaus geht und drei Shilling verlangt, so gibt man Euch drei Shilling. Gehe ich hin, so gibt man mir eins aufs Haupt und wirft mich die Treppe hinunter.«

Seufzend rückte Cranston das Geld heraus.

»Man hat ihm den Hinterkopf eingeschlagen«, sagte der Menschenfischer. »Wir wissen, daß es Edwin Chapler war; wir haben seine Amtssiegel in seiner Börse gefunden. Da es sich um einen königlichen Schreiber handelt, haben wir sie an den Regenten in den Savoy-Palast geschickt.«

»Sonst noch was?« fragte Cranston.

»Ein paar Münzen, aber . . . « Der Menschenfischer zuckte die Achseln.

Athelstan drehte den Toten wieder um, kniete nieder und flüsterte die Worte der Absolution. Der Menschenfischer wartete geduldig, während Athelstan über dem Gesicht des jungen Mannes ein Kreuzzeichen machte und das Totengebet murmelte.

»Er wurde auf den Hinterkopf geschlagen«, wiederholte der Menschenfischer. »Und nach dem Strömungsverlauf zu urteilen, würde ich sagen, daß er vor drei Abenden von der London Bridge geworfen wurde.«

»Müßte der Leichnam dann nicht blaue Flecken von den Pfeilern und den Befestigungen aufweisen?«

»Nein, Sir John. Der Fluß fließt schnell und wild durch die Bögen der Brücke. Er wurde ganz bestimmt dort hinuntergeworfen, denn als der Tote vom Wasser herumgewirbelt wurde, haben sich Tangfetzen in seinen Kleidern verheddert. Wenn Ihr dort hinunterklettert und Euch die Bögen unter der Brücke anschaut, so werdet Ihr sehen, daß es eine der wenigen Stellen am Fluß ist, wo sich Tang hat ansetzen und halten können.« Der Menschenfischer lachte. »Aber ich spiele mich auf, Sir John. Einer meiner hübschen Knaben dort draußen unterhält sich manchmal mit Harrowtooth, der alten Hexe und weisen Frau, die in einer Hütte am Stadtende der Brücke wohnt. Vor drei Tagen war sie abends in der Kapelle von St. Thomas à Becket und sah dort einen jungen Mann, auf den diese Beschreibung paßt.«

»Natürlich«, sagte Sir John, »und hinter der Kapelle ist ein kleines, abgeschiedenes Plätzchen, das bei Selbstmördern sehr beliebt ist. Um welche Zeit hat die Harrowtooth ihn gesehen?«

»Einige Zeit nach der Vesper. Die Sonne war schon untergegangen. Er war sehr erregt, betete gleich hinter dem Eingang, als wolle er sich eigentlich nicht dort aufhalten.«

»Ich kenne die alte Harrowtooth«, sagte Athelstan. »Ich werde mit ihr sprechen.«

»Was geschieht mit dem Toten?« fragte der Menschenfischer.

»Behalte ihn noch vierundzwanzig Stunden«, sagte Cranston. »Wenn ihn niemand haben will, schickst du ihn an den Pfarrer von St. Mary Le Bow, der soll ihn begraben. Auf dem Friedhof dort gibt es einen Platz . . . «

»Das geht nicht«, antwortete der Menschenfischer. »Den letzten haben sie zurückgewiesen, und das werden sie immer weiter tun, bis der Friedhof geräumt und ein neues Beinhaus gebaut worden ist.«

Athelstan betrachtete den Leichnam voller Mitleid für ein junges Leben, das so brutal ausgelöscht worden war.

»Bringt ihn nach St. Erconwald«, sagte er. »Wenn ihn sonst niemand haben will, nimmt St. Erconwald ihn auf.«

Athelstan fuhr herum, denn die Tür wurde aufgestoßen. Havant kam hereingerauscht, von der Schar des Menschenfischers protestierend umflattert wie von einem Schwarm Spatzen.

»Um des lieben Herrgotts willen!« hauchte Cranston. »Sagt nicht, ich werde Euch jetzt einmal pro Stunde sehen müssen, Sir Lionel.«

»Eine Serie von Todesfällen, Sir John. Wieder ist ein Schreiber ermordet worden.«

»Liegt er im Wasser?« fragte der Menschenfischer hoffnungsvoll.

Sir Lionel nahm keine Notiz von ihm. »Luke Peslep wurde auf der Latrine der Schenke ›Zum Tintenfaß‹ umgebracht, durch Schwertstiche in Bauch und Gurgel. Der Mörder hat sich in Rauch aufgelöst.«

»Ein Raubmord?« fragte Cranston.

»Man hat ihm nichts genommen – bis auf das Leben. Aber das hier wurde zurückgelassen.«

Havant reichte ihm ein schmutziges Stück Pergament, die Tinte dunkelblau, die Schrift ausladend. Cranston gab das Blatt an Athelstan weiter.

»Meine Augen sind heute morgen ziemlich schlecht.« Das war seine übliche Ausrede, wenn er zuviel getrunken hatte.

Athelstan las im Schein einer Öllampe.

»Zwei Rätsel«, sagte er langsam. »Das erste lautet: ›Ein König kämpfte einst gegen ein Heer. Er schlug es, doch am Ende lagen Sieger und Besiegter am gleichen Ort.‹«

»Was um alles in der Welt soll denn das bedeuten?« fragte Cranston.

»Das weiß Gott allein«, sagte Athelstan. »Und hier ist das zweite: ›Mein erster ist wie aufgeblas'ne Pracht, die vorne knallt und hinten kracht.‹ Hat das Peslep gehört?« fragte er.

»Nein«, sagte Havant. »Der Mörder muß es auf der Leiche liegengelassen haben. Am besten seht Ihr es Euch selbst an.«

Cranston und Athelstan dankten dem Menschenfischer und gingen mit Havant auf die Straße hinaus.

Die Glocken der Stadt läuteten zum Vormittagsgebet. Die Händler und ihre Kunden ignorierten diese Einladung jedoch, machten einfach Pause, um etwas zu essen und zu trinken. Deshalb herrschte jetzt weniger Gedränge, und man kam leichter durch Straßen und Gassen. Dennoch war Athelstan erschöpft, als sie endlich beim »Tintenfaß« ankamen. Havant stürmte mit Riesenschritten voran, und Sir John nahm die Herausforderung begierig an und war wie immer darauf bedacht, zu zeigen, daß er ein kraftvoller Ritter sei, der es mit den Jüngsten und Besten aufnahm.

Vor der Schenke »Zum Tintenfaß« hatte sich eine stattliche Menge versammelt. Bogenschützen aus dem Tower, die den Wappenrock John von Gaunts trugen, hielten sie zurück. Havant schlängelte sich hindurch, sprach mit dem Hauptmann der Garde und führte Cranston und Athelstan dann durch den Schankraum hinaus in einen schmutzigen Hof. Ein Bogenschütze, der an einem Hühnerbein nagte und dabei mit der Schankdirne Meg tändelte, deutete mit dem Daumen nach hinten.

»Er ist da drin«, rief er. »Der Hauptmann hat ihm die Hose hochgezogen, damit er schicklich anzusehen ist. Er meinte, kein Mensch dürfe so gefunden werden.«

Athelstan öffnete die Tür. Peslep hockte zusammengesunken auf der Latrinenbank. Sein Wams war blutverkrustet von der Wunde an seinem Hals und dem tiefen Schwertstich in seinem Bauch.

»Bringt ihn heraus«, sagte Athelstan leise.

Cranston brüllte einen Befehl. Der Bogenschütze holte den Toten mit Athelstans Hilfe heraus und legte ihn auf das Steinpflaster. Athelstan erteilte ihm die Absolution und untersuchte dann die beiden Wunden. Er nahm die Börse des Mannes und leerte sie auf seiner Hand aus: Sie enthielt nichts außer einigen Münzen, einem Stück Bimsstein und einer kleinen Christophorus-Medaille.

Athelstan sprach ein kurzes Totengebet, segnete den Leichnam und stand auf. Der Wirt, das Gesicht in künstliche Trauerfalten gelegt, kam händereibend heraus und verdrehte die Augen zum Himmel.

»Der Herr erbarme sich!« heulte er. »Der Herr sei uns gnädig! Wir werden noch alle in unseren Betten erschlagen!«

»Ach, halt's Maul«, knurrte Cranston. »Keine Sorge, Wirt – man wird den Leichnam wegschaffen. In einer Stunde kannst du wieder Geld machen. Was ist denn hier passiert?«

»Ich habe einen Läufer zum Tower geschickt«, stammelte der Wirt. »Das ist ja Luke Peslep, Schreiber in der Kanzlei vom Grünen Wachs.«

»Du hast den Jungen nicht zum Tower geschickt«, sagte Meg verächtlich.

»Herr im Himmel, so fasse dich doch!« herrschte Havant ihn an. »Du hast den Jungen in die Kanzlei an der Fleet Street geschickt. Ich war dort, als er eintraf.«

Der Wirt machte eine fahrige Geste, zog einen schmutzigen Lappen aus der fettigen Schürze und wischte sich damit durch das Gesicht. »Oh Herr, erbarme dich, Herr, erbarme dich! Ihr habt ja recht, Ihr habt ja recht! Ich dachte nur immer, wir sollten zum Tower laufen, vielleicht sind ja die Franzosen gelandet!«

Cranston packte den Mann bei der Schulter und quetschte sie. »Mein lieber Freund!« sagte er. »Ein königlicher Schreiber wurde ermordet, und du blökst hier wie ein Lamm.«

»Ich habe nichts gesehen«, wimmerte der Wirt.

»Zu sehr damit beschäftigt, die Gäste im Auge zu behalten«, bemerkte Meg vielsagend.

Athelstan winkte sie herbei und drückte ihr einen Penny in die schwielige Hand. »Was hast du gesehen, Mädchen?«

Sie schniefte und wischte sich mit dem Handrücken über die Nase. »Peslep kam wie immer her, um zu frühstücken. Wie immer quetschte er mir die Titten, saß da wie ein Fürst und stopfte sich voll, und wie immer ging er nachher hinaus zum Abort, um sich zu erleichtern.«

»Und?«

»Mehr weiß ich nicht. Ich habe niemanden gesehen, der ihm nachging. Simon, der Hüttenmeister, ging hinaus, weil er die Blase vom Bier voll hatte. Wir hörten ihn schreien. Den Rest wißt Ihr.«

»Hast du heute morgen jemanden in der Schenke bemerkt? Einen Fremden?«

Das Mädchen schloß die Augen und legte das Gesicht in Falten. »Ein paar Bettler waren da«, sagte sie. »Ach ja, und ein junger Mann.« Sie öffnete ein Auge und deutete auf Havant. »Er war gekleidet wie Ihr. Gute Kleider. Und er trug einen Soldatengürtel und hohe Lederstiefel mit Sporen.«

Havant lächelte düster. »Aber ich war es nicht?«

»Oh nein, Sir«, antwortete sie kokett. »Ihr seid ja viel hübscher.«

»Du hast also sein Gesicht gesehen?« fragte Athelstan.

»Er war glattrasiert«, sagte Meg. »Aber richtig gesehen habe ich ihn eigentlich nicht, Pater. Ich hatte zuviel zu tun.«

Cranston, der schwankend und mit halbgeschlossenen Augen dagestanden hatte, schmatzte jetzt geräuschvoll mit den Lippen. »Ich sage euch was«, begann er. »Wirt!« Er nahm die Münzen, die Athelstan aus der Börse des Toten genommen hatte. »Laß den Verstorbenen wegbringen.«

»Wohin denn?«

»In deine Gemeindekirche.« Cranston packte das Handgelenk des Mannes und drückte es. »Sag dem Pfarrer dort, Sir John Cranston ersuche ihn, den Mann zu beerdigen.«

Der Wirt ging davon, und Meg folgte ihm.

»Warum wart Ihr in der Kanzlei?« fragte Cranston.

Havant zuckte die Achseln. »Auf Befehl des Regenten, Sir John. Ich sollte dort berichten, daß man Chapler tot aufgefunden hatte.«

»Und?«

»Sie waren sehr bestürzt. Und dann kam der Junge aus der Schenke.« Havant schaute in den blauen Himmel hinauf. »Sir John, ich muß gehen.« Er lächelte Athelstan zu, machte auf dem Absatz kehrt und verschwand in der Schankstube.

Cranston setzte sich auf eine Holzbank und starrte mit düsterer Miene auf die Leiche, während Athelstan den Hof inspizierte.

»Da wirst du nichts finden«, stöhnte der Coroner. »Der hier kam wie ein Dieb in der Nacht.«

Athelstan ging zur Rückseite der Latrine und öffnete dort ein kleines Pförtchen, das in eine schäbige Gasse hinausführte. Er spähte auf und ab. Am hinteren Ende spielten ein paar Kinder mit einer zahmen Kröte unter den Augen einer räudigen Katze, und am anderen Ende führte ein Durchgang zwischen eng beieinanderstehenden Häusern in eine Straße hinaus. Athelstan schloß das Pförtchen, kehrte zu Sir John zurück und setzte sich neben ihn.

»Zuviele Morde«, murmelte der Coroner und rieb sich das Gesicht. »Bruder Athelstan, ich brauche eine Erfrischung.« Er stieß seinem Gefährten den Ellbogen in die Seite, aber der war gedankenverloren. »Worüber denkst du nach, Mönch?«

»Der Ordensbruder, Sir John, ist ratlos: nicht nur angesichts tes toten Drayton. Da bekommt Chapler eins über den Schädel und wird in die Themse geworfen, und nun wird Peslep auf der Latrine erstochen.«

»Soll heißen?« fragte Cranston.

»Die Schreiber wurden von jemandem ermordet, der alle ihre Gewohnheiten und Gebräuche kannte.« Athelstan seufzte. »Ich wette, es war Chaplers Gewohnheit, in der Kapelle von St. Thomas à Becket zu beten, und Meg hat uns soeben erzählt, daß Peslep die Angewohnheit hatte, jeden Morgen hierher zu kommen.«

»Und der Mörder?«

»Dieser junge Mann«, sagte Athelstan. »Er kam mit seinem Soldatengürtel hier herein. Er wartete, bis Peslep hinausging, und folgte ihm dann. Es dürfte ein Kinderspiel gewesen sein: Peslep sitzt auf dem Lokus, die Hose hängt ihm um die Knöchel – die Tür fliegt auf, ein Stich in den Bauch, ein zweiter in die Kehle, und dann flüchtet der Mörder durch die Gasse.

Kommt, Sir John.« Athelstan erhob sich. »Wir werden noch früh genug eine Erfrischung bekommen. Laßt uns in die Kanzlei gehen.«

»Lieber nicht«, sagte Cranston.

»Sir John?«

»Die Morde an den Schreibern sind wichtig, Bruder, aber mir sitzt der Regent im Nacken. Ich will noch einmal in Draytons Haus gehen. Ich will dieses Kontor von oben bis unten durchsuchen.«

»Sir John«, widersprach Athelstan, »wir sind jetzt in der City. Die Chancery Lane ist ganz in der Nähe. Der Mord an Drayton geht auf einen gewieften Verstand zurück, nicht auf einen geheimen Gang. Außerdem . . . « Er zog das Pergament aus der Tasche. »Weshalb hat man diese Rätsel hinterlassen? Welche Botschaft wollte der Mörder damit übermitteln? Ich glaube, Sir John, daß Peslep und Chapler von einem der ihren ermordet wurden, von einem anderen Schreiber. Also hoch mit Euch, Sir John. Wir haben nicht einmal Mittag.«

Cranston fügte sich widerstrebend und verbarg seine bittere Enttäuschung darüber, daß er nicht ins »Heilige Lamm Gottes« gehen und sich dort eine saftige Fleischpastete bestellen konnte. Sie verließen das »Tintenfaß«, nicht ohne daß Cranston dem Wirt noch einmal seine Anweisungen bezüglich des toten Peslep zubrüllte, und dann wanderten sie durch die Cheapside, an den Shambles vorbei, dem lärmenden Fleischmarkt vor dem Gefängnis von Newgate, und in die Holborn Street. Eine Zeitlang mußten sie warten. Eine reisende Schauspielertruppe hatte Zuschauer um sich versammelt, all die Leute, die sonst auf der Straße herumlungerten oder auf den Kirchentreppen lagerten. Jeder, der auch nur einen Augenblick Zeit hatte, drängte auf ein nahegelegenes Stück Ödland, um der springenden, feuerschluckenden, seiltanzenden Künstler- und Gauklertruppe zuzuschauen. Auch grellbunt gekleidete Huren hatten sich herangedrängt, und wo Sir John Cranston erkannt wurde, vernahm man den einen oder anderen Pfiff, aber die großmäuligen Burschen, die Falschspieler und Taschendiebe hielten sich wohlweislich von ihm fern.

Endlich gelang es Sir John, brüllend und die schinkengroßen Fäuste schüttelnd, eine Gasse freizukämpfen. Sie kamen an der Herberge des Bischofs von Ely vorbei und gelangten ins Anwaltsviertel. Hier wimmelte es von nüchtern gekleideten Männern in pelzverbrämten Roben, Schreibern und Kanzleidienern in dumpfen Braun- und Grüntönen. Sie bogen in die Chancery Lane ein, und Cranston blieb vor einem großen, schwammfleckigen vierstöckigen Haus stehen. Die Fenster waren staubig, der Putz und das Holzwerk verblaßt und bröckelig.

»So war es schon, als ich noch ein Knabe war«, bemerkte Cranston und ließ den eisernen Türklopfer, der wie ein Federkiel geformt war, niederfahren. Dann hob er den Zeigefinger und wackelte damit vor Athelstans Gesicht. »Ein veritables Haus der Geheimnisse.«

Er wollte noch weiter erzählen, als die Tür aufging. Der Mann, der sie begrüßte, trug trotz der Wärme eine pelzverbrämte Robe, die vom Hals bis zu den Pantoffeln reichte. In der einen Hand hielt er ein Augenglas, in der anderen einen Federkiel, und seine Finger waren tintenfleckig. Sein Haar war schütter, sein Gesicht grau und faltig. Seine Augen blickten hell, und die Nase war scharf und spitz wie ein Federkiel. Blutlose Lippen schürzten sich vor Ärger über die Störung.

»Worum geht's, ihr Herren?« Er kratzte sich den dürren Hals.

»Um Angelegenheiten des Königs«, sagte Cranston und schob ihn beiseite.

»Aber da soll doch – ich bitte um Vergebung, Sir.« Der Mann packte Cranstons Arm.

»Wer seid Ihr?« kläffte der Coroner.

»Tibault Lesures, Meister der Urkunden. Wie könnt Ihr es wagen . . . «

Cranston ergriff sein Hand. »Sir John Cranston, Coroner der Stadt London, und ich komme auf den ausdrücklichen Befehl des Regenten. Dieser Mönch ist Bruder Athelstan, Pfarrer von St. Erconwald und mein Secretarius.«

Warum sagt Ihr das nicht gleich?« Lesures streckte den Kopf vor wie ein erbostes Huhn. Er zupfte an dem Bastgürtel, der seine Taille umschlang, und lächelte Athelstan an. »Ihr kommt wegen der Morde?« Er schnalzte mit der Zunge. »Junge Männer, in der Blüte ihres Lebens ermordet. Gewalttätige Zeiten, Pater! Der Satan ist stets ein Mörder, und Kain hat mehr Söhne als Abel. Nun ja, dann kommt.«

Er führte sie durch einen düsteren Korridor, vorbei an Kammern, in denen Schreiber und Kopisten kritzelten, Abschriften oder Entwürfe von Dokumenten anfertigten.

Am Fuße der Treppe drehte Lesures sich um. »Die Kanzlei vom Grünen Wachs liegt an der ersten Galerie. An der zweiten liegt die Kanzlei vom Roten Wachs, und an der . . . «

»Danke«, sagte Cranston. »Ich habe hier schon selbst gearbeitet, Master Tibault.«

»Wirklich?« Lesures wurde sehr freundlich.

»Bitte!« beharrte Cranston.

Lesures führte sie die Treppe hinauf, die Galerie entlang und in einen großen Raum, der behaglicher eingerichtet war als die anderen, an denen sie vorbeigekommen waren. Damastvorhänge und bunte Wandteppiche hingen über dem holzgetäfelten Sockel zwischen Schilden mit den Wappen von England, Frankreich, Schottland und Kastilien. Der Fußboden war aus poliertem Holz. Hohe Pulte und Hocker standen in säuberlicher Anordnung, aber sie waren jetzt leer. Vier Schreiber waren am hinteren Ende eines langen Tisches versammelt, der sich mitten durch das Zimmer erstreckte. Sie standen um eine blonde junge Frau herum, die auf einem Stuhl saß und das Gesicht in den Händen verbarg.

Die jungen Männer blickten auf, als Cranston herankam. Sie waren alle Anfang dreißig und trugen Wams, Strumpfhosen und weiße Hemden mit sauberen, gestärkten Stehkragen. Sie sahen adrett und ordentlich aus, und alle trugen den Kanzleiring an der linken Hand. Athelstan entsann sich, daß die Kanzlei stets nur die Besten aus den Hallen von Oxford und Cambridge anzuwerben pflegte, junge Männer aus guten Familien. Einige wurden dann Kirchenmänner, während andere, sofern sie die Gunst des Königs gewannen, zu Sheriffs, Gerichtsbeamten oder Königlichen Bevollmächtigten aufstiegen.

Lesures machte sie bekannt. William Ollerton, klein und stämmig, das glattrasierte Gesicht von einer Narbe entstellt, die von der Nase zum Mund führte. Sein dunkles Haar war sorgsam eingeölt, und er trug einen Ohrring an einem Ohrläppchen. Ein rechter Stutzer, dachte Athelstan. Robert Elflain war lang und dünn wie ein Speerschaft; sein arrogantes Gesicht war geringschätzig in Falten gelegt, und seine Augen blickten wachsam. Thomas Napham war groß, breit und pausbäckig. Er war nicht so säuberlich frisiert und wirkte nervös, als sei er eifrig darauf bedacht, zu gefallen. Schließlich Andrew Alcest, anscheinend der Anführer der Gruppe: von lockerer Haltung und ziemlich mädchenhaft mit seinem glatthäutigen Gesicht und den großen runden Augen. Dennoch spürte Athelstan bei ihm eine gewisse Bosheit: Hier war ein Mann, der trotz seines unschuldigen Aussehens zum Ränkeschmieden neigte wie eine Katze zum Mausen.

Die Schreiber reichten Sir John und Athelstan die Hand und traten dann beiseite. Die junge Frau, die sie umdrängt hatten, saß immer noch auf dem Stuhl und stützte das Kinn auf den Handballen. Tränenreich lächelte sie Cranston an, der turmhoch über ihr aufragte. Athelstan bemerkte, wie anziehend ihr Gesicht aussah – nicht schön, aber hübsch mit den großen grauen Augen und dem süßen Mund, reizvoll trotz der Tränen, die ihr über die Wangen rollten. Sie sah müde aus. Kastanienbraune Haarsträhnen lugten unter ihrer Wollhaube hervor. Athelstan sah die Schlammspuren an ihrem grauen Mantel, der über der Stuhllehne hing. Ihr Mieder und das hochgeschlossene Kleid waren zerknüllt und staubig wie nach einer Reise. Sie trug einen Ring am Finger und ein silbernes Kreuz an einer Kette um den Hals, aber das war ihr einziger Schmuck. Der Ordensbruder war fasziniert von ihren Fingern, die lang und schlank waren. Er bemerkte die Einkerbungen an den Nägeln und fragte sich, ob sie wohl als Stickerin oder Näherin arbeitete. Cranston starrte weiter glückselig auf sie herab, bis die junge Frau einigermaßen verstört blinzelte und sich hilfesuchend Athelstan zuwandte.

»Sir John Cranston, Mistress«, erklärte Athelstan. »Der Coroner der Stadt. Wir sind hier, um die Morde an Luke Peslep und Edwin Chapler zu untersuchen.«

»Gut!« rief die Frau, und ihre Miene verhärtete sich. Sie erhob sich, ergriff Cranstons Hand und küßte sie, ehe er sie daran hindern konnte. »Ich bin Edwins Schwester, Alison Chapler. Ich habe die Nachricht soeben bekommen, Sir John. Ich verlange Rache und Gerechtigkeit für den Mord an meinem Bruder.«

Drei

Sir John ließ die Hand der jungen Frau los.

»Setzt Euch, Mistress«, sagte er leise und trat ein paar Schritte zurück.

Athelstan schloß die Augen, als er das unterdrückte Gekicher der Schreiber hörte. Bei Cranston machte sich der schwere Rotwein jetzt in seiner ganzen Kraft bemerkbar; leutselig schaute der Coroner in die Runde.

»Ihr alle, Ihr Herren, setzt Euch jetzt hierher an den Tisch.« Er nahm selbst am Kopfende Platz und gab Athelstan fingerschnippend zu verstehen, er solle sich neben ihm auf einen Schemel setzen. »So«, begann er, als die Schreiber zu beiden Seiten Platz genommen hatten. »Ja, ja, eine schöne Schweinerei – zwei königliche Schreiber, schrecklich ermordet . . . « Er wackelte mit seinem stumpfen Finger. »Und Ihr wißt, was man sagen wird, nicht wahr?«

»Ihr seid wohl nicht nur Coroner, sondern auch Prophet?« platzte Elflain heraus und grinste seine Kollegen unterstützungheischend an.

»Nein, Sir, ich bin ein Beamter des Königs«, raunzte Cranston, und in Gesicht und Stimme war von Müdigkeit keine Spur mehr. »Der Mord an einem königlichen Schreiber ist Hochverrat. Die Strafe dafür ist folgende: Der Täter wird halb aufgehängt, ausgeweidet, abgeschnitten und gevierteilt.«

Die Schreiber hörten jetzt aufmerksamer zu.

»Gut«, schnurrte Cranston. »Jetzt, da wir Eure Aufmerksamkeit haben, wollen wir beginnen. Mistress Alison, Ihr wohnt in London?«

»Nein, Sir John. Ich bin heute morgen aus Epping gekommen. Das ist ein Dorf an der alten Römerstraße, die durch Essex führt.«

»Aye, ich kenne es«, sagte Cranston. »Mistress Alison, ich muß um Vergebung bitten, aber ich habe den Befehl gegeben, den Leichnam Eures Bruders nach St. Erconwald zu bringen. Bruder Athelstan war gütigst damit einverstanden, ihn dort zu bestatten.«

Alison lächelte Athelstan so betörend an, daß dessen Herz einen kleinen Satz tat. Es war lange her, daß eine reizende junge Frau ihn so angelächelt hatte. Er wurde rot und senkte den Kopf.

»Wollt Ihr ihn mit nach Hause nehmen, Mistress?« fragte Cranston mit einem Seitenblick auf Athelstan. Das Unbehagen seines Secretarius machte ihm Spaß.

»Nein, Sir John. Bruder Athelstan, es war sehr freundlich von Euch. St. Erconwald ist in Southwark, nicht wahr?«

»Ja, Mistress«, sagte Athelstan, ohne den Kopf zu heben.

»Ich danke Euch, Bruder.«

»Was wolltet Ihr jetzt in London?« fragte Cranston.

»Ich wollte meinen Bruder besuchen«, antwortete Alison. »Vor zehn Tagen brachte mir ein Wandergeselle einen Brief, eine kurze Nachricht: Edwin teilte mir mit, er fühle sich unwohl. Es war klar, daß ihn etwas beunruhigte. Ich habe den Brief hier.«

Sie hob die verschlissene lederne Satteltasche auf, die neben ihrem Stuhl lag, öffnete die Schnalle und wühlte in der Tasche herum, bis sie den Brief zutage gefördert hatte. Athelstan nahm ihn und entrollte das knisternde, viereckige Stück Pergament. Der Brief war in einer wunderschön geformten Schrift geschrieben: *Von Edwin Chapler an seine liebreizende und geliebte Schwester Alison.* Er fühle sich nicht wohl, hieß es da, und sei von gewissen Sorgen sehr geplagt. Wenn er frei wäre, würde er wohl kommen und sie besuchen; ob sie nun aber nicht zu ihm kommen könne?

Athelstan sah, daß der Brief zehn Tage zuvor geschrieben worden war. Er lächelte dankend und reichte ihn zurück.

»Ich bin heute morgen gekommen«, sagte Alison. »Mein Bruder hatte eine Kammer in der St. Martin's Lane bei Aldersgate, eine Dachkammer nur, mit Blick auf den Stadtgraben. Es stinkt dort ziemlich stark, besonders im Sommer.«

»Allerdings.« Cranston nickte verständnisvoll. »Ihr kamt also hierher, Mistress, und mußtet erfahren, daß Euer Bruder ermordet worden war?«

»So war es.« Alcest meldete sich zu Wort. »Wir berichteten ihr, Sir, was Havant uns gesagt hatte: daß der Leichnam ihres Bruders aus der Themse gefischt worden war.«

»Und jetzt hat man auch den armen Peslep umgebracht«, sagte Napham.

»Zwei Tote«, trompetete Cranston mit rollenden Augen. »Zwei königliche Schreiber innerhalb weniger Tage ermordet.« Er trommelte mit den Fingern auf der Tischplatte. »Das ist kein Zufall, ihr Herren. Wie wir erfuhren, wurde Chapler erschlagen, als er in der Kapelle von St. Thomas à Becket auf der London Bridge betete, und dann wurde der Leichnam in die Themse geworfen. Peslep wurde in der Taverne ›Zum Tintenfaß‹ erstochen. Langer Rede kurzer Sinn, ihr Herren: Der Mörder wußte, wo er zuschlagen mußte.

Man berichtete uns von einem jungen Mann, einem Fremden, der im ›Tintenfaß‹ gesehen wurde. Er trug Mantel, Soldatengürtel und Sporenstiefel. Auf wieviele von Euch hier paßt diese Beschreibung?«

Die Schreiber schauten einander überrascht an.

»Der Lord Coroner hat Euch eine Frage gestellt«, sagte Athelstan. »Auf wieviele von Euch könnte diese Beschreibung passen? Vielleicht könnten die Betreffenden die Hand heben?«

Langsam hoben alle vier Schreiber die Hand, Alcest als erster.

»Aber«, protestierte Elflain, »es gibt doch Tausende von jungen Männern in London, auf die sie ebenfalls paßt.«

»Und wieviele von diesen jungen Männern«, fragte Athelstan, »wußten, daß Chapler in St. Thomas à Becket zu beten pflegte oder daß Peslep im ›Tintenfaß‹ verkehrte?«

»Wollt Ihr damit sagen, daß der Mörder einer von uns ist?« fragte Alcest.

»Ja, Sir, das will ich«, sagte Athelstan. »Und, bitte, seid jetzt nicht gekränkt und fangt auch nicht an, Eure Unschuld zu beteuern. Wir sind hier auf Befehl Seiner Gnaden des Regenten, Herzog John von Lancaster.« Mit Genugtuung sah er, daß ihre arrogante Selbstgefälligkeit allmählich verging. »Natürlich könnte ich meine Worte auch maßvoller wählen«, sagte Athelstan. »Zur Zeit jedenfalls richtet sich der Verdacht gegen Euch alle. Andererseits jedoch – wenn Ihr Euch von Ehrlichkeit leiten laßt und unsere Fragen wahrheitsgemäß beantwortet, so kann der Verdacht sich auch anderswohin richten.«

»Welche Fragen denn?« wollte Ollerton wissen.

Athelstan warf einen Blick zu Lesures hinüber, der

mit offenem Mund dasaß. Der Ordensbruder war bereits zu dem Schluß gekommen, daß der Dokumentenmeister seinem Titel zum Trotz sehr wenig Macht über diese jungen Kampfhähne hatte. Schreiber wie diese verdienten gutes Silber und wurden von den Großen und Mächtigen bei Hofe umhegt, da diese ihre Dienste häufig benötigten.

»Fragen!« kläffte Cranston. »Fragen, Sir! Jawohl, ihr Herren, ich werde Euch Fragen stellen, Euch allen. Zuerst einmal: Wo wart Ihr heute morgen, als Peslep ermordet wurde?«

»Oh, um des lieben Himmels willen, Sir John . . . « Alcest verzog verachtungsvoll sein hübsches Gesicht. »Jeder von uns wohnt in einem anderen Teil der Stadt. Wir trafen kurz nach der Morgenandacht hier ein. Einige hier gehen zur Messe, andere spazieren über die Felder von Clerkenwell. Peslep machte es Spaß, zu essen, zu trinken und die Titten einer jungen Schankdirne zu begrabschen.«

»Und Chapler?« fragte Athelstan.

»Ein pflichtbewußter Schreiber.« Lesures war es, der jetzt sprach, als sei er eifrig darauf bedacht, die Tugenden des Toten zu preisen. »Er ging immer in St. Mary Le Bow zur Messe und betete zu Mittag den Angelus. Und die Bettler in der Cheapside kannten ihn als großzügigen Mann.«

»Gut, gut«, sagte Athelstan und imitierte Cranstons Tonfall. »Aber keiner von Euch kann sagen, wo er heute morgen war und was er tat, als Peslep ermordet wurde?«

Die Schreiber starrten ihn an und schüttelten die Köpfe.

»Ihr habt keine Zeugen«, fuhr Athelstan fort, »die bestätigen können, daß der und der unter Euch um die und die Zeit da und da war?«

»Hat irgend jemand in London solche Zeugen?« Napham kratzte sich am Kopf. »Bruder Athelstan, wir stehen morgens auf, wir waschen uns, wir kleiden uns an und gehen unseren täglichen Pflichten nach. Wir führen nicht getreulich Buch über jeden Augenblick, den wir verbringen.«

»Dann laßt uns darüber sprechen, was Ihr vor drei Tagen am Abend getan habt . . . «

Athelstan hörte ein Schnarchen und drehte sich um. Cranston hatte sich auf seinem Stuhl zurückgelehnt und die Augen geschlossen und schmatzte mit den Lippen. Jetzt rülpste er sanft. Der Ordensbruder schaute in die Runde. Die junge Frau starrte Sir John fasziniert an. Unter gewöhnlichen Umständen hätten die anderen gekichert oder hinter vorgehaltener Hand gelacht. Jetzt aber waren die Schreiber auf der Hut. Cranston mochten sie als betrunkenen Tölpel abtun, aber diesen kleinen Ordensbruder mit seiner Unschuldsmiene und den kurzen, widerhakenbewehrten Fragen mußte man im Auge behalten. Das alles ist eitel Treiben, dachte Athelstan. Hier in dieser Kammer spürte er die Anwesenheit der Sünde, schwer und lastend, er spürte Arroganz und Heimlichtuerei. Diese Männer hatten etwas zu verbergen. Athelstan war sicher, daß der Mörder hier unter ihnen saß.

»Schläft Sir John eigentlich viel?« Alcest legte den Kopf auf die Seite und machte runde Augen wie ein Kind.

Athelstan entging der Hohn in diesen Worten nicht. »Im Tower habe ich einmal einen Löwen gesehen«, sagte er. »Er lag ausgestreckt im Sand, aber nur ein Dummkopf hätte gewagt, ihn zu wecken. Ihr seid kein Dummkopf – oder, Master Alcest?«

Der Schreiber verzog das Gesicht und schaute weg.

»Laßt uns also zu dem Abend vor drei Tagen zurückkehren, als Chapler ermordet wurde«, schlug Athelstan vor, und Alcests Blick entging ihm nicht. Der Schreiber hatte darauf gewartet, daß diese Frage wiederholt wurde.

»Am Abend vor drei Tagen«, sagte Alcest. »Um welche Stunde, Bruder?«

»Wann ist die Arbeit hier zu Ende?«

»Im Sommer, wenn es dunkel wird. Aber vor drei Tagen war es anders. Da war das Fest des Hl. Edmund, unseres Schutzpatrons. Da verließen wir das Haus vor der Vesper.«

»Und Chapler war bei Euch?«

»Nein, nein, wie meistens ging er seinen eigenen Geschäften nach.«

»Und Ihr?«

»Fragt den Wirt vom ›Tanzenden Schwein‹. Geraume Zeit vor Sonnenuntergang waren wir da. Wir mieteten einen eigenen Raum für ein Festessen. Gewisse Damen aus der Stadt beehrten uns mit ihrer Anwesenheit.«

»Und keiner von Euch entfernte sich?«

»Nein!« sagte Ollerton und kratzte sich die Narbe unter seiner Nase. »Keiner von uns entfernte sich, und jeder kann für die anderen bürgen. Überdies wird auch der Wirt vom ›Tanzenden Schwein‹ Euch sagen, daß wir keinen Grund hatten, uns zu entfernen.«

»Ihr wart die ganze Nacht dort?«

»Von der Abenddämmerung bis kurz vor Morgengrauen.«

»Ah, die Kerlchen! Reizende Bürschchen!« murmelte Cranston. »Reizende Buben! Und jetzt einen Becher Roten für mich!«

Athelstan errötete peinlich berührt, als er das Gekicher hörte. »›Ein König kämpfte einst gegen ein Heer‹«, zitierte er eilends. »›Er schlug es, doch als die Schlacht vorüber war, lagen Sieger und Besiegter am gleichen Ort.‹«

Das Kichern erstarb.

»Was um alles in der Welt . . . ?« fragte Alcest.

»›Mein erster‹«, fügte Athelstan hinzu und besann sich auf das zweite Rätsel, »›ist wie aufgeblas'ne Pracht, die vorne knallt und hinten kracht‹.«

»Pater, Ihr redet in Rätseln.«

»Bruder Athelstan . . . « Cranston öffnete die Augen, beugte sich vor und rieb sich das Gesicht. »Bruder Athelstan zitiert hier etwas, das wir heute morgen auf dem Leichnam Eures toten Freundes Peslep gefunden haben. Zwei Rätsel, Sir. Eh? Was haben sie zu bedeuten? Kommt, Sir, sagt es mir.«

Cranston streckte sich, spannte seine Muskeln und leckte sich die Lippen. Er wollte einen Schluck aus dem wunderbaren Weinschlauch nehmen, aber Athelstan versetzte ihm unter dem Tisch einen Tritt gegen das Schienbein.

»Rätsel!« rief Lesures aus und schaute in die Runde; zu gern wollte er sich an diesem mysteriösem Gespräch beteiligen. »Aber, Ihr Herren«, sagte er zu den Schreibern, »Ihr gebt einander doch fortwährend Rätsel auf!«

»Ist das wahr?« fragte Athelstan.

»Ja, es ist wahr«, antwortete Alcest. »Sir John, Ihr habt einst auch als Schreiber gedient. Bruder Athelstan, Ihr wart mit Eurem Studium beschäftigt, oder?« Alcest spreizte die Hände. »Das Leben kann langweilig werden, selbst für einen Schreiber in der Kanzlei vom Grünen Wachs. Und da haben wir die Kunst des Rätselratens vervollkommnet. Wir geben einander Rätsel auf, und wer am Ende der Woche die meisten gelöst hat, wird von den anderen beim Essen freigehalten.«

»Gebt mir ein Beispiel«, bat Athelstan.

Alcest kratzte sich am Kinn. »So sagt mir, Bruder: Wo auf der Welt ist der Himmel nur drei Yard breit?«

Athelstan sah Sir John an, und der zog eine Grimasse.

»Denkt doch nach, Bruder«, sagte Alcest schalkhaft. »An welcher Stelle der Welt ist der Himmel nicht mehr als drei Yard breit?«

Athelstan schloß die Augen und dachte an die vergangene Nacht. Er hatte auf dem Turm von St. Erconwald gestanden und zum Himmel hinaufgeschaut. Manchmal starrte er so unverwandt in die Höhe, daß ihm zumute war, als wolle der Himmel sich herabsenken und ihn umhüllen, während die Sterne ihn umtanzten und nur darauf warteten, daß er sie pflückte. Dann dachte er an die Treppe, die im Turm hinaufführte, eng und gewunden; manchmal ließ er die Falltür offen . . . Athelstan öffnete die Augen.

»Wo auf der Welt ist der Himmel nur drei Yard breit?« wiederholte er.

Alcest nickte.

»Nun, am Grunde eines Brunnens«, sagte Athelstan.

Alcest klatschte in die Hände. »Gut geraten, Bruder.«

»So habe ich das Rätsel also gelöst«, stellte Athelstan fest.

»Wiederholt die Euren«, sagte Elflain.

Athelstan tat es. Die Schreiber murmelten und tuschelten untereinander, ohne sich weiter um die junge Frau zu kümmern, die am Ende des Tisches saß.

»Das sind ganz neue«, befand Napham. »Bruder Athelstan, Ihr müßt uns mehr Zeit geben.«

»Das werden wir«, sagte Cranston. »Aber sagt doch,

Ihr Herren, wüßtet Ihr jemanden, dem aus irgendeinem Grund am Tod von Chapler und Peslep gelegen sein könnte?«

Ein vielstimmiges Nein war die Antwort.

»Bestimmt nicht?« Cranston blieb beharrlich.

»Sir John, wir sind Schreiber«, antwortete Elflain. »Wir kommen aus verschiedenen Gegenden des Landes. Wir haben hier keine Verwandten.« Elflain schwenkte die Hand in die Runde. »Daher sind unsere Kollegen hier so etwas wie unsere Familie. Wir wüßten es, wenn einem von uns Gefahr drohte.«

Cranston pfiff durch die Zähne. »Wenn das so ist«, sagte er und erhob sich schwerfällig, »so wird keiner von Euch sich aus London entfernen.«

»Wir haben viel zuviel zu tun«, erwiderte Lesures steif. »Da kann gar niemand fortgehen.«

Athelstan schaute sich um. Jedes Pult im Raum war mit Manuskripten bedeckt. Hinten in der Ecke standen sieben Becher, rot glasierte Tongefäße, und jeder war mit einem Buchstaben gekennzeichnet. Alcest folgte seinem Blick.

»Unsere Trinkbecher, Bruder.« Sein Gesicht wurde traurig. »Sieben, wenn man Master Tibaults mitzählt. Nun, da Peslep und Chapler tot sind, werden wir heute abend feierlich auf sie trinken.«

»Das ist Brauch bei uns«, sagte Lesures. »Nachdem wir hart an all den Urkunden und Dokumenten gearbeitet haben, beenden wir den Tag mit einem Becher Malvasier. Und heute abend trinken wir ihn auf das Wohl unserer verstorbenen Freunde.«

»Was genau tut Ihr hier?« fragte Athelstan, stand auf und griff nach der Tasche mit seinem Schreibzeug.

»Dies ist die Kanzlei vom Grünen Wachs«, antwortete Lesures in gedämpftem, ehrfürchtigem Ton.

»Ja, das weiß ich.«

»Wenn ich eine Konzession erneuern will«, erklärte Cranston, »oder wenn ich die Erlaubnis für eine Reise nach Übersee brauche, die Genehmigung zum Betteln oder die Befugnis zum Betreten meines väterlichen Besitzes, oder wenn ich eine Verfügung gegen meinen Feind erwirken will, dann mache ich eine Eingabe beim Kanzler. Der Kanzler und seine Schreiber werden es genehmigen oder ablehnen. Wenn sie einverstanden sind, so wird die Lizenz, die Verfügung oder was sonst als Urkunde benötigt wird, zu Papier gebracht und besiegelt.«

»Und das geschieht hier?«

»Ja«, antwortete Napham. »Und, Bruder« – er deutete auf die Stundenkerze, die auf einem großen eisernen Halter neben der Tür saß –, »wir haben noch viel Arbeit.«

»Wo hat Peslep gewohnt?« Athelstan ignorierte den Hinweis darauf, daß sie sich nun verabschieden sollten.

»In Little Britain, bei der Priorei St. Bartholomew«, sagte Alcest.

»Und Edwin Chapler?«

»Der hatte eine Kammer in der Nähe des Stadtgrabens.«

»Ich denke, wir sollten beide einmal besuchen«, meinte Athelstan. Er sah sich rasch um und bemerkte in Ollertons Miene leisen Ärger und sah auch, daß Elflain sich nervös die Lippen leckte.

»Dürft Ihr das?« fragte Alcest.

»Ich bin der Coroner des Königs«, gab Cranston zurück. Er schwankte leicht. »Ich weiß, was ich tun darf, Sir, und was nicht. Ich werde diese Wohnungen aufsuchen.« Er trommelte mit den Fingern auf den

Tisch. »Wir wollen nicht vergessen, Ihr Herren: Ihr seid Schreiber vom Grünen Wachs, in einem bedeutenden Staatsamt also. Gott weiß, warum Eure Kollegen ermordet wurden, aber Seine Gnaden der Regent hat ein tiefgehendes Interesse an diesem Fall.« Er hob einen stumpfen Finger. »Jeder Prediger verabschiedet sich mit einem guten Satz, und so will ich es auch tun. Zwei Eurer Kameraden sind tot. Nun mag die Angelegenheit damit erledigt sein, aber was weiß ich? Vielleicht will der Mörder noch weitere, vielleicht gar Euch alle zur Strecke bringen. Ich bitte Euch also, seid auf der Hut.« Er schaute in die Runde und sah zu seiner Genugtuung, daß diese arroganten jungen Männer ein wenig von ihrem Hochmut verloren hatten. »Überdies bitte ich Euch, nachzudenken und Euch zu besinnen: Habt Ihr Euch Feinde gemacht? Haben die Schreiber dieses Amtes bei jemandem Anstoß erregt? Wer könnte einen Groll gegen Euch hegen?« Er sah Athelstan an. »Bruder, es wird Zeit.«

»Kann ich mitkommen?« Alison griff nach ihrem Mantel und warf ihn über die Schultern. »Ich habe in der ›Silbernen Laute‹ Quartier bezogen«, fügte sie hastig hinzu. »An der Ecke der Milk Street.«

»Natürlich«, sagte Athelstan. »Ihr seid mehr als willkommen, Mistress. Wo sind Eure Sachen?«

»Schon dort«, antwortete sie.

Die junge Frau griff nach ihrer Ledertasche und wollte sie über die Schulter hängen. Cranston nahm sie ihr galant ab. Sie verabschiedeten sich und verließen die Kanzlei. Draußen auf der Straße blieb Athelstan stehen.

»Tagträume, Mönch?« fragte Cranston.

»Nein, Sir John.« Athelstan lächelte Alison zu. »Der Ordensbruder denkt nach. Mit diesen jungen Männern stimmt etwas nicht.« Er rieb sich die Hände. »Nichts Handfestes – nur ein Blick, eine Geste . . . «

»Warum sagt Ihr das, Bruder?« fragte Alison.

Cranston legte Athelstan eine Hand auf die Schulter. »Das sagt er, Mistress, weil sein Verstand ein wahres Frettchen ist, das unermüdlich hinter der Wahrheit herwieselt. Und wenn er nicht gerade damit beschäftigt ist, dann hört er seinen jammervollen Pfarrkindern zu oder er hockt auf seinem Kirchturm und starrt zu den Sternen hinauf.«

»Ihr studiert das Firmament, Pater?«

Athelstan schaute lächelnd in das hübsche Gesicht der jungen Frau. »Nun ja. Unterwegs will ich Euch von einem Buch erzählen, das ich gerade lese. Ein Mönch namens Richard von Wallingford hat es geschrieben. Er war Abt von St. Alban's . . . «

Athelstan war erfreut, jemanden zu finden, der ein so waches Interesse für die Werke der Astrologie und Astronomie aufbrachte, und plauderte munter drauflos. Cranston hielt sich verdrossen zurück, brummte hin und wieder etwas von verdammten Mönchen und Sternen und nahm gelegentlich einen Schluck aus seinem wunderbaren Weinschlauch.

Sie wanderten durch Holborn. Das Gedränge hatte nachgelassen; nur noch vereinzelte Karren, Nachzügler auf dem Weg zum Markt, und die üblichen Reisenden, Wandergesellen und Hausierer, waren unterwegs in die Stadt. Athelstan fand in Alison eine bereitwillige Zuhörerin mit einem aufmerksamen Interesse für die Zusammenhänge von Astrologie und Astronomie und vor allem für die Auswirkungen des Saturn auf die menschlichen Angelegenheiten. Nur einmal blieb Athelstan stehen, als sie nämlich an der Cock Lane vorbeikamen, wo sich sonst die Prostituierten herumzutreiben pflegten. Für gewöhnlich drängten sich am Anfang der Gasse lauter Huren mit auffälligen Perücken und schreiend bunten Kleidern und warteten auf Kundschaft. Wenn sie Sir John erblickten, hallte die Straße wider von ihren Spottrufen und grellen Beschreibungen dessen, was sie mit ihm anstellen wollten. Heute vormittag aber war es hier ganz ruhig, und weit und breit war keine Hure zu sehen. Die Gasse war mit zwei mächtigen Balken verschlossen, die quer vor dem Eingang lagen und von einer Reihe Bogenschützen bewacht wurden. Diese waren schwarz gekleidet, und Masken von der gleichen Farbe bedeckten ihre Gesichter. Sie waren mit Schwert und Dolch bewaffnet und trugen Köcher auf dem Rücken. Die Sehnen der Langbögen, die sie in den Händen hielten, waren gespannt, und sie hatten die Pfeile schon angelegt. Über die Holzschranke hatte jemand ein weißes Tuch mit einem großen roten Kreuz gehängt, und darunter standen die Worte »Jesu Miserere.

»Der Herr erbarme sich unser!« flüsterte Cranston. »Die Pest ist da!«

Athelstan fühlte, wie die Haut in seinem Nacken zu prickeln begann. Einer der großen Alpträume Londons war zurückgekehrt. Dann und wann sickerte der Pesthauch in die Stadt. Manchmal infizierte er jeden Ort, dann wieder wurde, wie jetzt, nur eine Gasse, eine Straße oder ein Viertel befallen. Wenn das geschah, wurden die Bewohner in ihren Häusern eingesperrt und starben dort zusammen in ihren Betten. Kinder weinten neben ihren toten Eltern, Priester weigerten sich, die Sterbesakramente zu spenden, Ärzte kamen nicht zu den Kranken – selbst die Totengräber wollten die Leichen nicht anrühren.

»Die Pestjungfrau!« flüsterte Alison.

»Die was?« fragte Cranston und spähte über die Absperrung.

»Eine Legende aus Norfolk«, sagte die Frau. »Die Pestjungfrau ist ein Gespenst, das durch die Luft fliegt wie eine bläuliche Flamme und haltmacht, wo es will. Dort nimmt es menschliche Gestalt an, geht von Haus zu Haus und bestreicht Türen und Fenster mit ihrem Fiebergift. Manchmal sieht man sogar ihr blutrotes Kopftuch im Winde flattern. Wer es sieht oder berührt, stirbt noch am selben Tag.«

»Was hat dein Richard von Wallingford dazu zu sagen?« fragte Cranston sarkastisch.

»Etwas ganz Ähnliches«, antwortete Athelstan.

Er wollte auf die Schranke zugehen. Einer der Schützen spannte den Bogen. Athelstan hob beschwichtigend die Hand und wich zurück. Seufzend wandte er sich zum Weitergehen. »Richard von Wallingford berichtet etwas ganz Ähnliches«, wiederholte er. »Er spricht von schwarzen Hunden, die durch die Nacht streifen, mit glühenden Augen und räudigem Fell. Jedes Zeitalter hat seine eigenen Zeichen und Wunder im Zusammenhang mit der Pest.«

»Ich weiß«, sagte Cranston, eifrig darauf erpicht, an der Seite der hübschen Alison zu gehen. »Als ich ein Dreikäsehoch war, erzählte mein Großvater, die Pest komme auf einem schwarzen Pferd über die London Bridge geritten oder in einer schwarzen Barke die Themse herabgeschwommen.«

»In Epping«, ergänzte Alison, »halten die Bauern die Pest für einen Schnitter, der mit seiner Sense die Erde aufschneidet und Schlangen, schwarzes Blut und ekelhaftes Gewürm hervorquellen läßt. Im vorigen Jahr, als die Pest in der Stadt war, hörte man ein jammervolles Heulen auf dem Friedhof, und etliche Leute sahen Gespenster über die Wiesen tanzen. Ein Schankwirt behauptete, er habe dreißig Särge säuberlich aufgereiht gesehen, ein jeder mit einem schwarzen Leichentuch bedeckt, und auf jedem habe eine dunkle Gestalt mit einem schimmernden weißen Kreuz in der Hand gestanden.«

Athelstan blieb stehen und sah die junge Frau an. »Ihr seid sehr kundig, Mistress. Ihr kennt Richard von Wallingford, die Astronomie, die Astrologie, die Pestjungfrau . . . «

»Mein Vater hat mich und Edwin unterrichtet«, sagte sie, und ein zartes Rot überhauchte ihre Wangen.

Athelstan umfaßte ihre Finger. »Aber heute studiert Ihr Eure Fibel nicht mehr?«

Sie lächelte kokett und schaute den Ordensbruder unter gesenkten Wimpern an.

»Nein, Bruder, ich bin Näherin, und eine sehr gute dazu.« Sie beugte sich vor und küßte Athelstan sanft auf beide Wangen. »Ich danke Euch für Eure Großzügigkeit und Güte, Bruder. Wenn Edwin begraben und dies alles vorüber ist, werde ich neue Altartücher für Eure Kirche nähen.«

Athelstan sah, wie Cranston hinter ihnen fröhlich grinste; das Unbehagen des Ordensbruders machte dem Coroner großen Spaß. »Danke«, murmelte er und hustete verlegen. »Aber wir sollten jetzt weitergehen, Sir John. Mistress Alison, es ist eigentlich nicht nötig, daß Ihr uns begleitet.«

»Oh, Peslep kümmert mich auch nicht«, antwortete sie. »Aber ich möchte dabei sein, wenn Ihr Edwins Kammer aufsucht.«

So gingen sie weiter und überquerten die weite Fläche von Smithfield. Ein betrunkener Wasserhändler taumelte vor ihnen her, daß das Wasser aus den

Eimern schwappte, die er an der Schulter trug – sehr zum Vergnügen einer Schar zerlumpter Straßenjungen.

Athelstan wandte sich den aufragenden Massen von St. Bartholomew's Hospital zu. Auf den ersten Blick vermutete er, daß die Menschenmenge, die sich dort versammelt hatte, am Grab des seligen Rahere in der nahen Priorei beten wollte oder vielleicht auch Hilfe im Hospital suchte, aber dann ließ ihm ein Schmerzensschrei das Blut gerinnen.

»Oh Gott, nein!« stöhnte Cranston. »Der Tag des Brandmarkens!«

Athelstan beschleunigte seinen Schritt. »Nicht hinschauen!« flüsterte er Alison zu. »Wenn wir an der Pforte des Hospitals vorbeikommen, wendet Euch ab!«

Er schlug die Kapuze über den Kopf, schloß halb die Augen und murmelte ein Gebet. Cranston, der gelassener hinter ihnen ging, spähte über die Köpfe der Menge hinweg zu einer kleinen Plattform, die neben der Hospitalpforte errichtet worden war. Daneben wartete eine Reihe von Verbrechern aus den Gefängnissen von Fleet und Newgate darauf, gebrandmarkt zu werden – mit einem »F« für Fälscher, einem »L« für Lästerer und einem »Z« für zweimal überführte Diebe. Taschendieben wurden die Ohren abgeschnitten, und Huren, die zum vierten Mal dabei ertappt wurden, wie sie innerhalb der City ihrem Gewerbe nachgegangen waren, schlitzte man die Nase auf. Einige ertrugen es tapfer, andere kreischten und protestierten und zerrten lärmend an ihren Ketten, während die vierschrötigen städtischen Büttel sie festhielten.

»Kommt, Sir John!« rief Athelstan über die Schulter. »Dies ist kein Ort für eine Lady!«

»Es ist kein Ort für irgend jemanden«, grunzte Cranston. »In meiner Abhandlung über die Verwaltung dieser Stadt ...« Er hielt inne und schloß die Augen. »Ja, in *caput decimum*, im zehnten Kapitel, ›Über die Bestrafung minderer Verbrechen‹, da vertrete ich die Auffassung, daß die Brandmarkung im Gefängnishof durchgeführt werden sollte.«

Er öffnete die Augen wieder, aber da waren Athelstan und die junge Frau schon zwanzig Schritte weiter und gingen durch Little Britain, und Cranston lief ihnen eilig nach. Athelstan blieb an einem Verkaufsstand stehen, um den Händler nach dem Weg zu fragen, und dann gingen sie weiter, bis sie vor einer viergeschossigen, gut gepflegten Villa stehenblieben, die auf einem eigenen kleinen Grundstück mit einer Gasse zu beiden Seiten stand. Er betätigte den eisernen Türklopfer. Eine junge Magd öffnete, das Gesicht unter der Haube schmal und weiß. Ihre Augen weiteten sich ängstlich, als sie erst Bruder Athelstan und dann Sir Johns massige Gestalt erblickte.

»Hat Luke Peslep hier gewohnt?« dröhnte der Coroner.

»Oh ja, Euer Gnaden.« Nickend machte die Magd einen Knicks. »Er hat zwei Kammern im zweiten Stock.«

»Zwei?« wiederholte Cranston. »Ein reicher Mann, unser Schreiber. Hast du einen Schlüssel?«

»Aber der Herr ist nicht da«, wandte die Magd ein, doch als Sir John die Brauen zusammenzog, fügte sie hastig hinzu: »Ich habe einen Schlüssel hier.«

Sie führte die Besucher durch einen angenehm duftenden Korridor zu einer blank polierten Eichenholztreppe. In einer kleinen Nische im oberen Stockwerk schob sie den Schlüssel in ein Türschloß und stieß die

Tür auf. Sir John trat ein, gefolgt von Alison und Athelstan.

Es war dunkel in der Kammer, und so öffnete die Magd die Fensterläden. Cranston stieß einen Pfiff aus, und Athelstan tat einen erstaunten Ausruf. Pesleps Unterkunft war keine kärgliche Kammer. Es waren zwei Zimmer, eine kleine Stube und ein Schlafgemach. Als die Magd Kerzen anzündete und weitere Fenster öffnete, sah Athelstan, daß Peslep ein höchst luxuriöses Leben geführt hatte. Wandbehänge aus Damast, eine Tagesdecke aus Samtbrokat auf dem Bett, Tische, Stühle, Schemel und Truhen allenthalben. An der Wand gegenüber sah er zwei Borde. Auf einem standen Töpfe aus Silber und Zinn, auf dem anderen drei Bücher und eine Sammlung gerollter Manuskripte. An der Wand am Bett hing ein kleiner Teppich mit einer Szene aus dem Alten Testament. Delilah verführt Samson. Delilah war beinahe unbekleidet und stand in entzückendster Pose da.

»Auch der Teufel kann die Schrift zitieren«, raunte Cranston Athelstan ins Ohr.

Die junge Magd eilte hastig hinaus.

»Komm zurück!« rief Athelstan.

Das Mädchen gehorchte. Athelstan deutete auf den Schlüssel. »Du weißt, daß Master Peslep tot ist?«

Sie starrte ihn verständnislos an.

»Wir haben bei seiner Leiche keinen Schlüssel gefunden.«

»Oh«, sagte die Magd, »den hat er mir immer gegeben, Sir, damit ich seine Kammer saubermachen kann.«

»Auch heute morgen?«

»Ja.«

»Und es war niemand hier, nachdem er gegangen war?«

»Nein, Sir, niemand«, sagte die Magd. »Aber ich habe Master Peslep die Straße hinuntergehen sehen. Ich fegte gerade die Vordertreppe, und dabei bemerkte ich jemanden, einen jungen Mann in einem Kapuzenmantel mit Sporen an den Stiefeln. Er folgte Master Peslep, als hätte er auf ihn gewartet.«

Vier

»Würdest du ihn wiedererkennen?« fragte Cranston.

»Oh nein, Sir, ich habe ihn ja nur kurz gesehen. Dann war er gleich weg, und Master Peslep auch.«

Die Magd ging, und sie wandten sich wieder der Kammer zu. Alison machte ein gelangweiltes Gesicht. Sie saß auf einem gesteppten Kissen und tappte mit dem Fuß auf den Boden, als könne sie es nicht erwarten, von hier fortzukommen. Endlich hatte Athelstan den Schreibkasten des toten Schreibers gefunden. Er war verschlossen, aber Cranston bog die Schließe mit seinem Dolch auf und kippte den Inhalt auf den Tisch. Das Auffallendste unter den Sachen war eine Pergamentrolle mit einer Liste von Rätseln. Athelstan nahm sie in Augenschein.

»Diese Schreiber sind wirklich vernarrt in ihre Rätsel«, stellte er fest.

»Das ist mehr als nur ein Spiel«, sagte Alison. »Mein Bruder sprach dauernd davon und bat mich immer, neue für ihn zu suchen.«

»Und das wußte der Mörder«, sagte Athelstan. Er griff nach einer kleineren Rolle, öffnete sie und stieß einen leisen Pfiff aus. »Sir John, seht Euch das an.«

Cranston nahm das Pergament und betrachtete die Zahlenkolonnen.

»Von Orifab, dem Goldschmied in der Cheapside«, murmelte er. Er warf einen Blick auf die Summe am Fuße der Seite, neben dem etwa zwei Wochen alten

Datum. »Master Peslep war ein sehr reicher Mann«, bemerkte er. »So reich, daß ich mich frage, wieso er noch als Kanzleischreiber arbeitete.«

»Viele von denen sind aus reichen Familien«, sagte Alison. Sie kam herüber und spähte Sir John über die Schulter. »Die jüngeren Söhne des Adels«, erklärte sie. »Die älteren Brüder erbten entweder die Ländereien oder wurden Geistliche.«

Cranston warf die Rolle wieder in den Kasten. »Ich werde meine Büttel herkommen und die Kammern versiegeln lassen«, verkündete er. »Gibt es sonst noch etwas?«

Athelstan schüttelte den Kopf. »Persönliche Gegenstände, aber nichts Bemerkenswertes.«

Sie verließen die Kammer. Cranston schloß ab und teilte der Magd mit, daß er den Schlüssel behalten werde. Dann gingen sie wieder hinaus auf die Straße. Alison wurde schweigsam und hielt sich zurück, als Cranston und Athelstan sich durch das vormittägliche Treiben einen Weg zum Stadtgraben suchten. Schließlich erreichten sie das Haus, in dem Chapler gewohnt hatte: ein schäbiges, zweigeschossiges Mietshaus, das aussah, als sei es mit Gewalt zwischen die Bierschenke auf der einen und die Weinhandlung auf der anderen Seite gequetscht worden. Die Balken waren krumm, der Putz hing herunter, die weiße Farbe blätterte ab und wehte zu Boden wie Schneeflocken. Ein schwatzhaftes altes Weib hütete die Tür, grinste ihnen feucht entgegen und kaute auf zahnlosen Kiefern.

Ja, plapperte sie, Master Chapler wohne hier. Und die Tür zu seiner Kammer sei offen. Schließlich sei ja Chaplers Freund auch schon hiergewesen.

»Wann?« fragte Cranston.

»Heute morgen in aller Frühe«, antwortete die Alte. »Als es zur Morgenandacht läutete.«

Und sie beschrieb die gleiche Person, die schon das Hausmädchen beschrieben hatte: einen jungen Mann im Kapuzenmantel und mit klirrenden Sporen an den Reitstiefeln. Er habe sein Gesicht abgewandt, aber er habe ihr altem Weib eine Münze geben, und was könne sie dagegen schon einwenden?

Sie kletterten die wacklige Stiege hinauf, und der abgestandene Geruch ließ Athelstan die Nase rümpfen. Mäuse huschten vor ihnen davon, und der Ordensbruder fragte sich, was sein großer Kater Bonaventura wohl damit angefangen hätte.

Die Tür oben an der Treppe stand halb offen. Athelstan trat als erster ein und durchquerte sofort die Kammer, um die Fensterläden zu öffnen. Obwohl das Haus so heruntergekommen war, wirkte diese Kammer doch angnehm. Die verputzten Wände waren in einem hellen, beruhigenden Grün frisch gestrichen. Der Boden in der Stube und in der kleinen Kammer nebenan war sauber geschrubbt, die Möbel nur roh bearbeitet, aber solide und ordentlich. Alison sah sich um, schlug die Hände vors Gesicht und schluchzte leise. Cranston kam schwerfällig herüber und legte seinen mächtigen Arm um ihre Schultern.

»Aber, aber, mein Mädchen. Aber, aber . . . Meine Schwester hat ihren Gemahl verloren. Er fiel im Kampf gegen die Spanier im Schmalen Meer. So etwas geht vorbei. Man vergißt es nicht. Man lebt einfach damit.«

Athelstan setzte sich auf das Vierpfostenbett und hielt den Atem an, als er Sir Johns Worte hörte. Er empfand genauso beim Gedanken an seinen Bruder Francis. Es schien eine Ewigkeit her zu sein, daß sie beide in des Königs Armee in Frankreich eingetreten waren. Francis war gefallen, und Athelstan war in sein Noviziat zurückgekehrt. Für das Verbrechen der Flucht aus dem Kloster und für den Tod seines Bruders hatte er einen schrecklichen Preis bezahlt. Seine Eltern waren an gebrochenem Herzen gestorben, und sein Orden hatte die Sache nie vergessen. Heute war er kein Gelehrter, sondern Gemeindepfarrer von St. Erconwald in Southwark. Aber würde er es noch sehr viel länger bleiben?

»Bruder?«

Athelstan löste sich aus seinen Gedanken und beteiligte sich an Cranstons Suche. Sie fanden die mittlerweile üblichen Rätsel, Briefe, Listen von Vorräten, aber es war nichts Bemerkenswertes dabei. Sicher nicht der üppige Reichtum, den sie bei Peslep gefunden hatten. Athelstan wandte sich Sir John zu, der die immer noch leise weinende Alison noch einmal in den Arm nahm.

»Hier ist nichts, Sir John. Überhaupt nichts.«

Cranston ließ seinen Arm sinken, trat einen Schritt zurück und griff nach Alisons Hand. Behutsam faßte er ihr Kinn und hob das tränennasse Gesicht hoch. »Ich werde auch diese Kammer versiegeln lassen«, versprach er. »Ich schicke einen Büttel her, einen Mann namens Flaxwith, einen vertrauenswürdigen Burschen. Der wird die Habe Eures Bruders einpacken und sie im Rathaus verwahren.«

Die junge Frau bedankte sich. »Ich gehe jetzt lieber. Ich sagte schon, ich wohne in der ›Silbernen Laute‹ in der Milk Street. Man soll die Sachen meines Bruders dorthin bringen.«

»Sollen wir Euch begleiten?« fragte Athelstan.

»Oh nein, ich finde den Weg schon.« Sie trat an

Athelstan heran und küßte ihn noch einmal auf die Wange. »Wenn ich darf, Bruder, komme ich später nach St. Erconwald und wache am Leichnam meines Bruders.«

»Natürlich«, sagte Athelstan.

Alison ging. Ihre Schritte verhallten auf der Treppe.

Cranston rieb sich das Gesicht. »Bruder, ich brauche eine Rindfleischpastete. Die Kruste muß zart und golden sein, und der Saft muß mir übers Kinn laufen.« Er packte den Ordensbruder beim Arm. »Und kraft der Vollmacht, die mir verliehen ist, muß ich dich jetzt auffordern, mich ins ›Heilige Lamm Gottes‹ zu begleiten.«

»Ihr habt keine Vollmacht über die Heilige Mutter Kirche«, versetzte Athelstan scherzend.

»Dann komm als mein Freund mit«, sagte Cranston.

Sir Johns Lieblingsgasthaus war halb leer, als sie ankamen, aber duftende Schwaden drangen aus der Küche nebenan. Leif, der einbeinige Bettler, saß auf Sir Johns Fensterplatz und schaute in den kleinen Garten hinaus. Er sprang auf, als der Coroner hereinkam.

»Oh, bei den Zitzen des Satans!« fluchte Cranston.

Der Bettler hüpfte ihnen wie eine Heuschrecke entgegen; sein fettiges rotes Haar war aus dem bleichen, ausgemergelten Gesicht zurückgestrichen.

»Sir John! Sir John! Tausendfacher Segen über Euch, Bruder! Lady Maude schickt mich! Der Tisch ist gedeckt. Drei Lammkoteletts, in Rosmarin geschmort! Die Zwillinge haben sich gezankt, und Gog und Magog haben das Rindfleisch gestohlen, das Ihr heute abend essen wolltet. Blaskett, Euer Kammerdiener, braucht Euren Schlüssel, damit er Euer Zimmer aufräumen kann. Master Flaxwith, der Büttel, ist auch auf der Suche nach Euch. Und ein junger Edelmann, Sir Lionel Havant, war da. Auf dem Markt wurden zwei Taschendiebe gefaßt, und Osbert, Euer Schreiber . . . «

»Halt's Maul!« brüllte Cranston, und sogar in der Küche wurde es still. »Leif, um des lieben Himmels willen, wirst du wohl das Maul halten!«

»Sehr wohl, Euer Gnaden.« Leif nickte und verbeugte sich. »Ich gehe schnurstracks zu Lady Maude und sage ihr, daß Ihr hier seid und in Kürze nach Hause kommen werdet.«

Sir Johns Arm schoß vor. Er packte Leifs Schulter. Der Bettler wand sich.

»Das heißt, wenn ich's mir recht überlege, Sir John – vielleicht, wenn mir jemand einen Penny für ein Ale gäbe, würde ich mich in den Garten setzen und . . . «

Er nahm den Penny, den Sir John ihm in die Hand drückte, und floh aus der Schankstube. Oberhalb des Kräutergartens nahm er halb abgewandt Platz, drehte sich nur hin und wieder um und funkelte düster zum Coroner herüber. Cranston indessen saß jetzt auf seinem Thron und rieb sich die Hände, während die Wirtsfrau ihn umflatterte wie eine fürsorgliche Glucke.

»Einen Krug Ale«, dröhnte Cranston. »Und eine von deinen Fleischpasteten, wo die Zwiebeln zart mit dem Fleisch verschmelzen. Und einen Becher . . . ?« Er sah Athelstan fragend an.

»Verdünntes Ale«, sagte der Ordensbruder.

Ein Ale für meinen mönchischen Freund, und wenn du herkommst, Lady, dann gebe ich dir einen Kuß auf deine dicken roten Wangen.«

Flatternd und gurrend flüchtete sich die Wirtin in die Küche.

Athelstan lehnte sich an die Wand. Der Putz berührte kühl seinen Hinterkopf. Mit halbem Ohr hörte er auf Sir Johns Geplauder. Er schloß die Augen und dachte über alles nach, was er am Vormittag gesehen hatte. Diese beiden jungen Männer: Der Tod hatte zugeschnappt wie eine Falle. Alison, wie sie geweint hatte. Diese selbstgefälligen Schreiber vom Grünen Wachs. Die höhnischen Gesichter von Stablegate und Flinstead. Draytons Leiche in der Einsamkeit seines Kontors. Wie war dieser Geldverleiher ermordet worden?

Ein Knecht brachte Pastete und Ale für Sir John. Athelstan nippte an seinem Becher und ließ den Coroner genüßlich zulangen. Das duftende Fleisch und die scharfe Süße der Zwiebeln ließen Cranston in Ausrufe des Entzückens ausbrechen. Athelstan betete nur, er möge nicht zu seinen üblichen Fragen zurückkehren: Würde Pater Prior ihn aus Southwark wegschicken? Stimmte es, daß Athelstan sich in die Hallen von Oxford begeben würde? Als der Coroner sich die Hände an seinem Mundtuch abwischte, ergriff Athelstan die Initiative.

»Eigentlich sollte ich gehen, Sir John. Wir haben es hier mit einem brodelnden Kessel voller Geheimnisse zu tun. Ich bin sicher, daß Stablegate und Flinstead so schuldig sind wie Judas, aber wie sie den armen Drayton ermordet haben, ist mir unerklärlich.« Er seufzte. »Und was den Mord an den beiden Schreibern vom Grünen Wachs angeht, so ist ihr Tod ebenso von Rätseln durchwoben wie ihr Leben.«

»Wie meinst du das?«

»Nun...« Athelstan umfaßte seinen Becher mit beiden Händen. »Da haben wir einen Schreiber, der mit eingeschlagenem Schädel in die Themse geworfen wird, und der andere wird erstochen, als er auf dem Abort sitzt. Beim zweiten werden Rätsel hinterlassen. Chapler war arm, aber Peslep war reich. Und wer ist dieser fremde junge Mann, der sie anscheinend beide kannte?«

»Und was fangen wir an?« fragte der Coroner.

Athelstan leerte seinen Becher. »Flaxwith soll feststellen, ob Stablegate und Flinstead da waren, wo sie behaupten, gewesen zu sein. Und das gleiche gilt für die Schreiber vom Grünen Wachs. Haben sie die Nacht wirklich im ›Tanzenden Schwein‹ verbracht? Und wo war Master Lesures, der Dokumentenmeister?«

»Noch etwas?«

»Ja. Ihr müßt mit all Eurer Autorität diesen Orifab ausfragen, Sir John. Stellt fest, woher Pesleps Reichtum stammt.«

Cranston sah ihn betrübt an. »Bleibst du nicht noch auf einen Becher Ale?«

»Nein, Sir John, und Ihr solltet es auch nicht tun. Lady Maude und die Kerlchen warten.«

Athelstan erhob sich, machte ein Kreuzzeichen in der Luft und verließ das Wirtshaus. Er schlug sich die Kapuze über den Kopf, schob die Hände in die Ärmel seiner Kutte und wanderte mit gesenktem Kopf durch die Menge, den Blick zu Boden gerichtet. Als er in die Poultry einbog und nach Walbrooke hinaufging, fühlte er sich heiß und klebrig, und er überlegte, ob er nicht zum Fluß hinuntergehen sollte. Moleskin, der Bootsmann, könnte ihn nach Southwark hinüberfahren. Auf dem Fluß würde ein kühler, frischer Wind gehen, und Athelstan mochte seine salzige Schärfe. Außerdem war er stets neugierig, welche Schiffe gerade in den Hafen kamen. Wenn es eine venezianische Karavelle war, suchte er gern den Navigator auf, denn in seinem Orden munkelte man, die Venezianer besäßen geheime Seekarten und segelten auf Meeren, die keine englische Kogge zu befahren wagte. In märchenhaften Geschichten war davon die Rede, wie sie durch die Säulen des Herkules hinausfuhren und dann, statt nach Norden in die Biskaya einzuschwenken, südwärts an der Westküste Afrikas hinuntersegelten.

Vor einer kleinen Statue Unserer Lieben Frau neben dem London-Stein in der Candlewick Street blieb Athelstan stehen. Er schloß die Augen und sprach sein Avemaria, aber er war immer noch abgelenkt. Zu gern unterhielt er sich mit diesen Navigatoren. Wenn die Erde eine flache Scheibe war, warum erreichten sie dann nie ihren Rand? Und veränderten sich die Sterne am Himmel, je weiter man nach Süden kam?

Ein kleiner Junge mit schmutzigem Gesicht kam herbeigelaufen. »Gib mir deinen Segen, Pater!« krähte er und sprang von einem Fuß auf den anderen.

»Aber gern«, sagte Athelstan und schlug seine Kapuze zurück.

»Einen richtigen Segen, Pater«, bat der Junge mit funkelnden Augen.

»Warum denn?« fragte Athelstan neugierig.

»Weil ich gerade meine Schwester gekniffen habe«, antwortete das Bürschchen. »Und meine Mutter wird mich verprügeln, aber wenn du mir deinen Segen gegeben hast . . . «

Athelstan legte dem Kleinen die Hand auf die heiße Stirn. »Möge der Herr dich segnen und beschützen«, betete er. »Möge Er dir Sein Antlitz zeigen und dir Seine Barmherzigkeit schenken.« Er hob die rechte

Hand zum Kreuzzeichen. »Möge Er über dir lächeln und dir Frieden gewähren. Möge der Herr dich segnen und bewahren alle Tage deines Lebens.« Ohne den Jungen loszulassen, wühlte er einen Penny aus seiner Börse. »Jetzt geh und kaufe deiner Schwester ein bißchen Zuckerwerk. Und gib auch deiner Mutter welches. Sei immer gut, und der Herr wird auch gut sein zu dir.«

Der Junge griff nach der Münze und huschte davon. Athelstan fühlte sich besser. Ich werde doch nicht zum Fluß gehen, dachte er. Ich besuche lieber die alte Harrowtooth.

Also ging er die Candlewick Street weiter, bis er zur Bridge Street kam. Am Torhaus traf er Master Robert Burdon, den zwergenhaften Konstabler der Brücke und stolzen Vater von neun Kindern. Der Kleine stolzierte auf und ab und musterte die langen Stangen, die über dem Fluß aufragten und auf denen die abgeschlagenen Köpfe von Verrätern steckten.

»Guten Tag, Master Burdon – habe ich die Erlaubnis, Eure Brücke zu überqueren?«

»Ihr habt den Freibrief der Heiligen Mutter Kirche«, erwiderte Burdon scherzhaft. »Von dem des Lord Coroner gar nicht zu reden – der Herr segne seine Reithosen und alles, was darinsteckt. Was wollt Ihr denn wirklich, Pater?«

Athelstan holte tief Luft, doch dann mußte er würgen. Ein Haufen fauler Fische, der sich am Brückengeländer auftürmte, verströmte Verwesungsgeruch. Burdon folgte seinem Blick.

»Ich weiß schon, Pater. Ich schmeiße das Zeug ins Wasser, und das unverschämte Schwein, das es da hingekippt hat, gleich mit.«

»Wo wohnt die alte Harrowtooth?« fragte Athelstan.

Burdon schnippte mit den Fingern. Athelstan folgte ihm auf die Brücke. Er hatte das merkwürdige Gefühl, das er hier immer verspürte: Die Brücke war eigentlich eine Straße mit Häusern und Geschäften zu beiden Seiten, und doch war ihm das Wasser bewußt, daß da unter ihm hindurchrauschte, gefangen wie eine arme Seele zwischen Himmel und Erde.

Burdon blieb an der Tür neben einer Tuchhandlung stehen und klopfte laut an. Harrowtooth, von eisengrauen Haaren umwallt, riß die Tür auf.

»Geh zur Hölle!« kreischte sie, als sie Burdon erblickte.

»Nach dir, du widerwärtiges Scheusal!« brüllte Burdon zurück.

»Aber, aber . . . « Athelstan trat rasch dazwischen. »Master Burdon, ich danke Euch. Mistress Harrowtooth, auf ein Wort?«

Burdon wieselte davon, drehte sich nur noch einmal um und machte eine obszöne Geste mit dem Mittelfinger. Harrowtooth wollte sie ihm gleich zurückgeben, aber Athelstan packte ihr Handgelenk.

»Mistress, bitte, nur einen Augenblick?«

Die Alte drehte sich um und machte schmale Augen in der Sonne. »Ihr seid der Dominikaner aus Southwark?«

»Kann ich hereinkommen?«

»Nein, das könnt Ihr nicht. Ich lasse hier keine Pfaffen herein – diebische Elstern alle miteinander.«

»Ich werde wirklich nichts stehlen.« Athelstan hob beide Hände.

»Es ist ein schöner Tag«, antwortete Harrowtooth. »Wir können dort zwischen die Häuser gehen, da hat man einen Blick auf den Fluß.«

Athelstan seufzte, aber ihm blieb keine andere

Wahl. In dem schmalen Gang zwischen den Häusern herrschte schmutziges, stinkendes Durcheinander, und der Unrat türmte sich zu beiden Seiten. Er war froh, als er am Geländer stehen konnte. Hier wehte ein kühler Wind, und von unten hörte er die Rufe der Bootsleute und Ruderjungen. Weiter flußabwärts machten sich zwei große Koggen, königliche Kriegsschiffe, zum Auslaufen bereit, um im Ärmelkanal auf Streifenfahrt zu gehen; Versorgungsboote und Kähne dümpelten um sie herum wie kleine Stöcke.

»Mir gefällt es hier«, sagte Harrowtooth und kam hinter ihm heran. »Mein Vater ist immer mit mir hierhergekommen.«

»Vater?« fragte Athelstan.

»Er war Priester.« Harrowtooth grinste. »Als Mutter starb, ging er zur Buße auf eine Wallfahrt. Der faule Hund kam nie zurück.«

»Was weißt du über Edwin Chapler?« fragte Athelstan unvermittelt.

»Ah, der junge Schreiber, den man von der Brücke geworfen hat.« Harrowtooth zog die Nase hoch. »Den hab ich gesehen, wißt Ihr. Wahrscheinlich bin ich die letzte, die ihn gesehen hat, bevor er zu Gott gegangen ist.«

»Von seinem Mörder abgesehen«, bemerkte Athelstan.

»Ach ja.«

»Und was hast du gesehen, Mutter?«

»Ich bin nicht Eure Mutter!« fauchte Harrowtooth, aber dann lehnte sie sich an das Geländer und berichtete Athelstan, wie sie die Kapelle von St. Thomas besucht und wie Chapler dort gebetet hatte, und wie erregt er ihr erschienen war, als sie ihn verlassen hatte.

»Und du hast sonst niemanden gesehen?«

»Niemanden, Pater.«

War Chapler oft in der Kapelle von St. Thomas à Becket?«

»Oh ja, oh ja. Manchmal war er allein. Mal hab ich ihn gesehen ...« Ihre Augen funkelten, als sie den Penny in Athelstans Hand erblickte. »Ich hab ihn gesehen, Pater. Ach, und übrigens könnt Ihr mich Mutter nennen, so oft Ihr wollt. Ich hab ihn mal mit einem jungen Mann gesehen, gut gekleidet. Hier auf der Brücke.«

Athelstan drängte auf eine Beschreibung, aber die Alte schüttelte den Kopf. »Ich hab Euch alles erzählt, was ich weiß, Pater.«

Athelstan gab ihr den Penny. Er folgte Harrowtooth über die Brücke zurück. Sie wartete auf eine Lücke zwischen den Karren und Packpferden, die herübergeführt wurden, und huschte davon wie eine Spinne, die vor dem Sonnenlicht flüchtet.

Athelstan wanderte nach Southwark hinüber. An der Priorei von St. Mary Overy standen Mugwort, der Glöckner, und Pemel, die alte Flämin, die ihre Haare jetzt in einem scheußlichen Gelb gefärbt hatte, und unterhielten sich mit Amisias, dem Walker. Die drei Gemeindemitglieder drehten sich um und begrüßten Athelstan. Gern wäre der Ordensbruder stehengeblieben, um sie zu fragen, weshalb sie hier die Köpfe zusammensteckten und so angeregt miteinander redeten, aber er ging weiter. Er kam am Haus des Zimmermanns Simon vorbei und sah erfreut, daß Tabitha, die Witwe – ihr Mann war kürzlich in Tyburn gehenkt worden –, anscheinend inzwischen besser zurechtkam. Athelstan fragte sich, ob es stimmte, was man munkelte: daß der verblichene Zimmermann allzu schnell mit seinen Fäusten bei der

Hand gewesen war und seine arme Frau regelmäßig verprügelt hatte.

Er wanderte an den schäbigen Verkaufsständen, den kleinen Hütten und Häuschen seiner Pfarrkinder vorbei. Der beißende Geruch von den Gerberhöfen lag in der Luft, aber der Duft aus Merrylegs Pastetenküche war süß und würzig wie immer. Es war ein ganz betriebsamer Tag: Hunde und Kinder rannten umher, dichhalsige Hühner scharrten in den Misthaufen. Mit schlackernden Ohren und fettbebenden Flanken kam die Lieblingssau der Schweinhirtin Ursula schwerfällig aus einer Gasse. Das Tier blieb stehen, reckte den Rüssel empor und starrte Athelstan an. Der Ordensbruder war sicher: Wenn Schweine grinsen konnten, so grinste ihn dieses hier an.

Gern hätte ich einen Knüppel, dachte Athelstan und trauerte im stillen um die saftigen Kohlköpfe, die das mächtige Vieh schon aus seinem Garten geerntet hatte. Statt dessen aber seufzte er, machte ein Segenszeichen über der Sau und ging weiter die Gasse hinauf.

Die Kirchentreppe lag verlassen da. Nur Bonaventura, der große, einäugige Kater, lagerte hingestreckt wie ein dekadenter römischer Kaiser. Er öffnete das gesunde Auge, als Athelstan herankam und sich neben ihn hockte.

»Oh du frömmster unter den Katern«, flüsterte Athelstan und rieb sanft die zerfransten Ohren des Tieres zwischen Daumen und Zeigefinger.

Dann öffnete er die Kirchentür, trat ein und genoß die kühle, weihrauchduftende Luft. Das Kirchenschiff war leer, und Athelstan hatte ein schlechtes Gewissen, denn eigentlich hätte heute Unterricht stattfinden müssen. Er warf einen Blick auf das Ewige Licht, das wie ein kleines rotes Leuchtfeuer im Dunkeln unter der silbernen Pyx brannte, die an einer Kette über dem Hochaltar hing. Als er eben wieder die Treppe hinuntergehen wollte, schnupperte er. »Frische Farbe«, murmelte er.

Dann fiel ihm ein, daß Huddle, der Maler, zusammen mit Tab, dem Kesselflicker, ein großes Kruzifix fertiggestellt hatte, das in dem kleinen Alkoven hinter dem Taufbrunnen hängen sollte. Athelstan ging hinüber, um es sich anzuschauen. Die Wand hinter dem Taufbrunnen war mit einem lebhaften, grellen Gemälde bedeckt worden, auf dem man sah, wie die Seelen in Form von Würmern von einem Teufel in den Feuerofen gestoßen wurden; der Teufel hatte den Körper eines Esels und den Kopf eines wilden Bocks.

»Das ist zu wüst«, befand Athelstan bei sich, als er die Flammen auf Huddles Gemälde studierte, die schwarze Kobolde und groteske Bestien der Unterwelt verzehrten. Aber dann fesselte das neue Kruzifix seine Aufmerksamkeit. Es war riesig – mindestens drei Fuß hoch und zwei Fuß breit – und schwarz, die Gestalt Christi indessen alabasterweiß, in Todesqualen verrenkt, der Kopf mit einer Dornenkrone bedeckt und das Gesicht leidvoll verzerrt. Huddle hatte das Blut, das aus den Wunden an Händen und Füßen und in der Seite hervorfloß, leuchtend rot gemalt. Darunter stand ein Werk des Gemeinderatsvorsitzenden, des Mistsammlers Watkin: ene neuer Kandelaber aus Schmiedeeisen mit kleinen Dornen, auf denen Votivkerzen befestigt werden konnten.

Athelstan betrachtete alles aufmerksam. »Ein bißchen zu lebendig«, fand er, aber er mußte auch Huddles vollendete Kunstfertigkeit bewundern, und er wußte, daß das Kreuz am Abend in jeder Einzelheit von den

Mitgliedern des Pfarrgemeinderates begutachtet werden würde. Nachdem er das Knie vor dem Allerheiligsten gebeugt hatte, schloß er die Kirchentür und ging, gefolgt vom neugierigen Bonaventura, zum Pfarrhaus hinüber.

Zuerst sah er nach Philomel, dem alten Schlachtroß, das er gekauft hatte. Das Pferd machte einen ganz zufriedenen Eindruck; es lehnte mit geschlossenen Augen an der Wand und kaute auf dem Rest Hafer, den es noch hatte. Athelstan ging ins Haus. Die kleine Küche und die Stube waren sauber gefegt, die Binsen auf dem Fußboden erneuert und mit Frühlingsblumen und Kräutern bestreut. Der Holztisch vor dem Küchenherd war geschrubbt, und in der Speisekammer fanden sich frisches Brot, Käse und ein kleines Glas Mus. Athelstan schloß die Augen und dankte Gott für Benedicta, die Witwe. Er ging mit den Speisen in die Stube und füllte Milch in Bonaventuras Schüssel. Der große Kater hockte sich auf den Tisch, schleckte davon und hob hin und wieder den Kopf, um seinen Herrn zu mustern. Athelstan jedoch war mit seinen Gedanken woanders. Er kaute langsam sein Brot und dachte mit halbgeschlossenen Augen an die Probleme, denen er an diesem Tag gegenübergestanden hatte. Aber der Mord an dem Geldverleiher blieb undurchschaubar.

So denke doch nach, Athelstan. Um der Liebe Gottes willen – es muß eine Lösung geben.

Er legte den Käse aus der Hand, schloß die Augen und stellte sich Draytons Kontor vor. Ein viereckiger, gemauerter Raum, zugänglich durch eine einzige dicke Eichenholztür mit Metallbeschlägen, die verschlossen und verriegelt gewesen war. Wie war der Mörder hinein- und mit dem gestohlenen Silber wieder herausgekommen? Wenn er an der Tür geklopft hatte, so hatte Drayton ihn vielleicht eingelassen, aber wer konnte die Tür hinter ihm verschlossen und verriegelt haben? Und Athelstan dachte an das Haus: Wie hatte der Mörder hinauskommen und dabei jedes Fenster und jede Tür hinter sich schließen können? Athelstan öffnete die Augen wieder und schüttelte den Kopf. Als er auf den Tisch schaute, war sein Käse verschwunden. Der Ordensbruder drohte seinem Kater mit dem Finger.

»Du sollst nicht begehren deines Nachbarn Käse, Bonaventura.«

Die kleine, rosige Zunge des Katers schaute hervor. Athelstan dachte als nächstes über die Morde an den Schreibern vom Grünen Wachs nach. Chapler war brutal mit einem Schlag auf den Kopf getötet worden und dann von der London Bridge in die Themse geworfen worden. Aber warum? Wer wollte einen Schreiber umbringen? Aus welchem Grund? Und wer war dieser geheimnisvolle junge Mann, dem Chapler begegnet und der wahrscheinlich für den Mord an Peslep verantwortlich war? Und der Reichtum des letzteren – war das unrecht Gut? Und die Kollegen der beiden? Wieso spürte Athelstan bei ihnen diese Atmosphäre von... Seine Gedanken kamen ins Stocken: Ja, Bosheit war es gewesen, eine Atmosphäre der Gottlosigkeit. Und die Rätsel? Was hatte das zu bedeuten: Ein König besiegte seinen Gegner, aber am Ende lagen Sieger und Besiegter zusammen am selben Ort? Und das zweite Rätsel, das dann auf Pesleps Leiche gelegen hatte?

Mein erster ist wie aufgeblas'ne Pracht, die vorne knallt und hinten kracht.

Athelstan schüttelte den Kopf. »Es ist genug, daß

ein jeglicher Tag seine eigene Plage habe«, erklärte er.

Zumindest, gottlob, hatte Cranston ihn nicht ausgefragt. Was der Coroner nicht wußte – und auch sonst niemand in Southwark –, war dies: Der Pater Prior schien sich vorgenommen zu haben, Athelstan in die Hallen von Oxford zu entsenden. Athelstan hatte protestiert und dabei gemerkt, wie sehr er seine kleine, arme Pfarrgemeinde am Südufer der Themse liebte. Außerdem war Cranston sein Freund – trotz der blutrünstigen Morde, die sie immer zusammen aufzuklären hatten.

Athelstan seufzte; das Brüten würde ihn nicht weiterbringen. Er ließ Bonaventura den Rest des Käses auffressen und kletterte die Stiege zu der kleinen Dachkammer hinauf, in der er schlief. Oben setzte er sich auf das Bett und griff nach dem Buch, das seine Mitbrüder in Blackfriars ihm so freundlich geliehen hatten: die Schriften des Abtes Richard von Wallingford, jenes hervorragenden Gelehrten und Instrumentenbauers, der hundert Jahre zuvor die große Uhr von St. Alban's gebaut hatte.

Ich muß einmal hin und sie mir anschauen, dachte Athelstan. Er blätterte in dem Folianten und studierte Wallingfords Zeichnung des Albion, eines ausgeklügelten Astrolabiums, aber er konnte sich nicht darauf konzentrieren; seine Gedanken hüpften umher wie die Flöhe. Draytons Leichnam, eingeschlossen in der Kontorkammer. Peslep, erstochen auf dem Abort. Chaplers Leiche. Die Rätsel – und noch etwas, das er an diesem Tag gesehen oder gehört hatte, das seinem müden Hirn jedoch entfallen war. Er merkte, daß Bonaventura heraufkam und es sich hinter ihm gemütlich machte.

»Nach der Regel meines Ordens«, murmelte er, »muß ein Dominikaner allein schlafen, Bonaventura! Was soll denn der Pater Prior denken?«

Er schloß die Augen und versank in einem Traum, in dem er mit Sir John Cranstons Hilfe eine wunderbare Uhr auf dem Kirchturm von St. Erconwald baute.

Ein paar Stunden später beendeten die Schreiber in der Kanzlei vom Grünen Wachs die Arbeit des Tages. Sie waren still gewesen, dachte Master Lesures. Doch es war nicht das respektvolle Schweigen angesichts des Todes zweier Kollegen, sondern etwas anderes – als hätten sie Angst. Er trat in die Mitte des Schreibzimmers und läutetet seine kleine Handglocke.

»Das Tagewerk ist getan!« verkündete er. »Es wird also Zeit, daß wir eine kleine Erfrischung zu uns nehmen und unseren Dienst beschließen. Vielleicht trinken wir auf die Erinnerung an unsere toten Kameraden?«

Die anderen waren einverstanden und rutschten von ihren hohen Schemeln herunter. Ihre Federkiele ließen sie auf ihren Pulten liegen oder sie verstauten sie in den Taschen an ihren Gürteln. Dann standen sie in einer kleinen Gruppe beieinander und unterhielten sich leise; sie ignorierten ihren Vorgesetzten fast. Lesures begab sich achselzuckend zu dem Tisch, auf dem ihre Becher standen. Er hob den Krug Malvasier, nahm das Leintuch herunter, das ihn bedeckte, und füllte die Becher. Jeder Schreiber nahm den Becher, der mit dem Initial seines Familiennamens gekennzeichnet war, und sie tranken mit beifälligen Mienen und genußvoll das schwere, honigsüße Getränk. Lesures jedoch kam sich an diesem Abend wie ein Fremder vor. Sie warfen ihm

Seitenblicke zu, und er sah, daß sie sich wünschten, er wäre nicht zugegen.

»Sollten wir bei den Beerdigungen dabei sein?« fragte er.

»Chapler war nur ein Bekannter«, antwortete Alcest, »kein Freund. Ich mag Southwark nicht, und ich möchte mich von Bruder Athelstan und diesem betrunkenen Coroner fernhalten.«

»Und Peslep?« fragte Lesures.

»Der wird vermutlich in St. Mary Le Bow bestattet werden«, sagte Napham. »Wir werden einen Priester dafür bezahlen, daß er die Totenmesse liest, und dann schauen wir zu, wie der Leichnam ins Grab geworfen wird.«

»Ihr seid ziemlich hart«, stammelte Lesures.

»Peslep hätte es so gewollt«, sagte Elflain. »Ich glaube nicht, daß er an Gott geglaubt hat. Warum also sollten wir bei seinem Tod plötzlich pietätvoll werden, wo er im Leben niemals pietätvoll war?«

Lesures wollte Einwände erheben, als Ollerton rückwärts taumelte. Der Becher fiel ihm aus der Hand, und sein Gesicht war schmerzverzerrt. Seine Hände krallten sich in Kehle und Magen.

»Oh mein Gott«, keuchte er. »Oh Himmel und alle . . . « Er fiel auf die Knie.

Seine Gefährten stürzten herbei, um ihm zu helfen, aber Ollerton, der heftige Schmerzen litt, machte eine abwehrende Handbewegung, bevor er mit dem Gesicht voran auf den Boden schlug. Dort wand er sich in Todesqualen. Alcest gelang es, ihn festzuhalten, indem er ihn unter den Schultern packte. Während die anderen ringsherum wild durcheinander schrien, konnte er nur versuchen, die wilden Zuckungen, die seinen Freund schüttelten, zu bekämpfen. Ollerton verlor bereits das Bewußtsein. Seine Augen verdrehten sich in den Höhlen, der Mund klappte auf, die Kiefermuskeln spannten sich, und ein langer Speichelfaden hing an seinem Kinn. Er schloß die Augen und hustete, und sein Körper begann erneut zu zittern. Plötzlich erstarrte er und wurde dann schlaff; der Kopf kippte zur Seite, und Mund und Augen standen halb offen. Alcest ließ ihn behutsam zu Boden sinken. Die anderen starrten ihn von Entsetzen gepackt an.

»Nicht trinken«, flüsterte Elflain und stellte seinen eigenen Becher wieder auf den Tisch.

»Ein Schlaganfall?« fragte Lesures.

»Ein Schlaganfall!« höhnte Alcest. Er drehte Ollertons Gesicht herum. Es war jetzt grausig weiß, und dunkle Ringe umgaben die starren Augen. »Das ist kein *coup de sang*. Ollerton wurde vergiftet.«

Er hob den zu Boden gefallenen Becher auf, dessen Inhalt mittlerweile zwischen den Dielen versickert war, und schnupperte daran, aber ihm war klar, daß der süße Honiggeruch jedes Gift überdecken konnte.

Er wandte sich dem Krug zu.

»Ihr habt doch den Wein eingeschenkt, Lesures.«

»Ich ...« Der Dokumentenmeister hob erschrocken die Hände. »Wir sollten nach einem Arzt schicken«, klagte er.

Alcest verzog höhnisch das Gesicht. »Nur, wenn Ihr einen kennt, der Tote wieder zum Leben erwecken kann, Master Lesures – sonst wäre ein Priester wohl besser. Einer der braven Brüder von St. Bartholomew's? Ich wäre Euch dankbar.«

Lesures verstand den Hinweis und floh. Als die Tür sich hinter ihm verschlossen hatte, versammelten sich die übrigen um den Toten.

»Jetzt sind es drei!« flüsterte Napham. »Drei Tote.«

Alcest durchwühlte bereits die Taschen und die Börse des Toten.

»Muß das sein?«

»Ja, es muß sein«, knurrte Alcest. »Und heute abend, bevor der naseweise Coroner kommt, durchsuchen wir Ollertons Kammer.«

Er hielt inne, als er Schritte auf der Treppe hörte. Lesures kam wieder herein und hatte ein Stück Pergament in der Hand, das er Alcest entgegenhielt. Der Schreiber las das Rätsel vor, das darauf gekritzelt war.

»›Mein zweiter sitzt in der Mitte der Not und ist Inhalt des Grauens.‹« Er schaute seinen Kollegen an. »Wir werden gejagt«, stellte er fest. »Ollertons Tod wird nicht der letzte gewesen sein!«

Fünf

Athelstan stand hoch oben auf dem Kirchturm von St. Erconwald und schaute durch ein mächtiges Teleskop. Bonaventura sprach mit ihm, aber unten rief Cranston. Athelstan schlug die Augen auf. Grob aus seinem Traum gerissen, schaute er sich atemlos um. Bonaventura war nicht mehr da. Das Sonnenlicht, das durch das kleine Fenster über seinem Bett hereinfiel, verblaßte schon. Er schwenkte die Beine vom Bett, als ihm klar wurde, daß ein Klopfen unten an der Tür ihn geweckt hatte. .

»Pater, Pater, ist alles in Ordnung?«

Benedicta war in die Küche gekommen.

»Ich bin hier oben, Benedicta«, rief Athelstan und rieb sich das Gesicht. »Ich habe ein Nickerchen gemacht und könnte jetzt eine Katzenwäsche gebrauchen, aber der Kater ist weg.« Er hielt inne. »Das war witzig«, flüsterte er. »Für einen, der gerade erst aufgewacht ist.«

»Athelstan, fehlt Euch auch nichts?«

Der Ordensbruder erhob sich und spähte die Stiege hinunter zu Benedicta. Sie trug ein Sommerkleid aus hellgrünem Tuch und um den Hals eine dünne Silberkette. Irgend jemand, wahrscheinlich eins der Kinder, hatte ihr einen Kranz aus Gänseblümchen geflochten, der noch immer auf ihrem kohlschwarzen Haar saß. Ihre wunderschönen dunklen Augen blickten so besorgt, daß Athelstans Herz einmal aussetzte. In der Tiefe seiner Seele liebte er diese Witwe, aber niemals würde er wagen, es ihr zu gestehen. Ich liebe dich leidenschaftlich, dachte er, und wehmütig entsann er sich der Ratschläge seines Novizenmeisters.

»Nicht der Körper ist's, der hungert, sondern die Seele, Athelstan. Körperliches Verlangen ist wie eine Flamme. Manchmal züngelt sie hoch, manchmal brennt sie nur matt. Die Liebe der Seele jedoch ist ein rasendes Feuer, das niemals gelöscht wird.«

»Bruder Athelstan!« Benedicta stampfte mit dem Fuß auf. »Seid Ihr von Sinnen? Ihr starrt mich an!«

»Ich habe nachgedacht.« Athelstan lächelte. »Ich weiß jetzt, wie es im Himmel sein wird.«

Benedicta seufzte verdrossen. »Bruder Athelstan, der Rat tritt gleich zusammen. Ihr wißt doch, wie Watkin ist. Wenn Ihr nicht da seid, wird er anfangen, die Messe zu lesen. Außerdem haben wir Besuch, eine junge Frau namens Alison Chapler. Ich wußte nicht, daß ein Toter im Beinhaus liegt.«

Athelstan schlug die Hand vor den Mund und stöhnte auf. »Oh Herr, hilf uns!« rief er. »Das hatte ich ganz vergessen, Benedicta. Ich war mit Cranston unterwegs. Du weißt ja, wie das ist.«

Er lief die Stiege hinunter, packte Benedicta bei den Schultern und küßte sie auf beide Wangen.

»Wofür ist das, Pater?«

»Eines Tages werde ich es dir sagen. Diese arme Frau.«

Athelstan raffte seine Stola an sich und nahm die Phiole mit dem heiligen Öl aus dem Schrank in der hinteren Ecke der Küche. Er zog den Gürtel um seine Kutte fester und eilte hinaus.

Es war ein prachtvoller Abend; die Sonne brannte nicht mehr grell, und ein erfrischender Wind strich über das Gras und die Blumen auf dem Friedhof.

Crim, der Altarjunge, pinkelte in einer Ecke gleich hinter dem Tor.

»Guten Abend, Pater!« rief er über die Schulter.

»Zieh deine Hose hoch!« befahl Athelstan. »Ich habe dir gesagt, das tut man nicht auf dem Gottesacker.«

»Entschuldigt, Pater, aber der Wasserhändler hat mich umsonst trinken lassen. Kühl und süß hat es geschmeckt. Wo wollt Ihr hin, Pater? Ich habe die Sau aus Eurem Garten verjagt. Gut, daß Ihr nicht schon früher gekommen seid.« Schwatzend lief Crim neben ihm her und schaute sich nach Benedicta um. »Cecily, die Kurtisane, war hier.«

»Was?« Athelstan blieb stehen. »Und wer war bei ihr?«

»Das weiß ich nicht«, stammelte der Junge bestürzt.

Athelstan zerzauste ihm das Haar. »Lauf zu und bringe mir eine brennende Kerze«, sagte er freundlich.

»Oh, da ist eine Frau im Leichenhaus«, berichtete Crim. »Ist da ein Toter drin? Kann ich ihn sehen?«

»Hol die Kerze.«

Athelstan ging weiter den schmalen Pfad entlang, der sich zwischen Grabhügeln, verwitterten Kreuzen und verschrammten Grabsteinen hindurchschlängelte. Das kleine Beinhaus stand im Schatten einer Eibe in der hinteren Ecke des Friedhofes. Die Tür war offen. Drinnen kniete Alison neben dem Toten, der in einem Holzsarg lag. Sie hatte bereits eine Kerze angezündet und in eine Mauernische gestellt. Die Luft duftete frisch und nicht wie sonst abgestanden und klamm. Als Athelstan hereinkam, erhob sich Alison mit tränennassen Wangen.

»Es tut mir leid«, entschuldigte sich Athelstan. »Als ich zurückkam, habe ich nicht mehr daran gedacht.«

»Das macht nichts, Pater«, antwortete Alison. »Ich

habe bei einem Totengräber in der Nähe von Crutched Friars einen Sarg gekauft. Er hat ihn auch hergebracht.«

Sie trat zum Sarg und hob den Deckel auf. Athelstan half ihr dabei. Chapler sah jetzt nicht mehr so grausig aus; er war sogar gekämmt, und Alison hatte zu beiden Seiten des Leichnams zerdrückten Rosmarin in den Sarg gelegt. Sie faltete die Hände, und Benedicta stand hinter ihr. Athelstan begann mit der Totenandacht. Er spendete dem Leichnam die Letzte Ölung und salbte Stirn, Augen, Nase, Mund, Hände und Brust. Crim stahl sich mit einer brennenden Kerze in der Hand herein. Athelstan sprach die Worte der Seelenandacht und endete mit dem Requiem.

»Herr, schenke ihm die ewige Ruhe.«

Und Benedicta und Alison antworteten: »Und das ewige Licht leuchte ihm.«

Nach dem Gebet schloß Athelstan den Deckel und schraubte ihn zu. »Jetzt kann er in die Kirche gebracht werden«, sagte er.

»Nein, Pater, laßt ihn für die Nacht hier.« Ein Lächeln erhellte Alisons liebreizendes Gesicht. »Edwin liebte das Gras, die Einsamkeit, die Blumen. Es ist hübsch hier draußen.«

»Seid Ihr sicher, daß Ihr ihn in St. Erconwald bestatten lassen wollt?« fragte Athelstan.

»Oh ja, Pater.«

»Dann lese ich morgen die Totenmesse, gleich wenn es hell wird.« Er drehte sich um. »Dies ist Benedicta.«

Die beiden Frauen lächelten einander an.

»Ihr könnt bei ihr wohnen. Ich lasse von Pike ein Grab ausheben.« Athelstan trat ins Freie und deutete quer über den Friedhof. »Vielleicht dort in der Ecke? Da scheint im Sommer die Sonne.«

Unter Tränen nickte Alison. Athelstan nahm die

Stola ab und gab sie Crim, damit er sie mit dem Öl ins Pfarrhaus zurückbrachte.

»Wollt Ihr mein Angebot, hierzubleiben, annehmen, Mistress Alison?«

»Ja, Pater, das will ich gern.«

Benedicta kam herüber und hakte sich bei der jungen Frau unter. »Habt Ihr genug Geld?«

»Oh ja«, sagte Alison. »Edwin war ein guter Bruder. Was er verdiente, schickte er mir.«

»Wir haben jetzt Gemeinderatssitzung«, sagte Athelstan. »Ihr könnt hier warten oder auch mitkommen, wenn Ihr wollt . . . «

Alison drückte Benedictas Hand. »Ich würde gern mitkommen, Pater.«

Athelstan wandte sich ab, um vor ihnen den Weg entlangzugehen.

»Bruder Athelstan.« Alison stand aufrecht da.

Mit leisem Schrecken sah der Ordensbruder den Ausdruck in ihrem Gesicht und ihren Augen. Diese junge Frau hatte irgend etwas an sich. Unter dem samtenen Äußeren verbarg sich Stahl.

»Was ist denn, Mistress?«

»Die Mörder meines Bruders. Werdet Ihr sie fangen? Werden sie hängen für das, was sie getan haben?«

»Sie?« Athelstan kam zurück. »Mistress Alison, wieso glaubt Ihr, daß es mehr als einer ist?«

»Oh.« Alison verzog das Gesicht. »Edwin war ein kräftiger junger Mann. Er wird sein Leben kaum so leicht aufgegeben haben.«

»Habt Ihr jemanden im Verdacht?« fragte Athelstan.

»Diese Schreiber«, antwortete sie. »Vor allem diesen arroganten Alcest. Edwin hat oft von ihm gesprochen. Er mochte ihn nicht, und Alcest mochte ihn bestimmt auch nicht.«

»Aber Mord ...! Manchmal mag ich den einen oder anderen aus meiner Pfarrgemeinde auch nicht, aber das ist doch kein Grund für das schrecklichste Verbrechen von allen!«

»Es ist ja nur ein Gefühl.« Alison strich sich mit dem Zeigefinger über die Unterlippe. »Etwas in der Seele, Pater.«

Athelstan wußte, daß die junge Frau recht hatte. Die Schreiber vom Grünen Wachs waren ohne Zweifel schuldig. Aber worin bestand ihre Schuld? In einem Mord? Wie denn, wenn sie die Nacht von Chaplers Tod ausgelassen in einer Schenke verbracht hatten? Athelstan ging den Friedhofspfad entlang. Benedicta tröstete hinter ihm Alison, ließ sich die Einzelheiten des Mordes schildern und versicherte der Frau, daß Sir John Cranston bei all seiner Liebe zum Rotwein immer noch einen messerscharfen Verstand und eine große Leidenschaft für Gerechtigkeit besitze.

Sie gingen um die Kirche herum nach vorn, und Athelstan begrüßte lächelnd seinen Gemeinderat.

»Wir haben schon gewartet, Pater. Ihr kommt zu spät!« rief Hig, der Schweinebauer, und ein Stirnrunzeln ließ sein dunkles Gesicht noch häßlicher erscheinen.

»Ich hatte noch eine Leichensalbung vorzunehmen«, sagte Athelstan und stellte Alison vor.

»Halte du unserem Pfarrer keine Vorträge.« Watkin, der Mistsammler, kam die Kirchentreppe herunter und hätte den Schweinbauern beinahe zu Boden gestoßen. Watkins birnenförmiges Gesicht war rot, und die Augen quollen ihm aus den Höhlen; schon aus einiger Entfernung roch Athelstan den Bierdunst in seinem Atem. »Ich bin der Leiter des Gemeinderates«, fuhr Watkin fort. »Ich bin hier derjenige, der mit dem Pater redet.«

»Aber nicht mehr lange!« kreischte die Frau des Grabenbauers Pike von hinten.

Athelstan klatschte in die Hände. »Bitte! Bitte!« Er mußte einschreiten, bevor ein Streit ausbrach.

Ranulf, der Rattenfänger, der trotz des Wetters seine schwarze Teermütze und das dazugehörige Wams trug, hielt die Kirchentür auf, damit alle hineingehen konnten. Athelstan zupfte Cecily, die Kurtisane, am Ärmel. Sie stieg langsam die Stufen hinauf und schwenkte provozierend ihr Hinterteil vor den Augen Pikes, des Grabenbauers.

»Cecily«, flüsterte Athelstan.

»Ja, Pater?« Mit ihren kornblumenblauen Augen und dem hübschen, mädchenhaften Gesicht, umrahmt von Unmengen von goldenen Locken, sah die Frau engelhafter denn je aus.

»Cecily, wann wirst du begreifen, daß auf dem Friedhof nur die Toten liegen sollen?«

»Aber Pater!« Cecilys runde Augen wurden noch runder. »Ich habe doch nur Blumen gepflückt.«

»Ist das die Wahrheit?«

»Nein, Pater. Aber etwas anderes werde ich Euch nicht erzählen.« Und damit huschte die Dirne davon.

Der Gemeinderat versammelte sich bei der Taufkapelle auf Bänken, die zu einem Geviert zusammengestellt waren. Watkin nahm den Ehrenplatz zur Rechten Athelstans ein, und Pike, der Grabenbauer, setzte sich links neben seinen Pfarrer. Unter den übrigen brachen die gewohnten Balgereien um die Plätze aus. Benedicta und Alison setzten sich Athelstan gegenüber, und er eröffnete die Sitzung mit einem Gebet. Es folgte die übliche Tagesordnung: Das Gras auf dem Friedhof mußte gemäht, die Beerdigung, die am nächsten Tag stattfinden sollte, mußte vorbereitet werden.

Alle schauten Alison mitfühlend an. Pike erbot sich, das Grab auszuheben, und Hig und Watkin wollten den Sarg tragen. Athelstan wollte wissen, wer zwei Nächte zuvor gleich neben der Kirche gelärmt und getrunken habe. Niemand meldete sich, aber der Büttel Bladdersniff, Pike und Watkin betrachteten den Fußboden, als hätten sie ihn noch nie gesehen.

»So«, fuhr Athelstan fort, »und nun zu den Vorbereitungen für das Fest der Kreuzerhöhung. In ungefähr einem Monat, am vierzehnten September, feiern wir ja das Fest Christi Kreuzerhöhung.«

Dies war das Zeichen für alle, aufzustehen und Huddles neues Kruzifix zu bewundern. Der Maler, dessen langes Pferdegesicht vor Freude strahlte, berichtete, wie er sein Meisterwerk zustandegebracht hatte. Alle machten »Oh!« und »Ah!«, und man war sich allgemein einig, daß Huddle sich diesmal selbst übertroffen habe.

Als alle wieder Platz genommen hatten, fuhr Athelstan fort. »Das Fest der Kreuzerhöhung ist ein heiliges Fest. Wir werden die Messe feiern, und dann folgt die feierliche Segnung des Kruzifixes.«

»Und ich werde es tragen!« brüllte Watkin.

»Wirst du nicht, verdammt!« brüllte Pike. »Du machst hier wohl alles, Watkin!«

»Ich lege mich nicht auf den Friedhof«, zischte der Mistsammler boshaft.

»Was?« Pikes Frau, eine rechte Megäre, beugte sich vor.

»Still jetzt.« Tab, der Kesselflicker, der neben ihr saß, nahm ihre Hand. »Du weißt doch, daß Pike die Gräber ausheben und sie pflegen muß.«

Pike lächelte dem Kesselflicker zu, und Athelstan spürte, daß hier in seinem Pfarrgemeinderat neue

Bündnisse aufkeimten. »Nach dem Segen«, verkündete er, »gibt es Ale bei der Kirche und ein paar Spiele außerdem, und am Abend veranstaltet die Gemeinde ein Festmahl.«

»Aber wie steht's mit der Zeremonie?« Pemel, die Flämin, strich sich das Haar aus dem Gesicht.

Athelstan stöhnte im stillen. Er hatte gehofft, sie hätten es vergessen.

»Du weißt schon, Pater«, fuhr Pemel fort. »Es wird doch immer ein Kreuz über den Friedhof getragen. Wer soll dieses Jahr Christus sein?«

Und im nächsten Augenblick brach die Hölle los. In erbitterten Wortwechseln stritt man darüber, wer nun was würde tun dürfen. Athelstan warf einen Blick zu Alison hinüber. Genau wie Benedicta bemühte sie sich verzweifelt, nicht zu lachen. Endlich trat wieder Frieden ein, aber erst, nachdem Athelstan aufgestanden war und zornig in die Hände geklatscht hatte. Ranulf, der Rattenfänger, würde das Kreuz tragen, bestimmte er. Watkin und Pike sollten römische Soldaten seien, und auch die anderen Rollen wurden verteilt. Am Ende hatte nur eine nichts zu tun, und das war die Frau des Grabenbauers Pike. Kochend vor Wut bezahlte sie den Preis für ihre bösartige Zunge und ihre niederträchtigen Bemerkungen. Immer wieder hatte Athelstan versucht, eine neue Rolle einzuführen oder alles neu zu verteilen, aber die Frau ließ sich nicht besänftigen. Und noch bedrohlicher war, daß die Megäre jetzt Cecily, die Kurtisane, erbost anfunkelte, während diese natürlich honigsüß zurücklächelte.

»Pater.« Alison Chapler erhob sich von ihrem Platz. »Pater, ich habe einen Vorschlag. Meine Familie stammt aus Norfolk, und wir haben das Kreuzfest dort auch gefeiert. Mir fällt auf, daß Euch eines noch fehlt, nämlich die Knispelhexe.«

»Wer?« fragte Athelstan.

»Der Legende zufolge«, sagte Alison sichtlich erheitert, »war die Hexe eine Frau, die im Tal des Todes bei Jerusalem lebte, von aller Welt verabscheut.«

Athelstan betete, daß jetzt niemand eine Bemerkung machen möge.

»Als Christus gekreuzigt wurde«, fuhr Alison fort, »stand sie weit abseits, aber für ihren Glauben wurde sie verwandelt und war fortan eine Heilige.«

Alle klatschten in die Hände, und der Friede war wiederhergestellt.

In einer kleinen Kammer im Erdgeschoß der Kanzlei vom Grünen Wachs betrachtete Sir John Cranston den erbarmungswürdigen Leichnam des William Ollerton, ehemals Schreiber in der Kanzlei.

»Das Gift muß tödlich gewesen sein.« Cranston stieß mit der Schuhspitze gegen den Stiefel des Toten. »Verderblich und schädlich, hm?«

Der Coroner trommelte mit den Fingern auf seinem Bauch. Er hatte im Garten gesessen, den Kerlchen zugeschaut, wie sie mit Gog und Magog spielten, und dabei über seine gelehrte Abhandlung zur Verwaltung von London nachgesonnen, als der Büttel Flaxwith mit der Neuigkeit erschienen war. Cranston hatte geflucht, aber er war mitgekommen. Die Nachricht von Ollertons Tod würde bald auch den Savoy-Palast erreichen, und der Regent würde Fragen stellen. Einstweilen hatte Cranston selbst ein paar.

Master Tibault Lesures an seiner Seite schien einer Ohnmacht nahe zu sein. Sein Gesicht war bleich und verschwitzt, und er blinzelte ständig. Der Dokumentenmeister fuhr sich mit der Zunge über die Lippen und machte kleine, nervöse Fingerbewegungen. Die drei Schreiber Elflain, Napham und Alcest waren gefaßter.

»Fangen wir noch einmal von vorn an«, begann Cranston. »Ihr habt einen Becher . . . ?«

»Ja, Sir John.« Lesures nickte. »Jeder von uns hat einen Becher, auf dem das Initial des Familiennamens steht. Am späten Nachmittag, bevor wir Feierabend machen, pflegen wir einen Schluck Malmsey zusammen zu trinken. Das wäscht den Staub von der Zunge und gibt einen guten Geschmack.«

»Und diese Becher stehen auf einem Tablett?«

Cranston wandte sich von dem Toten ab und ging zu einem kleinen Tisch, auf dem alle Becher, einige immer noch halb voll, auf einem Zinntablett standen. Er nahm Ollertons Trinkgefäß in die Hand und schnupperte daran. Es roch süß nach Honig und beißend nach etwas anderem. Sir John erinnerte sich an das, was Athelstan über Arsen und Belladonna gesagt hatte.

»Beides wirkt tödlich«, hatte der Ordensbruder erklärt, »aber es ist leicht zu verbergen.«

Cranston nahm nacheinander alle Becher zur Hand und roch aufmerksam daran. Dabei lief ihm das Wasser im Munde zusammen, was er zu unterdrücken versuchte, indem er an den Leichnam dachte, der jetzt hingestreckt am Boden lag.

»Und wer hat diese Becher morgens gespült?«

»Wir selbst haben uns damit abgewechselt, Sir John.«

»Und heute morgen?«

Napham hob die Hand. »Aber Sir John, sie waren alle sauber.«

»Schön, schön.« Sir John lehnte sich an die Wand. Wenn doch Athelstan nur da wäre!

»Wer ist heute in der Kanzlei vom Grünen Wachs gewesen? Ich will eine Liste.«

»Nun ... « Lesures trat vor und zählte die Namen an den Fingern ab. »Ich selbst und die Schreiber, Sir Lionel Havant, Ihr, Sir John, Bruder Athelstan und Mistress Chapler.«

»Sonst niemand?«

»Oh, ein Bediensteter hin und wieder. Sie kommen mit Botschaften oder bringen frisches Pergament und Federkiele.«

»Aber es ist doch interessant, nicht wahr«, fuhr der Coroner fort, »daß das Gift zur selben Zeit eingeschmuggelt wurde, als diese rätselhafte Nachricht kam, der zufolge der zweite in der Mitte der Not sitze und der Inhalt des Grauens sei.« Cranston schaute die Schreiber an. »Ich dachte, Ihr liebt Rätsel und Scherzfragen. Weiß denn einer von Euch, was das zu bedeuten hat?«

Alle schüttelten den Kopf.

»Fahren wir fort«, sagte Cranston. »Wer immer das Gift in den Becher getan hat, wußte, um welche Zeit Ihr Euren Wein trinkt. Und er hat dafür gesorgt, daß zur gleichen Zeit auch die Botschaft abgeliefert wurde. Das verringert die Zahl der Verdächtigen doch einigermaßen, nicht wahr?« Er beugte sich vor.

»Was wollt Ihr damit sagen?« fauchte Alcest.

»Junger Mann, ich will damit folgendes sagen. Als Ollerton starb, war ich zu Hause in meinem Garten. Athelstan und Mistress Chapler waren in Southwark. Havant war vermutlich im Savoy-Palast. Und damit wären die maßgeblichen Besucher dieser Kanzlei aus dem Spiel. Meiner Ansicht nach arbeitet Ollertons

Mörder in der Kanzlei vom Grünen Wachs und könnte durchaus jetzt hier in diesem Raum sein.«

Ein Chor von rauhen Protestrufen erhob sich. Cranston klatschte in die Hände, um Schweigen zu gebieten.

»Ich bin ein Mann des Gesetzes. Ich zeige auf, wo die Indizien liegen. Ich könnte Euch jetzt durchsuchen lassen; nicht jeder trägt ja einen Beutel Gift mit sich herum.«

»Pah!« Napham winkte verächtlich ab und wandte sich zur Tür, als wolle er gehen.

»Geht nur«, rief Cranston, »und ich lasse Euch verhaften, Sir! Mein Büttel steht draußen auf der Straße.«

Napham kam zurück.

»Hier kann doch jeder hereingekommen sein!« rief Alcest.

»Jeder?« wiederholte Cranston. »Ihr wart hier, als Ollerton starb, und jeder von Euch kann in der Schenke gewesen sein, um Peslep umzubringen.«

»Aber was ist denn mit Chapler?« fragte Alcest herausfordernd. »Sir John, wir können beweisen, daß wir in einem Hinterzimmer der Schenke ›Zum Tanzenden Schwein‹ gefeiert haben, als unser Kollege starb.«

»Mochtet Ihr ihn?« fragte Cranston unvermittelt.

»Wen?«

»Chapler. Mochtet Ihr ihn? Ihr nennt ihn Euren Kollegen.«

»Er war kein Freund von uns«, gab Alcest zurück. »Da könnt Ihr Master Tibault hier fragen. Chapler hielt sich abseits. Wenn die Kanzlei am Samstag morgen vor dem Angelusläuten geschlossen wurde, verzog er sich zu seiner geliebten Schwester nach Epping.«

»War Peslep ein reicher Mann?«

»Er kam aus einer guten Familie.«

Cranston schloß die Augen; er fühlte sich sehr müde. Zu gern hätte er diese jungen Männer weiter ausgefragt, aber er wußte nicht, was er noch sagen sollte. Es gab keine handfesten Hinweise, an die er sich halten konnte. Der Coroner ging zur Tür.

»Laßt den Toten mit einem Laken bedecken«, befahl er. Er dachte an das »Heilige Lamm Gottes«, und dann fiel ihm ein, was Alcest über das »Tanzende Schwein« gesagt hatte. Die Hand auf der Türklinke, drehte er sich noch einmal um. »Master Alcest, in der Nacht, als Chapler starb, habt Ihr die Kanzlei vom Grünen Wachs verlassen und seid geradewegs ins ›Tanzende Schwein‹ gegangen?«

»Jawohl.«

»Und Ihr hattet dort eine Stube ganz für Euch allein?«

»Nun ja, zusammen mit dem Rest.«

»Und mit einigen jungen Damen? Woher kamen die?«

Alcest rieb sich den Mund.

»Kommt schon!« kläffte Sir John. »Ihr habt Euch doch ein paar Huren bestellt, oder nicht? Junge Kurtisanen. Wer war die Madame dieser Truppe?«

»Nell Broadsheet.«

Cranston grinste. »Mein Lieber, Ihr zahlt aber gut! Broadsheets Mädchen sind die hübschesten und teuersten in ganz London. Sie hat doch ein Haus bei Greyfriars, gleich hinter Newgate, stimmt's?«

Der junge Mann nickte.

»Gut. Ich denke, dann will ich dort einen Besuch machen.«

Cranston trat auf die Straße hinaus, wo Flaxwith an einer Mauer lehnte, neben sich seinen häßlichen Hund.

»Halte mir bloß dieses verdammte Vieh vom Leib!« knurrte Cranston. »Aber jetzt, Henry, werde ich dir eine besondere Freude machen. Wir werden Mistress Broadsheets Etablissement besuchen. Du kennst es doch wohl?«

Der Büttel wurde rot und scharrte mit den Füßen. Selbst Samson schien den Kopf zu senken.

»Henry, Henry!« Cranston gab dem Büttel mit dem Zeigefinger einen Stups unters Kinn. »Sag nicht, du tauchst deinen Federkiel in Madame Broadsheets Tintenfaß.«

»Ein Mann ist zuweilen einsam, Sir John«, murmelte Flaxwith.

»Du hast doch eine Frau«, sagte Cranston. »Die geliebte Ursula.«

Blankes Entsetzen verdrängte die Verwirrung in Flaxwiths Miene. Cranston erinnerte sich an Mistress Ursula, eine Frau wie eine Festung mit Augen aus Stahl und einer Zunge, die einer Peitsche glich.

»Oh, Sir John, das bleibt doch unser Geheimnis, oder? Die Lady Ursula . . . « Flaxwith beugte sich nieder und streichelte Samson, der sich noch weiter zusammenduckte, als er Mistress Flaxwiths Namen hörte.

»Ja . . . ?« fragte Cranston honigsüß.

»Die Lady Ursula . . . « Flaxwith schluckte heftig. »Sie liebt die Freuden des Fleisches nicht.«

Cranston dachte an die glücklichen Schäferstündchen, die er selbst mit seiner Gemahlin Lady Maude verbracht hatte, und klopfte dem Mann mitfühlend auf die Schulter.

»Also, besuchen wir Dame Broadsheet. Wollen sehen, was sie uns über unsere jungen Schreiber zu erzählen hat.«

»Das sollte ich doch tun«, murrte Flaxwith, während sie losgingen.

»Nun, Henry« – Cranston gab ihm einen scherzhaften Rippenstoß –, »ich werde dafür sorgen, daß du mit mir wieder hinausgehst. Ach, übrigens – ich wünsche immer noch, daß du Erkundigungen über Master Draytons Schreiber einziehst, über Stablegate und Flinstead. Wo haben sie die Nacht verbracht, in der ihr Herr ermordet wurde? Es wird dir Spaß machen, die Gasthäuser zu besuchen, und Samson auch.«

Der Mastiff drehte den Kopf und fletschte die Zähne mit leisem Knurren. Cranston lächelte taktvoll, und so wanderten sie durch Holborn und an der Cock Lane vorbei, die noch immer von den königlichen Bogenschützen abgesperrt wurde; durch die alte Stadtmauer gelangten sie nach Newgate. Die Fleischerstände waren abgeräumt, aber der Gestank von Blut und Innereien versetzte Samson dennoch in Erregung. Er japste und zerrte an der Leine, um nach diesem oder jenem Leckerbissen zu schnappen. Cranston erkannte einen Beutelschneider, der zwei alte Damen nach St. Mary Le Bow folgte, wo die Glocken zur Komplet läuteten und im Glockenturm schon das Leuchtfeuer brannte. Cranston packte den wieselgesichtigen Knaben beim Kragen, gab ihm eine Kopfnuß und schickte ihn seiner Wege.

»Weißt du, Henry«, sagte der Coroner und blieb vor der dunklen, abweisenden Masse des Gefängnisses von Newgate stehen, wo sich die Leute drängten, die ihre Freunde dort drinnen besuchen wollten. »Wenn meine Abhandlung über die Verwaltung dieser Stadt vom Regenten akzeptiert würde, dann ließe ich an jeder Straße Fackeln anzünden.«

Er deutete zum Schafott, wo die Leichen von vier Verbrechern, die an diesem Tag gehenkt worden waren, mit Teer und Pech bestrichen wurden. Danach würde man sie an Ketten vom Galgen baumeln lassen, ehe man sie hinausbrachte und zur Warnung an einem Kreuzweg vor dem Stadttor aufhängte. Die beiden Henker pfiffen vergnügt bei ihrer Arbeit. Hin und wieder schnippten sie Teerklümpchen zu den gelbhaarigen Huren hinüber, die sich um das Schafott drängten. Sie hatten kein Gefühl für den Jammer der Freunde und Verwandten der Gehenkten, die geduldig abwarteten, wo ihre Lieben nachher hängen würden.

»Was wolltet Ihr sagen, Sir John?« fragte Flaxwith.

»Das alles würde ich abschaffen«, knurrte Cranston. »Komm weiter!«

Das Etablissement der Dame Broadsheet stand in einer schmalen, stillen Gasse, eine dreigeschossige Villa auf eigenem Grundstück. Im Erdgeschoß war eine Ale-Schenke, über deren Tür ein Busch hing. In den oberen Geschossen befand sich das, was Dame Broadsheet ihre »Kapelle der Erholung‹ nannte. Hier konnten ihre Kunden mit den süßesten Dirnen von London zusammentreffen.

Flaxwith band Samson draußen fest und schärfte ihm ein, ein »braver Junge« zu sein. Der Hund hatte die Schnauze voller Fleischabfälle, die er aufgeschnappt hatte, und winselte nur.

Die Schankstube war still und sehr behaglich. Die Decke war hoch, und die Binsen auf dem Boden waren sauber und weich. Richtige Schemel umstanden die Tische, nicht umgestürzte Fäßchen. Wein- und Bierfässer standen sauber aufgereiht an einem Ende, Schinken und Beutel mit Zwiebeln hingen an den Deckenbalken, und Körbe mit Blumen schmückten die Fensterbänke. Am süßen Duft, der aus der Speisekammer drang, erkannte Cranston, daß Dame Broadsheets französischer Koch bei der Arbeit war. Er schmatzte mit den Lippen und klopfte sich auf den Bauch, aber er blieb noch im Schatten des Eingangs und schwelgte in dem, was er hier hörte und sah. Flaxwith stand hinter ihm, die Hand auf dem Dolch. Dame Broadsheets Haus war bekannt als Absteige für die Straßenräuber und Strauchdiebe der Stadt; Sir John würde hier kein willkommener Gast sein.

Cranston überlegte, ob er einen großen Auftritt veranstalten sollte oder ob er besser schleunigst durch die Schankstube und die Treppe hinauf eilte. Er entschied sich für das letztere, schaute sich aber erstmal in der Schankstube um. Viele der Gesichter waren ihm bekannt: Diebe, Betrüger, Fälscher, verschlagene Weiber, berufsmäßige Bettler, abgehärtete Schläger, aber auch junge Männer, die sich vorgenommen hatten, bis zum ersten Hahnenschrei ausgelassen zu feiern. Und sie waren umzingelt von den Damen der Nacht: keine gewöhnlichen Huren oder Dirnen, sondern, wie Dame Broadsheet erklärte, »vornehme Ladys, die wissen, wie man einen Gentleman erfreut«. Der Coroner hatte beschlossen, im Sturm die Treppe zu nehmen, als unvermittelt eine Stimme rief:

»Oh, zur Hölle, da ist John Cranston!«

Die Knaben, die Rebeck, Flöte und Tambourin spielten, ließen ihre sanfte Musik jäh abbrechen. Das Geplauder erstarb. Cranston stolzierte breitbeinig in die Mitte des Raumes, zog sich die Bibermütze vom Kopf und verbeugte sich auf das spöttischste.

»Meine reizenden Burschen und Mädchen, guten Abend. Jack Cranston macht euch seine Aufwartung.«

»Verpiß dich!« schrie jemand.

Cranston machte sich nicht die Mühe, sich umzudrehen. »Ned, nicht wahr? Ned, der Zeichner? Ich an deiner Stelle würde die Klappe halten, denn sonst, Ned, mein Junge, werde ich morgen einen Haftbefehl gegen dich erlassen, und zwar wegen Aufsässigkeit gegen einen Beamten des Königs. Also!« Cranston schob die Daumen hinter seinen Schwertgurt. »Seid nicht grausam zum alten Jack. Ich habe Henry Flaxwith hier, und draußen steht ein Dutzend seiner stämmigen Kerle. Von Samson, seinem Hund, gar nicht zu reden. Ihr kennt doch Samson, nicht wahr? Nirgends nagt er so gern wie an einer saftigen Wade.«

»Ihr habt keinen Grund, so zu reden, Sir John.«

Eine Dame kam die Treppe herunter. Ein silbergesäumter Leinenschleier bedeckte das wohlgelockte Blondhaar. Ihr Kleid war von einem dunklen Burgunderrot, und eine goldene Kette umschlang die schmale Taille. Ihre Bewegungen waren langsam und fließend, und sie hielt das Haupt hocherhoben wie eine junge Edelfrau und nicht wie die Herrin eines Hauses von üblem Leumund. Die Haut ihres Gesichts war glatt, beinahe golden, und die Augen waren groß und lächelnd. Der Mund aber verriet sie: scharfe, dünne Lippen, leicht höhnisch verzogen.

Cranston verbeugte sich erneut. »Mistress Broadsheet, wie schön, Euch zu sehen.«

»Dieses Kompliment würde ich zu gern zurückgeben, Sir John.«

Cranston bemerkte, daß sie plötzlich die Stimme hob. Es sah aus, als wolle sie die Treppe nicht weiter herunterkommen; sie blieb stehen, die Hand auf dem Geländer.

Sir John straffte den Rücken. »Ich bin also willkommen hier?«

»Selbstverständlich, Sir John. Ihr seid der Coroner der Stadt. Mein Haus ist Euer Haus ...«

Mehr brauchte er nicht zu hören. Mit zwei Sätzen war er unten an der Treppe, drängte sich an ihr vorbei und lief hinauf. Über sich hörte er gedämpfte Schritte. Trotz seines Gewichts und seiner Müdigkeit stürmte Sir John flink wie ein Affe die nächste Treppe hinauf – so schnell, daß er fast mit dem Mann zusammengestoßen wäre, der dort stand. Der hakenbewehrte Bolzen auf der gespannten Armbrust zielte geradewegs auf Sir Johns Herz. Cranston blieb stehen und starrte in das lächelnde Gesicht des jungen Mannes, der ihn an Athelstan erinnerte: sanfte Augen und olivfarbene Haut unter einem dunklen, glänzenden Haarschopf.

»Ja, da soll doch ... der Vikar der Hölle!« Cranston musterte den jungen Mann von Kopf bis Fuß. Er war wie üblich in schwarzes Leder gekleidet. Hinter ihm stand eine junge Frau, in ein Laken gehüllt, die dem Coroner besorgt entgegenspähte. »Geh zurück in deine Kammer, meine Süße!« rief Cranston und tastete nach seinem Dolch.

»Aber, aber, Sir John ...« Der junge Mann schob sich näher. »Ihr wollt doch wohl keine Dummheit begehen?«

»Ich will dich haben«, knurrte Cranston.

»Wollen und bekommen sind zwei verschiedene Dinge, Sir John.«

Der Vikar der Hölle hob seine Armbrust. Sir John fuhr zurück, aber statt den Bolzen schwingen zu lassen, versetzte ihm der Vikar einen heftigen Stoß, so daß er rückwärts die Treppe hinunterpolterte.

Sechs

Sir John Cranston, Coroner der Stadt London, kochte vor Wut. Er war krachend die Treppe hinuntergeworfen worden, aber sein Stolz war dabei schlimmer verletzt worden als seine Knochen. Der Vikar der Hölle war natürlich hurtig wie ein Eichhörnchen die Galerie entlang gehuscht und durch ein Fenster verschwunden. Sir John wußte, daß es sinnlos war, ihn zu verfolgen.

Jetzt stand er wütend in der Schankstube. Alle Gäste hatten voller Angst vor dem brüllenden Coroner die Flucht ergriffen. Er bot einen furchterregenden Anblick mit seinem roten Gesicht, dem gesträubten Schnurrbart und dem blanken Dolch. Flaxwith war hereingestürzt, gefolgt von dem knurrenden Samson, der gleich rechts und links nach den Waden schnappte.

Sir John funkelte Dame Broadsheet an, die bei all ihrer hochfahrenden Pose jetzt zitternd unter dem beängstigenden Blick des Coroners auf einem Schemel saß.

»Versteht Ihr, was ich sage?« brüllte Cranston, die Hände in die Hüften gestemmt.

Dame Broadsheet blinzelte.

»Ich will es gleich noch einmal sagen«, fuhr Cranston fort. »Ihr, Madam, werdet zwei Tage am Pranger stehen. Eure Damen ebenfalls. Dieses Haus wird verschlossen und versiegelt, und alle bewegliche Habe darin wird man in einen Keller im Rathaus schaffen!«

Dame Broadsheet starrte in Cranstons eisblaue Augen. Sie wußte, daß dieser integre Mann mit Geld oder guten Worten nicht zu bestechen war. Aber sie kannte seine schwache Stelle: Ihre Unterlippe begann zu zittern, und zwei dicke Tränen rannen ihr über die Wange. Cranston schluckte heftig, was für Dame Broadsheet das Zeichen war, nunmehr die Hände vors Gesicht zu schlagen und hemmungslos zu schluchzen. Wie der Chor im Theater, begannen daraufhin auch ihre jungen Damen, die sich in unterschiedlichen Stadien der Entkleidung befanden, laut zu weinen, und gleich stimmten Köchinnen, Küchenmägde und Schankdirnen ein. Ein paar der Frauen fielen sogar auf die Knie und rangen beschwörend die Hände. Cranston schaute sich um. Selbst Samson legte den Kopf in den Nacken und heulte traurig.

»Oh, wehe uns, Sir John!« Dame Broadsheet ließ die Hände vom Gesicht sinken. »Und wehe dem Tag, da ich geboren wurde! Oh, Sir John, es tut uns leid!«

Cranston starrte in die schönen, tränenfeuchten Augen, und seine Wut verebbte. Das Geheul wurde immer lauter, und Samson, den Kopf im Nacken und die Kehle gestrafft, heulte aus Herzenslust mit. Flaxwith machte ein klägliches Gesicht. Cranston ließ sich auf einen Schemel fallen.

»Ruhe!« brüllte er. »Bei allem, was heilig ist: Ruhe!«

Das Geheul verstummte. Dame Broadsheet schaute Sir John unter flatternden Wimpern tränenreich an.

»Ihr seid eine Dirne!« stellte er fest.

»Sir John, Ihr saht so tapfer aus«, gurrte sie. »Wie Ihr da die Treppe hinaufstürmtet, kampfbereit, mit eingelegter Lanze.« Sie sah den warnenden Ausdruck in Cranstons Blick. »Ein wahrer Ritter. Lady Maude muß eine glückliche Frau sein«, fügte sie hastig hinzu.

Sie hob die Hand und schnalzte mit den Fingern. »Erfrischungen für Sir John. Eine kleine Fleischpastete, Mylord Coroner?«

Cranstons Zorn verflog vollends. Er ging zu einem Platz am Fenster, und Dame Broadsheet begleitete ihn. Auf irgendeine Weise hatten sich die oberen Knöpfe an ihrem Kleid geöffnet, und wenn er gewollt hätte, so hätte Cranston einen Blick auf weiche, üppige Brüste werfen können. Hüstelnd drohte er mit dem Finger, und Dame Broadsheet, prüde wie eine Nonne, knöpfte die anstoßerregenden Knöpfe rasch wieder zu. Sie schaute zu, wie Cranston in die Pastete biß und von seinem Wein trank.

»Ich wußte nicht, daß er da war«, begann sie, als Sir John seinen Teller von sich schob.

»Doch, das wußtet Ihr«, erklärte Sir John. »Ihr wißt, wer der Vikar der Hölle ist, Dame Broadsheet: ein amtsenthobener Priester, ein Gauner, der mehr hinterhältige Teufeleien auf dem Kerbholz hat als ein ganzes Dorf voller Schurken. Ein Dieb, ein Betrüger, ein Hehler und Schmuggler!«

»Aber mit einem goldenen Herzen.« Dame Broadsheet klapperte mit den Lidern. »Er hat ein Herz aus Gold, Sir John. Er hätte Euch mit seiner Armbrust töten können.«

»Nun, der Vikar der Hölle wird warten müssen, nicht wahr?« Cranston nahm den Weinbecher und lehnte sich an die Wand. »Aber es ist gut zu wissen, daß er wieder in der Stadt ist. Wenn er in London ist, kann man ihn auch fangen. Als ich das letzte Mal von ihm hörte, leitete er Wallfahrten zu St. Eadric's Brunnen, der angeblich im Herzen von Ashdown Forest lag. Aber es gibt gar keinen St. Eadric, und ganz bestimmt keinen solchen Brunnen.«

Dame Broadsheet senkte den Kopf, um ihr Lächeln zu verbergen.

»Doch ich bin nicht hier, um über den Vikar der Hölle zu reden«, fuhr Cranston fort. »Und meine Drohung bleibt bestehen. Helft Ihr mir nicht, Madam, so komme ich morgen mit den Bütteln wieder.«

»Wobei soll ich denn helfen?« fragte sie mit hochgezogenen Brauen.

»Vor drei Tagen«, sagte Cranston, »wart Ihr mit einigen Eurer Damen am Abend nicht hier im Hause, sondern im ›Tanzenden Schwein‹, wo Ihr einige Schreiber aus der Kanzlei vom Grünen Wachs unterhieltet.«

»Ja, dort waren wir von Sonnenuntergang bis zum Morgengrauen«, antwortete sie. »Das ist aber kein Verbrechen. Wir waren Gäste bei einer Gesellschaft.«

»Ihr seid Huren«, erwiderte Cranston. »Ihr sagt also, Ihr wart vom Abend bis zum Morgengrauen dort?«

Sie nickte.

»Nun, so sprecht weiter!«

»Wir kamen vor Sonnenuntergang dort an«, berichtete Dame Broadsheet. »Ich und vier andere Mädchen. Roesia, Melgotta, Hilda und Clarice.«

»Aha.«

»Die Schreiber hatten einen Raum für sich gemietet, groß und geräumig. Der Tisch war gedeckt, und wir speisten. Danach«, fuhr sie eilig fort, »kamen zwei Knaben mit Rebec und Tambourin. Sie musizierten, und wir tanzten dazu. Das war am frühen Abend, es war noch nicht dunkel.«

»Und dann?«

»Wir zogen uns paarweise zurück – ich mit einem jungen Mann ...« sie schloß die Augen » ... namens Ollerton.«

»Ollerton ist tot«, sagte Cranston.

Dame Broadsheet riß erschrocken die Augen auf. »Tot?«

»Ja, vergiftet durch eine oder mehrere unbekannte Personen. Ein anderer«, fügte er ungerührt hinzu, »ein Mann namens Peslep, wurde heute früh erstochen auf dem Abort gefunden.«

»Oh, der Herr bewahre uns, Sir John!«

Dame Broadsheet hob flatternde Finger vor den Mund. Dennoch entging Cranston der verschlagene Ausdruck in ihren Augen nicht. Er packte ihre Hände und drückte sie fest.

»Ihr wißt es schon, nicht wahr?« sagte er. »Tut nicht so unschuldig.«

»Sir John!«

»Jawohl, Ihr wißt verdammt genau Bescheid!« Cranston drückte noch fester zu. »Aber warum sollte Dame Broadsheet vom Tode zweier Schreiber wissen, von denen einer erst vor kurzem ermordet wurde?«

»Der Vikar der Hölle hat mir davon erzählt.«

»Der Vikar der Hölle? Und was könnte der mit den wichtigen Schreibern in der Kanzlei vom Grünen Wachs zu schaffen haben?«

Dame Broadsheet zog ihre Hände weg und machte runde Augen; damit hoffte sie, unschuldsvoll auszusehen. »Ich sage Euch die Wahrheit, Sir John: Ich weiß nichts darüber. Er kam her, wir tranken einen Becher Wein zusammen, und dann zog er sich mit der jungen Clarice zurück. Er fragte mich, ob ich von den Todesfällen in der Kanzlei gehört hätte. Ich verneinte.« Sie zuckte die Achseln. »Damit hatte sich's.«

Cranston nahm einen Schluck Wein. »Und was geschah am Abend Eurer Feier noch?«

»Wie ich schon sagte, Sir John, wir haben gegessen

und getrunken, und dann gingen wir zu Paaren in kleine Dachkammern hinauf. Nach allem, was ich mitbekommen habe, waren die Schreiber so munter wie die Hähne auf dem Hof. Ein fröhliches Paaren, Sir John!«

»Und am Morgen?«

»Ich bin aufgewacht, bevor es hell wurde. Ollerton schlief fest neben mir im Bett. Ich zog mich an, sammelte die Mädchen ein, und wir kamen hierher, um uns auszuruhen. Von den Mühen der Nacht«, ergänzte sie hastig.

»Laßt die Mädchen herkommen!« befahl Cranston.

Dame Broadsheet gehorchte. Alle trugen jetzt lange Gewänder und hatten sich das Haar unter sauberen weißen Hauben hochgesteckt. Wären ihre lachenden Augen und ihre frechen Blicke nicht gewesen, so hätte man sie für eine Schar gehorsamer Novizinnen im Nonnenkloster halten können. Sie drängten sich um den Tisch herum, die Hände vor sich verschränkt, den Blick gesenkt.

»Reizende Mädchen«, säuselte Sir John. Dann wandte er sich noch einmal an Dame Broadsheet. »Wer war der Anführer?«

»Der Anführer, Sir John?«

»Unter den Schreibern. Wer war für die Feier verantwortlich?«

»Nun, Alcest.«

»Und wer ist mit ihm gegangen?«

»Ich«, flüsterte ein junges, blondes Mädchen.

Cranston beugte sich vor. »Den Kopf hoch, Mädchen. Du heißt . . . ?«

»Clarice, Sir John. Clarice Clutterbuckle.«

Sir John achtete nicht auf das Kichern der anderen. Ihm war klar, daß diese junge Dame ebensowenig Clutterbuckle hieß wie er selbst.

»Clarice, du warst die ganze Nacht mit Alcest zusammen?«

»Oh ja«, schnurrte sie und rollte dabei die Schultern, was Cranston an eine Katze erinnerte. »Wir haben uns in ein Innengemach zurückgezogen, Mylord Coroner, nicht größer als ein Schrank, aber es stand ein Bett darin.«

»Und?«

»Wir haben uns vergnügt und ein bißchen Wein getrunken.« Sie lächelte. »Dann bin ich eingeschlafen, und im nächsten Augenblick war es schon Morgen, und Dame Broadsheet holte mich aus dem Bett.«

»Und Alcest war noch bei dir?«

»Oh ja, Sir John. Er schnarchte zum Steinerweichen.«

»Und er hat dich in der ganzen Nacht nicht verlassen?«

»Mich verläßt keiner, Sir John.«

»Nicht so frech!« raunzte Cranston.

»Sir John, ich habe geschlafen, aber ich hätte gehört, wenn er hinausgegangen wäre. Und seine Kleider« – sie lächelte kurz – »lagen da, wo ich sie am Abend hingelegt hatte.«

»Und das gleiche gilt für euch alle?«

Die anderen drei Mädchen nickten einmütig.

»Ihr habt nichts Verdächtiges bemerkt?«

»Oh nein, Sir John.«

Cranston schickte sie weg und wandte sich wieder Dame Broadsheet zu. »Das muß ja einen schönen Batzen gekostet haben.«

»Das habe ich auch zu Alcest gesagt«, antwortete sie rasch, »daß es ein sehr kostspieliger Abend sei. Da sagte er, er sei bei Master Drayton gewesen.«

»Bei wem?«

Cranston beugte sich über den Tisch.

»Bei Master Drayton, dem Geldverleiher. Alcest hatte ein Darlehen aufgenommen. Ich meine«, fügte sie hastig hinzu, »die Schreiber vom Grünen Wachs werden ja gut bezahlt, aber der Abend war teuer.«

Cranston ließ sich mit halb offenem Mund zurückfallen. Alcest, dachte er, geht zu einem Geldverleiher und verbürgt sich dort, um Geld für einen fröhlichen Abend zu beschaffen? Und warum sollte er das tun? Peslep war ein reicher Mann. Alle fünf Schreiber dürften ihr Scherflein zu dem Abend beigesteuert haben. Warum also ein Darlehen? Und warum bei Drayton? Warum nicht bei den italienischen Bankiers unten an der Themse?

»Sir John?«

Cranston starrte Dame Broadsheet an. »Ja, Mistress?«

»Ist Euch nicht wohl? Möchtet Ihr Euch hinlegen?« fragte sie boshaft.

»Nein, Madam, das möchte ich nicht.« Cranston kam schwerfällig auf die Beine. »Einstweilen bin ich fertig mit Euch.«

»Es kommen also keine Büttel?«

»Nein, Madam, es kommen keine Büttel.«

Cranston durchquerte den Raum und winkte Flaxwith, der an der Tür saß und inzwischen einen Humpen Ale vor sich stehen hatte.

»Was jetzt, Sir John?« fragte der Büttel.

»Geh zum ›Tanzenden Schwein‹. Frag den Wirt, ob einer der Schreiber während ihrer Feier hinausgegangen ist.«

»Sonst noch etwas, Sir John?«

»Ja. Vergiß Stablegate und Flinstead nicht.«

»Aber Ihr habt noch etwas, nicht wahr?«

»Ja, Henry, ich habe noch etwas.« Cranston legte Flaxwith einen Arm um die Schultern und zog ihn an sich, um ihm besser ins Ohr flüstern zu können. »Hole deine besten Leute und laß dieses Haus bewachen. Ich wette einen Krug Wein gegen einen Krug Essig, daß der Vikar der Hölle zurückkommen wird!«

Cranston wich einen Schritt zurück, denn die Tür zur Schankstube wurde aufgestoßen. Sir Lionel Havant kam hereinmarschiert, die Hand auf dem Schwert. Er verneigte sich spöttisch.

»Sir John Cranston, ich bringe Euch eine persönliche Einladung Seiner Gnaden, des Regenten. Ihr sollt in seine Privatgemächer im Savoy-Palast kommen.«

Cranston stöhnte. »Sir Lionel, ich bin müde, und mir tun die Füße weh. Ich bin durch die Straßen gestapft – ganz zu schweigen davon, daß ich die Treppe hinuntergestoßen wurde.«

Sir Lionel lächelte. »Sir John, es handelt sich um eine Einladung von der Art, die Ihr lieber nicht ablehnen solltet. Wir sollen Euch zum Savoy eskortieren.« Havant zog die Unterlippe zwischen die Zähne. »Ob es Euch gefällt oder nicht.«

Cranston seufzte und wandte sich an Flaxwith. »Tu, was ich dir gesagt habe. Und dann gehst du zu Lady Maude und berichtest ihr, daß ich der Ehrengast Seiner Gnaden bin. Also weiß der Himmel, wann ich heute abend in mein Bett kriechen kann.«

Cranston ging zur Tür hinaus. Als er hinter sich Hundegebell hörte, grinste er hinterhältig. Er hätte Sir Lionel Havant sagen sollen, daß er seine Waden von Samsons Schnauze fernhalten sollte. Ich wünschte bloß, dachte der Coroner, ich könnte diesen verdammten Köter mit in den Savoy-Palast nehmen, wo er nach Herzenslust pissen und wadenbeißen kann.

Die Beerdigung des Edwin Chapler in St. Erconwald am nächsten Morgen war eine feierliche und würdevolle Angelegenheit. Der Sarg war in die Kirche gebracht und vor den Lettner gestellt worden. Purpurne Kerzen umstanden ihn, während Athelstan eine feierliche Totenmesse zelebrierte. Mistress Alison, gestützt von Benedicta, hatte würdiges Schweigen bewahrt, auch als der Sarg, auf den sie eine einzelne weiße Rose gelegt hatte, zur Kirche hinaus und zu einem frischen Grab getragen wurde, das Pike vor Tagesanbruch ausgehoben hatte. Man hatte den Sarg hineingesenkt. Athelstan hatte ihn mit Weihwasser besprengt und dann mit dem Weihrauchfaß gesegnet. Der Duft hatte sich über den ganzen Friedhof ausgebreitet. Das Grab war zugeschüttet worden, und sie hatten ein schlichtes Holzkreuz auf den Erdhügel gelegt, bis Tab, der Kesselflicker, einen richtigen Grabstein gemacht hätte. Athelstan und Alison besprachen die Angelegenheit gerade, als Simplicatas, die auch zur Pfarrgemeinde gehörte, schreiend aus der Kirche gerannt kam: Ein Wunder sei geschehen!

»Das neue Kruzifix!« rief sie. »Huddles Kruzifix neben dem Taufbrunnen! Es blutet!«

Athelstan stürmte die Kirchentreppe hinauf, die anderen hinterher. Eine Menschenmenge hatte sich um die kleine Nische versammelt, wo das Kruzifix hing. Zuerst traute Athelstan seinen Augen nicht. Die Wunden an Händen und Füßen, am Kopf und an der Seite des gekreuzigten Christus glitzerten rot. Ein kleiner Blutstropfen, funkelnd wie ein Rubin, wollte gerade herunterfallen. Huddle kniete mit gefalteten Händen am Boden; Watkin und Pike, der Grabenbauer, knieten rechts und links von ihm, und die drei erinnerten Athelstan an die Heiligen Drei Könige, die vor der Krippe knieten.

»Huddle!« rief Athelstan. »Ist das ein Taschenspielertrick von dir?« Beinahe hätte er hinzugefügt, daß sich an einem Ort wie St. Erconwald keine Wunder ereignen könnten, aber diese Bemerkung schluckte er hinunter.

Der Maler starrte ihn an und schluckte heftig. »Pater, wie könnt Ihr so etwas sagen?«

Alison trat heran und berührte den glitzernden Tropfen mit der Fingerspitze und führte ihn an die Lippen, um davon zu kosten.

»Das ist Blut«, erklärte sie mit schneeweißem Gesicht. »Pater, das ist kein falsches Blut«, sie schwieg kurz und setzte dann hinzu: »wie es die Schauspieler benutzen.«

Athelstan ging näher heran, nahm ebenfalls einen Tropfen ab und kostete daran. Der Geschmack war der gleiche wie in der Woche zuvor, als er sich in die Lippe geschnitten hatte: salzig und scharf. Er trat zurück und versuchte sein Zittern zu verbergen. Die Neuigkeit hatte sich herumgesprochen. Schon drängten sich neue Gemeindemitglieder in die Kirche.

»Geht fort!« befahl Athelstan mit erhobenen Händen. »Geht wieder nach Hause! Um des lieben Himmels willen!« Seine Gedanken überschlugen sich. Dies war nicht das erste Mal, daß sich in St. Erconwald ein Wunder ereignete. Mißtrauisch beäugte er Watkin und Pike, aber die beiden waren in ihre Andacht vertieft.

Rasch legte Athelstan Meßgewand und Chorhemd ab. Fast hätte er Crim die Gewänder zugeworfen. Er griff nach dem Lavabo-Tuch, dem Stück Linnen, mit dem er sich die Hände abtrocknete, nachdem er das

Allerheiligste berührt hatte, und trat auf das Kreuz zu. Er betupfte die rote Flüssigkeit und betrachtete dann das Tuch. Es sah aus, als sei es blutbefleckt.

»Was tut Ihr da, Pater?« fragte Benedicta leise und trat hinter ihn.

»Vielleicht ist es irgendeine Täuschung«, sagte Athelstan. »Das Kruzifix ist neu, es könnte sein, daß ein Pigment . . . «

»Ich habe nur ganz gewöhnliche Farben benutzt«, rief Huddle.

Athelstan starrte das Kreuz an. Er hatte die rot glitzernde Flüssigkeit weggewischt, und sein Herz tat einen Satz: Es trat neue hervor.

»Nimm das Kruzifix ab!« befahl er Watkin.

»Nein, Pater.« Der Mistsammler erhob sich, und seine mächtigen Pranken baumelten an seiner Seite. »Das Kruzifix gehört uns, Pater. Es ist im Kirchenschiff. Das Kirchenschiff gehört dem Volk.«

Athelstan stöhnte. Watkin hatte recht. Der Ordensbruder schwor sich insgeheim, sich vor seinen Pfarrkindern nie wieder über das Kanonische Recht zu verbreiten; nach uraltem Brauch gehörte der Altarraum dem Priester, aber das Kirchenschiff mit allem, was es enthielt, war Eigentum des Volkes.

»Ich habe gesagt, ihr sollt es hinausbringen«, befahl Athelstan.

»Der Friedhof ist unser.« Jetzt ergriff Pike das Wort. »Der Gottesacker gehört auch dem Volk. Das habt Ihr gesagt, Pater.«

Athelstan funkelte ihn nur an. Am liebsten hätte er das Kruzifix ergriffen und es in den Altarraum getragen, aber Watkin war trotz seiner Körpermassen schneller. Er nahm das Kruzifix von der Wand, hob es empor wie ein Banner und wanderte feierlich zur Kirchentür hinaus und die Treppe hinunter. Die anderen folgten ihm.

»Pater, laßt ihnen ihren Willen«, warnte Benedicta. »Tut nichts Unüberlegtes.«

»Es tut mir leid, aber ich muß jetzt gehen.« Alison streckte die Hand aus und wollte Ahtelstan eine Silbermünze reichen.

Athelstan schüttelte den Kopf. »Es war ein Akt der Barmherzigkeit, daß ich Euren Bruder bestattet habe«, sagte er.

Die junge Frau erhob sich auf die Zehenspitzen und küßte Athelstan auf beide Wangen. »Ich werde in der ›Silbernen Laute‹ wohnen, bis diese Angelegenheit erledigt ist.« Sie lächelte Benedicta zu. »Ich hole nur meine Sachen.«

Athelstan sah ihr nach. »Solltest du nicht mitgehen?« fragte er Benedicta.

»Eine Näherin arbeitet in meinem Haus«, sagte Benedicta. »Sie wird sie hineinlassen. Was werdet Ihr denn jetzt unternehmen, Pater?«

»Was kann ich tun, Benedicta? Du kennst diese Leute besser als ich. Das Übernatürliche ist für sie so wirklich wie Sonne, Wind und Regen. Dämonen stehen an ihrem Krankenbett, Dämonen morden ihr neugeborenes Kind, schneiden in dunklen Ecken Grimassen und lauern hinter jedem Baum.« Athelstan rieb sich das Gesicht. »Wenn man Watkin glauben kann, so rumoren nachts böse Geister in seinem Haus herum, poltern auf dem Dach und lassen die Balken knarren. Teufel heulen im Wind, strecken die Kühe auf der Weide nieder und lassen den Fluß über die Ufer treten.« Er deutete auf den Gemeindesarg, der im Querschiff stand. »Ein Bruder hat mir erzählt, wie ein Gemeindemitglied in Blackfriars einen Nagel aus einem verrottenden Sarg zog und heimlich in eine Bank trieb. Und wer sich zuerst auf diese Bank setzte, bekam dieselbe Krankheit, an der auch der Tote im Sarg gestorben war.« Mit schmalem Lächeln schaute er Benedicta an. »Worauf ich hinaus will, du Getreueste unter meinen Pfarrkindern: Die Menschen sehen ringsherum nur Teufel und Dämonen und Böses. Da ist es nur natürlich, daß sie auch Wunder und das Eingreifen Gottes sehen, Engel, die vom Himmel herabkommen, Reliquien, die die grausigsten Krankheiten heilen, und Kruzifixe, die bluten.«

Unversehens wurde die Tür aufgestoßen.

»Was zum Teufelsfurz ist denn da draußen los?« Cranston kam in die Kirche gerauscht. »Bruder Athelstan, sind deine Holzköpfe jetzt völlig verrückt geworden? Die bauen sich einen Tempel auf dem Friedhof!« Cranston nahm die Biberfellmütze ab und schlug sich damit gegen das Bein. »Diese Holzköpfe«, fuhr er fort, »glauben, daß da ein Kruzifix blutet. Jetzt bauen sie einen Altar dafür, und wer davor beten will, muß ihnen einen Penny bezahlen. Sie haben Kerzen angezündet, und sogar von mir wollten sie Geld haben! Ich habe ihnen gesagt, vom Coroner des Königs bekommen sie höchstens einen Tritt in den Arsch!« Cranston grinste Benedicta an, zog sie in seine Arme und drückte ihr einen saftigen Kuß auf beide Wangen.

»Geht es Euch gut, Sir John?« fragte sie atemlos.

»Entsetzlich, verdammt!« Der Coroner stampfte mit dem Fuß. »Komm schon, Athelstan, ich brauche dich. Laß deine Pfarrkinder. Die haben mehr Flausen im Kopf, als es Mäuse in einem Heuschober gibt.«

»Aber eigentlich sollte ich hierbleiben«, antwortete Athelstan.

»Unfug!« brüllte Cranston. »Komm mit, Bruder, und laß sie ihren Kram machen.«

»Sir John hat recht«, bestätigte Benedicta sanft. »Geht nur mit ihm. Ich räume die Kirche und das Haus auf, und dann gehe ich hinaus auf den Friedhof.«

Athelstan schloß die Augen und betete um Rat. Er wußte, daß Sir John und Benedicta recht hatten. Wenn er hierbliebe, würde er sich nur Sorgen machen oder einschreiten, und Watkin war nicht nur gebaut wie ein Ochse, er war auch genauso stur.

»Soll ich Philomel mitnehmen?« fragte er und öffnete die Augen wieder.

»Nein, laß dein Pferd«, sagte Cranston. »Ich bin über den Fluß gekommen. Moleskin erwartet uns an der Treppe bei der Pissing Alley.«

Athelstan folgte Sir John hinaus auf die Kirchentreppe und starrte ungläubig zum Friedhof. Watkin hatte schnell gehandelt: In der hinteren Ecke war ein Kalvarienberg entstanden, ein Hügel aus Erde und Steinen. Darauf stand das Kruzifix, und Kerzen brannten davor. Und die Neuigkeit hatte sich herumgesprochen; die Menschen drängten sich auf den Friedhof und gaben Pike und Tab ihre Pennys, während die Gattinnen Watkins und des Grabenbauers auf und ab marschierten. Beide waren mit Eschenknütteln bewaffnet und funkelten wütend jeden an, der es wagte, sich ohne die gebührende Bezahlung ihrem Heiligtum zu nähern.

»Wenn der Pater Prior davon hört«, murmelte Athelstan, »dann reißt er mir den Kopf ab.«

Cranston blieb stehen. »Dann sagst du ihm lieber nichts davon, nicht wahr?« Er zog den Ordensbruder am Ärmel. »Komm weiter, Athelstan. Moleskin wartet, und ich bin hungrig.«

Athelstan eilte ins Haus, um die Tasche mit seinem Schreibzeug zu holen, und wanderte dann mit Sir John durch die schmale Gasse zum Fluß hinunter. Bei Merrylegs Garküche machten sie halt. Sir John kaufte sich eine Pastete und biß im Gehen hinein. Schmatzend erklärte er, Merryleg sollte für seinen Dienst am Magen eigentlich geadelt werden.

»Ihr seid so guter Dinge, Sir John«, bemerkte Athelstan und hastete neben ihm her. »Habt Ihr gut geschlafen?«

»Wie ein Schweinchen«, antwortete Cranston. »Aber nicht, weil ich einen so schönen Abend verbracht habe, Bruder.« Und er berichtete von Ollertons Tod und von seinem Zusammentreffen mit dem Vikar der Hölle.

»Von dem habe ich schon gehört«, rief Athelstan. »Es heißt, er kleide sich immer ganz in Schwarz, und sein Gesicht sei von Narben entstellt.«

»Unsinn«, antwortete Cranston. »Er ist ein munterer Gauner, der einen Advokaten überreden und einen Betrüger täuschen kann und besser lügt als der Teufel. Er hat mehr auf dem Kerbholz, als mir lieb sein kann. Die Gildenherren haben hundert Pfund Sterling auf seine Ergreifung ausgesetzt, tot oder lebendig. Aber noch keiner hat sich dieses Geld verdient. Er liebt die Damen, unser Vikar der Hölle, und sie lieben ihn. Wer ihn den Behörden verriete, würde nicht mehr lange leben.«

»Aber Ihr sagt, er wußte von unseren Schreibern vom Grünen Wachs?«

»Und noch mehr.« Cranston hatte seine Pastete aufgegessen. »Mistress Broadsheet hat mir erzählt, Alcest habe Geschäfte mit Drayton gemacht.«

»Eine feine Bande«, antwortete Athelstan.

Er blieb vor einem Bettler stehen, der an der Ecke der Gasse kauerte. Der Mann wiegte sich summend vor und zurück. Auf einem Sack vor ihm lag ein Walknochen.

»Aus der Flanke des Leviathan!« krähte der Kerl. »Des mächtigen Ungeheuers der Meere! Für einen Penny dürft Ihr ihn anfassen.«

Athelstan warf ein Geldstück auf den Sack.

»Danke, Bruder, danke. Ich habe noch mehr Walfischknochen«, rief der Mann.

Athelstan schüttelte den Kopf und wandte sich wieder dem Coroner zu. »Mistress Broadsheet erzählt also, Alcest habe Geschäfte mit Drayton gemacht, und der Vikar der Hölle weiß von den Todesfällen unter den Schreibern vom Grünen Wachs.«

»Außerdem«, ergänzte Cranston, »wissen wir von Dame Broadsheet und ihren Mädchen, daß in der Nacht, als Chapler zu Tode kam, keiner der Schreiber das ›Tanzende Schwein‹ verlassen hat. Und wir wissen von dem offensichtlichen Reichtum. Wie konnte Alcest sich eine dermaßen kostspielige Feier leisten? Und schließlich haben wir Ollertons Tod. Der Mörder muß im Raum gewesen sein, als Ollerton das Gift trank.«

»Und das Rätsel?«

»›Mein zweiter sitzt in der Mitte der Not‹, sagte Cranston, »und ist Inhalt des Grauens.‹«

Athelstan schüttelte ungläubig den Kopf. »Das ergibt doch keinen Sinn. Nichts davon ergibt Sinn, Sir John. Warum wurden die Schreiber ermordet? Warum die Rätsel? Wer ist dieser geheimnisvolle junge Mann mit Mantel und Sporen, den man in der Stadt gesehen hat?«

Sie gingen zum Kai hinunter.

»Wohin gehen wir denn, Sir John?«

»Noch einmal zu Draytons Haus«, antwortete Cranston. »Gestern abend ließ der Regent mich in den Savoy-Palast holen.« Cranston blieb stehen und sog die Luft vom Fluß in seine Lungen. »Oh, er bewirtete mich fürstlich. Klopfte mir auf die Schulter und nannte mich den ›Ehrlichen Jack‹. Aber er will sein Geld zurückhaben, Athelstan – das Silber, das man Drayton gestohlen hat. Das braucht er dringend. Also heißt es, noch einmal zurück zu Draytons Haus.«

Sie gingen die schlüpfrigen Stufen zu Moleskin hinunter, der sie mit seinem Boot erwartete. Der lederhäutige Bootsmann begrüßte sie so vornehm, als wäre er der Kapitän eines königlichen Schlachtschiffes. Er ließ die beiden im Heck Platz nehmen, löste das Seil und setzte munter die Ruder in Bewegung, und das Boot glitt über den sonnenfunkelnden Fluß. Moleskin wußte, daß Cranston schweigen würde, und Athelstan erzählte ihm auch nie von dem Fall, den sie gerade untersuchten. Trotzdem sah der Ordensbruder am wissenden Schimmer in Moleskins Auge, daß die Kunde vom großen Wunder von St. Erconwald ihn schon erreicht hatte.

»Bevor du fragst, Moleskin«, sagte Athelstan, »jawohl, ich weiß von dem Wunder – oder von dem sogenannten Wunder. Jawohl, ich bin zornig. Ich bin auch ratlos, aber die Sache wird warten müssen, und mehr werde ich darüber nicht sagen.«

Moleskin schaute ihn düster an, legte sich in die Riemen und steuerte das Boot hinüber nach Dowgate beim Steelyard, wo Cranston und Athelstan ausstiegen. Der Ordensbruder sah, daß es klug von Sir John gewesen war, das Pferd zurückzulassen, denn in den Straßen herrschte großes Gedränge. Händler, Höker und Hausierer nutzten das gute Wetter und schrien und brüllten, während die Menge sich wie Schwärme von Fischen von einem Stand zum anderen bewegte. Sie wanderten in die Cheapside hinauf, wo sich die Menschen um einen unternehmungslustigen Koch drängten, der mitten auf dem Marktplatz einen Stand eröffnet hatte, wo er gebackenen Käse und Wein verkaufte. Kinder wimmelten im Gedränge umher. Bettler, Betrüger und Taschendiebe lungerten herum und suchten nach Beute, und Gaukler und Quacksalber warteten mit scharfem Auge auf »Gimpel«, die sie umgarnen und um ihren Reichtum erleichtern könnten.

Auf den Stufen von St. Mary Le Bow stand ein Mönch von zerlumptem Äußeren und predigte mit rauher Stimme, stieß mit der erhobenen Faust in die Luft und prophezeite das bevorsrtehende Ende der Welt und die Ankunft des Antichrist. Weil das Gedränge zu dicht war, sahen Athelstan und Cranston sich gezwungen, stehenzubleiben und seiner Predigt zu lauschen: Ein gottloses Weib in einer Provinz von Babylon habe den Antichrist kürzlich zur Welt gebracht. Das Kind, so behauptete der Lumpenmönch, habe Zähne wie eine Katze und sei abscheulich behaart, und bei seiner Geburt habe es gräßliche Schlangen und andere Ungeheuer vom Himmel geregnet, und schon nach acht Tagen habe das Kind sprechen können.

»Du lieber Himmel!« zischte Cranston. »Wenn man solche Gauner hört, wird der Vikar der Hölle gleich zu einem Engel des Lichts.«

Sie durchquerten die Cheapside und gelangten durch ein Gewirr von engen Gassen zu Draytons Haus. Ein Stadtbüttel, der davor Wache stand, erbrach das Siegel, schloß die Tür auf und ließ sie eintreten. Cranston und Athelstan gingen durch enge Korridore hinunter zum Kontor. Die mächtige, eisenbeschlagene Tür lehnte immer noch an der Wand. Als erstes nahmen sie sich die Bücher des toten Geldverleihers vor und überprüften die Transaktionen der letzten Tage vor dem Mord. Cranston fuhr mit einem stumpfen Finger an der Seite herunter, und plötzlich stieß er einen Triumphschrei aus und rief Athelstan zu sich. Athelstan kam, wobei er behutsam über die dunkelroten Blutflecken auf dem Boden hinwegstieg.

»Schau!« rief Cranston.

Er stieß mit dem Finger auf eine Eintragung, und Athelstan las.

»Alcest war hier!« rief der Ordensbruder dann aus. »Zwei Tage vor seinem großen Bankett im ›Tanzenden Schwein‹ – aber nicht wegen eines Darlehens, sondern um Gold gegen Silber zu tauschen. Warum wohl, hm?« Athelstan starrte auf die Tür. »Sir John, haltet Ihr es für möglich, daß Drayton von unseren Schreibern ermordet wurde? Könnte dies der Quell ihres neuerworbenen Reichtums sein?«

»Möglich ist es«, sagte Cranston. »Aber die Morde unter ihnen wären damit nicht erklärt.«

»Und wenn sie eine große Diebesbande sind?« meinte Athelstan. »Und das, was wir jetzt erleben, ein Streit unter ihnen ist?«

Cranston kratzte sich am Kinn. »Ich würde den Vikar der Hölle gern in die Finger bekommen«, sagte er. »In London macht kein Mäuschen ohne seine Erlaubnis Dummheiten. Er könnte sicher ein wenig Licht in diese Sache bringen. Aber jetzt wollen wir unsere feinen Schreiber besuchen und hören, was Master Alcest zu sagen hat.«

Sieben

Athelstan und Cranston wollten das Kontor verlassen, als der Ordensbruder in der Tür noch einmal stehenblieb und zu den Deckenbalken hinaufstarrte, zu den weißgekälkten Wänden zu beiden Seiten und am anderen Ende.

»Was ist denn, Bruder?«

»Es macht mich nachdenklich, Sir John. Ich bin schon in allen möglichen Zimmern und Häusern in dieser Stadt gewesen, und Ihr ebenfalls. Aber habt Ihr je einen solchen Raum gesehen, ein perfektes Quadrat? Die Wände stehen so rechteckig zueinander, daß man denken könnte, die Kammer sei von einem Mathematiker entworfen worden.«

»Und?«

»Nun, wenn man sich das restliche Haus ansieht, so ist es schäbig und schmutzig. Die Räume sind lang und schmal, die Decken biegen sich durch, die Bodendielen wölben sich hoch. Hier aber ist es anders: ein Steinboden, eine makellose Form. Und noch etwas, Sir John – habt Ihr es bemerkt? Die Wände sind frisch gekälkt.«

Cranston folgte Athelstan ratlos noch einmal in das Kontor und schaute sich um. Eine trostlose Kammer, Truhen, ein Tisch, Stühle, ein Schemel und eine Bank, aber keine Wandbehänge. Nichts, was das grelle Weiß abgemildert hätte.

»Wird Drayton sein Geld hier aufbewahrt haben?« fragte Athelstan.

»In Anbetracht des wenigen, was ich weiß«, sagte Cranston, »würde ich es bezweifeln. Er dürfte ein bißchen bares Silber hier gehabt haben, aber wahrscheinlich lagerte er seine unlauteren Gewinne in den Gewölben und eisenbeschlagenen Truhen der genuesischen oder venezianischen Bankiers. Das dürfte auch jeder wissen. Nur gelegentlich – wie am Tage seines Todes – ließ Drayton Geld hierher bringen.« Cranston schlug sich mit der flachen Hand an die Stirn. »Dabei fällt mir ein: Bei meinem Besuch im Savoy-Palast hat der Regent mir versichert, daß das Geld an Drayton geliefert wurde. Die Frescobaldi würden sich nicht im Traum einfallen lassen, das Geld zu stehlen. Damit gäben sie John von Gaunt ja nur einen Vorwand, alles zu beschlagnahmen, was sie besitzen.«

Athelstan war an die hintere Wand getreten und klopfte an den Putz. »Sir John, borgt Ihr mir Euren Dolch?«

Der Coroner reichte ihm den Dolch, und der Ordensbruder begann, den Putz von der Wand zu schlagen. Bald hatte er eine lange Narbe hineingemeißelt, und kleine Staubwölkchen hingen in der Luft. Athelstan säuberte die Stelle mit den Fingern und prüfte dann die roten Ziegel darunter.

»Was machst du denn da, Bruder?«

»Laßt mich.«

Athelstan ging zur anderen Wand. Als er hier den Putz abschlug, erwies sich, daß das Mauerwerk darunter mattgrau war. Das gleiche galt für die Wand hinter dem Pult. Athelstan gab den Dolch zurück und wischte sich den Staub von den Händen.

»*Quod erat demonstrandum.*«

»Wie bitte?«

Athelstan deutete auf die hintere Wand. »Eine solide Ziegelmauer, aber viel später errichtet als der Rest. Das Mauerwerk ist neu, doch Drayton hat mit großer Umsicht dafür gesorgt, daß es wie die beiden anderen Wände verputzt und angestrichen wurde. Und er hat die Mauer sorgfältig so gesetzt, daß die Kammer zu einem vollkommenen Quadrat wurde.«

»Und was bedeutet das für den Mord? Könnte es einen geheimen Eingang geben?«

»Kann sein. Wir haben es hier mit einem Geizhals zu tun, dem es vermutlich ein Greuel war, Geld auszugeben. Warum baut er dann eine neue Wand und versteckt sie so gründlich? Ich würde Euch bitten, Sir John, Master Flaxwith zu beauftragen, mit einigen Eurer stämmigen Burschen herzukommen. Sie sollen sich später hier mit uns treffen.«

Cranston trat ans Pult, nahm ein Stück Pergament und einen Federkiel und kritzelte eine Notiz.

»So.« Athelstan lächelte. »Und jetzt besuchen wir Master Alcest!«

In der Kanzlei vom Grünen Wachs begaben Cranston und Athelstan sich mit Alcest allein in eine kleine Kammer abseits des Hauptkorridors. Alcest hatte einen großen Teil seiner Arroganz eingebüßt. Er war wachsam und auf der Hut und zeigte sich respektvoll gegen den dicken Coroner und den kleinen Ordensbruder, der diesen offenbar überallhin begleitete.

»Warum wollt Ihr mich allein sprechen, Sir John? Habt Ihr Neuigkeiten über den Mörder meiner Kollegen?«

»Nein«, antwortete Cranston fröhlich und nahm einen Schluck aus seinem wunderbaren Weinschlauch. »Aber ich möchte wissen, warum Ihr bei Master Drayton wart, und zwar nur wenige Tage, bevor er tot in seiner Zählkammer aufgefunden wurde. Ich an Eurer Stelle, junger Mann, wäre jetzt klug genug, die Wahrheit zu sagen.«

Alcest setzte sich auf einen Schemel. »Ihr wißt, daß wir im ›Tanzenden Schwein‹ gefeiert haben?«

»Oh ja, darüber wissen wir Bescheid«, sagte der Coroner. »Ich habe mich lange mit Dame Broadsheet unterhalten und konnte sogar ein paar Worte mit dem Vikar der Hölle wechseln.«

Alcest fuhr zusammen. So sehr er sich auch bemühte, es fiel ihm doch schwer, sein Unbehagen zu verbergen.

»Das scheint Euch zu beunruhigen«, stellte Athelstan fest. »Das mit Dame Broadsheet verstehe ich. Aber was hat ein hochrangiger königlicher Schreiber mit dem Vikar der Hölle zu schaffen?«

»Wir schwimmen im selben Teich, Bruder«, antwortete Alcest frech. »Hier arbeiten wir tagsüber, aber was wir in der Nacht tun . . . «

»Der Umgang mit Verfemten und Gesetzlosen«, bemerkte Cranston honigsüß, »ist an sich schon ein Verbrechen.«

»Ich habe keinen Umgang mit ihnen, Sir John. Ich habe nur gesagt, wir schwimmen im selben Teich – in Aleschenken, Bordellen, Garküchen. Der Vikar der Hölle ist berüchtigt. In den Kanzleidokumenten erscheint er unter den verschiedensten Namen, und ständig versucht die Justiz, ihn für dieses oder jenes Verbrechen zu verhaften.«

»Seid Ihr und Eure Kollegen ihm je begegnet? Habt Ihr mit ihm an einem Tisch gesessen?« wollte Athelstan wissen.

»Noch nie.«

Diese Antwort kam zu schnell. Alcest schaute sofort zu Boden.

»Nun gut – zurück zu Drayton«, sagte Cranston. »Ihr seid bei ihm gewesen, nicht wahr?«

»Ja, ich wollte Gold gegen Silbergeld wechseln, denn damit wollte Dame Broadsheet bezahlt werden.«

»Aber wieso bei ihm?« fragte Athelstan. »Wieso nicht bei irgendeinem Kaufmann oder in einem der Bankhäuser? Stimmte etwas nicht mit Eurem Gold?«

»Damit war alles in Ordnung. Ich hatte es von Master Walter Omskirk geholt, einem Weinhändler in der Cheapside.«

»Bei ihm habt Ihr Euer Geld deponiert?«

»Das wenige, was ich habe, jawohl, Bruder. Wir haben abwechselnd bezahlt, und an diesem Abend«, fuhr er hastig fort, »war ich an der Reihe. Bei Dame Broadsheet braucht man eine volle Börse. Und das Geld mußte verteilt werden. Das geht nicht mit zwei Goldstücken.«

»Aber warum laßt Ihr Euch dann nicht von Master Omskirk gleich Silber geben?« Athelstan blieb hartnäckig.

Alcest wurde rot und scharrte mit den Füßen.

»Wieso macht Ihr Euch solche Umstände?«

Alcest holte tief Luft. »Man hatte mir versichert, ich würde von Drayton besseres Geld bekommen. Manchen Londoner Kaufleuten ist nicht zu trauen. Die Münzen, die sie haben – manche sind falsch, andere zumindest umgeprägt.«

»Kommt, kommt.« Cranston klopfte dem jungen Mann aufs Knie. »Master Alcest, ich sehe vielleicht aus wie ein Narr mit einem roten Gesicht, meinem gesträubtem Schnurrbart und dem dicken Bauch – aber ich versichere Euch, ich bin keiner. Ihr müßt einen anderen Grund gehabt haben.«

»Ich hatte Vertrauen zu ihm«, wiederholte der Schreiber.

»Wart Ihr oft bei ihm?«

»Ja. Während meiner ersten Zeit in der Kanzlei hat Drayton mir manchmal ein Darlehen gegeben oder mir Geld gewechselt.«

»Und an dem Tag, als Ihr ihn besucht habt? Was hat sich da zugetragen?«

»Ich war nur kurz bei ihm und bin gleich wieder gegangen.«

»Und Ihr habt nichts Außergewöhnliches bemerkt?«

»Nichts, Sir John – und bevor Ihr Eure Anschuldigung in Worte faßt: Mir war es gleichgültig, ob Drayton lebte oder starb, und das gleiche gilt auch für Chapler. Als er umgebracht wurde, saß ich im ›Tanzenden Schwein‹.«

»Ach ja, mit der kleinen Clarice.«

»Die ganze Nacht war ich mit ihr zusammen«, sagte Alcest. Er stand auf. »Und jetzt, sofern Ihr keine weiteren Fragen habt . . . «

»Warum, glaubt Ihr, wurden Eure Kollegen ermordet?« fragte Athelstan unvermittelt. »Und was sollen die Rätsel?«

»Bruder Athelstan, wenn ich das wüßte, würde ich es Euch und Sir John auf der Stelle sagen.«

Alcest ging hinaus, und sie hörten, wie er die Treppe hinaufstieg.

Cranston klopfte sich auf den Bauch. »Eine Erfrischung, Bruder? Wir sollten unsere Gedanken ordnen. Uns hinsetzen und zusammenfassen, was geschehen ist.«

Athelstan war gleichfalls hungrig. Er hatte noch nicht gefrühstückt. Also ging er mit Sir John in eine benachbarte Schenke, die »Goldene Gans«, ein geräumiges Wirtshaus an der Ecke Shoe Lane und Farringdon Ward. Die Schankstube unterschied sich von anderen dadurch, daß die Gäste kleine Nischen mieten konnten, die durch Türen vom Rest abgeteilt waren; darin standen Bänke an einem großen Eichentisch einander gegenüber. In einer solchen Nische ließen sie sich nieder, und Sir John bestellte Ebersuppe, Kapaunpastete und zwei Humpen Ale. Als das Essen gekommen war, zog Cranston seinen Hornlöffel aus der Tasche und langte genüßlich zu. Athelstan wußte, daß ein vernünftiges Gespräch unmöglich wäre, bevor der Coroner sich für erfrischt erklärte. Also lehnte er sich zurück, umfaßte seinen Humpen mit beiden Händen und dankte Gott mit halbgeschlossenen Augen für eine so köstliche Mahlzeit. Als sie fertig waren, ließ der Coroner sich seinen Humpen noch einmal füllen, tippte sich an die fleischige Nase und lächelte den Ordensbruder glückselig an.

»Komm, Athelstan, hol Federkiel und Pergament heraus. Laß uns einen Bericht über alle diese Morde verfassen.«

Athelstan gehorchte, schärfte seinen Federkiel und strich den Pergamentbogen mit seinem Bimsstein glatt. Er seufzte verdrossen, als er feststellte, daß sein Tintenhorn fast leer war, aber der Wirt konnte ihm eines vermieten.

»Ich bin bereit, Sir John.«

Der Coroner stellte seinen Humpen hin.

»Primo.«

Athelstan begann zu schreiben.

»Master Drayton, ein habgieriger Geldverleiher, wird brutal ermordet in seinem Kontor aufgefunden. Der Beutel mit Silber, den er dem Regenten übergeben wollte, ist gestohlen.« Cranston überlegte. »Dazu andere Gegenstände, etwa die zwei Goldstücke, die Master Alcest angeblich hat wechseln lassen. Secundo:

Draytons Leichnam wird in einem verschlossenen Raum aufgefunden. Die Tür ist von innen verriegelt. Es gibt keine geheimen Eingänge. Wie also hat der Mörder ihn mit einer Armbrust erschießen und das Silber stehlen können? Tertio: Das Haus wurde verschlossen und verriegelt vorgefunden, abgesehen von einem Fenster, das die Schreiber am folgenden Morgen aufgebrochen hatten. Quarto: Die Schreiber Flinstead und Stablegate haben bei diesem Schurkenstück die Hand im Spiel, aber sie können beweisen, daß sie woanders waren. Selbst wenn wir in aller Form Anklage erheben wollten, könnten wir nicht erklären, wie die Mordtat durchgeführt worden sein soll. Sonst noch etwas, Athelstan?«

»Quinto«, ergänzte der Ordensbruder, »Alcest hat Drayton wenige Tage vor seinem Tod besucht, um Gold gegen Silber zu wechseln. Wir wissen, daß eine Beziehung zwischen Alcest und Drayton besteht, aber sie ist unbestimmt, und die Erklärung des Schreibers ist nicht überzeugend. Ich glaube, daß Alcest die Goldstücke zum Vorwand nahm, den Geldverleiher zu besuchen, aber wir hatten ganz recht, die Angelegenheit nicht weiter zu verfolgen. Wir haben keinen Beweis für das Gegenteil, und Drayton ist tot.«

»Da ist die Frage nach dem Gold.«

»Das stimmt, Sir John, aber der Besitz von zwei Goldstücken ist kein Verbrechen für einen Schreiber vom Grünen Wachs. Alcest behauptet, er sei mit dem Bezahlen an der Reihe gewesen. Die anderen werden das bestätigen, und seine Erklärung leuchtet ein; die jungen Damen mußten bezahlt werden, vom Wirt des ›Tanzenden Schwein‹ nicht zu reden.« Athelstan legte den Federkiel aus der Hand und rieb sich die Finger. »Bis jetzt, Sir John, haben wir nur einen handfesten

Verdacht: Die hintere Wand des Kontors könnte einen Hinweis darauf liefern, wie der brutale Mord an unserem Geldverleiher vollbracht wurde.« Er seufzte. »Aber vielleicht greife ich da nach Strohhalmen.«

Cranstons Gesicht wurde düster. »Wie es aussieht, Bruder, werden wir unsere Mörder nicht verhaften, und der Regent wird sein Silber nicht bekommen. Wenden wir uns den Schreibern zu.« Niedergeschlagen wedelte er mit der Hand. »Zähle du auf, was wir wissen.«

Athelstan lehnte sich zurück. »Erstens wissen wir, daß Chapler nach Sonnenuntergang ermordet wurde. Er war in der Kapelle von St. Thomas à Becket auf der London Bridge. Der Mörder wußte, daß er dort sein würde. Er schlug Chapler den Schädel ein und warf den Leichnam in die Themse, wo der Menschenfischer ihn fand. Zweitens, alle diejenigen, die Chapler kannten, scheinen sich anderswo aufgehalten zu haben. Die Schreiber feierten im ›Tanzenden Schwein‹. Master Lesures war nicht bei ihnen, aber ich bezweifle, daß unser edler Dokumentenmeister stark genug wäre, jemanden zu erschlagen oder gar den Leichnam eines jungen Mannes über das Geländer der London Bridge zu werfen. Der einzige andere Mensch, der Chapler kannte, war seine Schwester Alison. Sie war in Epping und stand im Begriff, nach London zu fahren, weil sie sich Sorgen um ihren Bruder machte. Drittens . . . «

»Drittens«, fiel Cranston ihm ins Wort, »haben wir den Tod Pesleps. Er wurde auf dem Abort ermordet. Wir wissen, daß ihm dieser mysteriöse junge Mann gefolgt war, der Mantel, Kapuze und Sporen trug. Viertens«, fuhr der Coroner fort, »haben wir Ollertons Tod.« Cranston hob die Hand. »Es war bekannt, daß

Chapler gern die Kapelle von St. Thomas à Becket besuchte, daß Peslep stets um diese Zeit in diesem Gasthof frühstückte und daß die Schreiber vom Grünen Wachs die Gewohnheit hatten, am späten Nachmittag einen Becher Malvasier zu trinken. Wer immer diese drei Männer ermordet hat, war mit ihren Gewohnheiten und Bräuchen auf das beste vertraut.«

»Das denke ich auch«, antwortete Athelstan. »Dazu kommt die Frage der Rätsel. Alcest und seine Kollegen geben einander anscheinend gern Rätsel auf. Der Mörder weiß das, und bis jetzt haben wir drei. Erstens: Ein König kämpft gegen seine Feinde, aber am Ende liegen Sieger und Besiegte am selben Ort. Das zweite – wie ging es noch, Sir John? ›Mein erster ist wie aufgeblas'ne Pracht, die vorne knallt und hinten kracht.‹ Und das, welches nach Ollertons Tod abgegeben wurde, lautet: ›Mein zweiter sitzt in der Mitte der Not und ist der Inhalt des Grauens.‹« Athelstan klatschte jäh in die Hände, als er sah, daß dem Coroner die Augenlider schwer wurden. »Kommt schon, Sir John, konzentriert Euch mit Eurem scharfen Verstand, mit diesem Witz, der behende ist wie ein herabstoßender Falke.«

»Ich denke ja nach, Bruder«, erwiderte Cranston gereizt und richtete sich auf. »Was würde geschehen, wenn dein Pater Prior dir befehlen sollte, St. Erconwald zu verlassen?«

Athelstan erschrak. »Aber Sir John, darum geht es in diesem Augenblick nicht. Habt Ihr Flaxwith die Mitteilung geschickt?«

»Ja, ja.« Der Coroner verlagerte sein Gewicht auf der Bank. »Ich habe einem Hausierer einen Penny gegeben, bevor wir zu Alcest gingen.«

Athelstan stand auf. »Dann auf, Sir John, und nicht

gebrütet! Wir müssen Mörder fangen und dem Recht des Königs Geltung verschaffen.« Er gab dem Coroner einen Rippenstoß. »Und wir müssen dem Regenten sein Silber zurückbringen.«

Als sie wieder bei Draytons Haus waren, hatte Flaxwith sich mit zwei stämmigen Individuen eingefunden. Beide trugen einen großen Hammer bei sich.

»So, meine hübschen Burschen!« knurrte Cranston. »Ich möchte, daß ihr eine Mauer einreißt.«

Das Haus war unverschlossen, und so gingen sie durch den düsteren Gang hinunter zur Zählkammer. Auf Cranstons Befehl machten sich die beiden Männer mit Genuß an die Arbeit. Sie schmetterten ihre Hämmer gegen die Mauer, daß es wie Paukenklang hallte, und bald füllte der Raum sich mit Staub, der in Nase und Kehle kitzelte.

»Dem Lärm zum Trotz ist diese Mauer nicht massiv«, rief einer und trat zurück, um sich auszuruhen.

Cranston hatte sich ein Tuch vor den Mund gebunden; jetzt ging er hin, um sich die Mauer anzusehen. »Ihr seid doch noch gar nicht durch.«

»Sir John, Ihr packt Schurken beim Genick, und ich wette, Ihr erkennt sie noch im größten Gedränge. Und ich kenne mich mit Mauern aus. Hinter dieser steckt etwas.«

Athelstan, der noch einmal fruchtlos die Tür untersucht hatte, kam herüber. »Wie meinst du das?«

»Da ist eine kleine Kammer dahinter, Bruder. Diese Mauer ist neu.«

»Könnte es eine Geheimtür darin geben?« wollte Cranston wissen.

Der vierschrötige Arbeiter lachte. »Nein, Sir John. Diese Wand hat keine Öffnung – das heißt, noch hat sie keine, aber wir sind bald fertig.«

Sie machten sich wieder an die Arbeit und schrien triumphierend auf, als die ersten Steine herausfielen. Die Arbeiter hoben einen auf und deuteten auf den Mörtel. »Das hat kein Maurer gemacht, Sir John, das war jemand, der wenig vom Bauen verstand. Dieser Mörtel wurde dick auf den Stein geklatscht. Deshalb hat der, der die Mauer gebaut hat, sie nachher mit Putz und Farbe überzogen.«

Cranston spähte durch das Loch ins Dunkel. »Ich kann nichts sehen.«

Die Männer hämmerten weiter. Noch mehr Ziegel fielen herunter. Bald hatte sich ein Durchgang aufgetan. Athelstan nahm eine halb heruntergebrannte Talgkerze von ihrem eisernen Halter, Sir John schlug Feuer, und zusammen stiegen sie in die geheime Kammer. Die staubige Dunkelheit ließ Athelstan frösteln. Mit der gewölbten Hand schützte er die Kerzenflamme und hob sie hoch. Dann schrie er überrascht auf. In der hinteren Ecke lag ein Skelett. Er lief hin, gefolgt von Cranston und den Arbeitern. Leise betend kauerte Athelstan sich vor den grausigen Überresten nieder. Im Licht der stinkenden Kerze betrachtete er das Gerippe, das halb sitzend an der Wand lehnte. Die Knochen waren noch weiß und hart, und es hingen Kleiderfetzen daran. An den verstaubten Fasern sah Athelstan, daß es eine Frau gewesen sein mußte. Er setzte seine Untersuchung fort, ohne auf die Ausrufe der Arbeiter zu achten. Vorsichtig streckte er die Hand aus, tastete um das Skelett herum und bekam einen zerbeulten Zinnbecher und einen Teller zu fassen.

»Du lieber Himmel!«

Mit erhobener Kerze suchte er den Rest der Kammer ab, ohne etwas zu finden. Die stille, gespenstische

Atmosphäre ließ ihn frösteln, und er kehrte zurück in das Kontor.

»Was glaubst du, wer das ist?« fragte Cranston, der ihm hinausgefolgt war.

»Nun, das Haus hat immer schon Drayton gehört«, sagte Athelstan. »Niemand kann einen anderen Menschen einmauern, ohne davon zu wissen, daher ist es eine logische Schlußfolgerung, wenn man annimmt, daß Drayton dafür verantwortlich war. Also könnten es die kläglichen Überreste seiner Frau sein. Sie hat Drayton offensichtlich nicht verlassen. Ich vermute, sie hat ihren Mann gehänselt und verhöhnt, bis er es nicht länger ertragen konnte. Wahrscheinlich gab er ihr Wein mit einem Schlafmittel, und dann brachte er sie hier herunter und mauerte sie bei lebendigem Leibe ein. Gott lasse sie in Frieden ruhen«, sagte er leise. »Es muß Tage gedauert haben, bis sie tot war.«

Cranston dankte den Arbeitern und entließ sie, nicht ohne jedem ein Geldstück zu geben. Dann schrie der Coroner nach Flaxwith. Der Büttel kam eilig herunter, und sein Hund folgte ihm, hatte aber Verstand genug, sich von Cranston fernzuhalten.

»Was gibt's, Sir John?«

»Da drinnen ist ein Skelett.« Der Coroner deutete mit dem Daumen über die Schulter. »Laß es herausholen und sag dem Vikar von St. Mary Le Bow, die Stadt wird für dic Beerdigung aufkommen. Mach kein so ängstliches Gesicht, Henry, sie ist seit Jahren tot. Und – hast du Neuigkeiten für mich?«

»Oh ja.« Flaxwith starrte bestürzt über Sir Johns Schulter, als rechne er damit, daß das Skelett gleich herauskomme.

»So rede schon, Mann!«

»Erstens, Sir John«, stammelte Flaxwith, »haben

wir Dame Broadsheets Haus unter strenge Bewachung gestellt, aber sie ahnt nichts. Hier und da hören wir Gerüchte, daß der Vikar der Hölle ganz vernarrt in die kleine Clarice sein soll.«

»Und?«

»Stablegat und Flinstead wurden in der Nacht, als Drayton ermordet wurde, im Wirtshaus gesehen. Nach Zeugenaussagen haben sie bis zur Besinnungslosigkeit getrunken. Sie sind nicht wieder hergekommen. Das gleiche gilt für die Schreiber im ›Tanzenden Schwein‹. Der Wirt dort sagt, nachdem sie sich in die oberen Gemächer zurückgezogen hätten, habe er bis zum Morgengrauen nichts mehr von ihnen gesehen. Und schließlich, Sir John« – Flaxwith spreizte die Hände –, »ich habe einen Freund, der im Dokumentenregister im Tower arbeitet.«

»Aha.«

»Wir haben die Steuerakten von 1380 für Epping und Essex überprüft. Edwin und Alison Chapler sind darin verzeichnet, Edwin als Schreiber, Alison als Näherin. Anscheinend sind sie beide ziemlich reich.«

»Sehr gut.« Cranston klopfte ihm auf die Schulter.

»Ach, bevor Ihr geht . . . «, rief Athelstan. »Sir John, vielleicht könnten wir ein kleines Theaterstück aufführen.«

Verwundert folgten Cranston und Flaxwith ihm noch einmal in das staubige Kontor.

»Also«, begann Athelstan, »nehmen wir an, ich sei Drayton.« Er hielt seine Schreibtasche hoch. »Das ist das Silber des Regenten. Sir John, wie werde ich ermordet?«

Sir John deutete auf Athelstans Brust.

»Gut«, sagte Athelstan. »Jetzt sterbe ich. Ich falle zu Boden. In meinen Todeszuckungen, von Schuld erfüllt, erinnere ich mich an die Frau, die ich lebendig eingemauert habe. Also krieche ich auf die Wand zu und bete um Vergebung. Das erklärt, weshalb wir Drayton an dieser Stelle aufgefunden haben, aber das Problem bleibt bestehen. Wenn die beiden Schreiber ihn ermordet haben, wie sind sie dann aus der Kammer herausgekommen?« Athelstan deutete auf die Tür. »Wie haben sie diese Tür von innen verschließen und verriegeln können? Und wenn Drayton sich selbst eingeschlossen hatte«, fuhrt Athelstan fort, »wie konnten die Schreiber dann in die Kammer gelangen, um ihn zu ermorden?«

»Das haben wir doch alles schon einmal durchgekaut«, grollte Cranston.

»Nein, hört zu, Sir John. Wir wissen jetzt, daß es nur einen Weg in die Kammer gibt, nämlich durch die Tür.«

»Ja, ja, ich weiß«, sagte Cranston gereizt. »Und sie war verschlossen und verriegelt.«

»Sir John, Master Henry – wenn Ihr so gut sein wollt . . . «

Athelstan ging zu der mächtigen Tür, die an der Wand lehnte. »Ist es Euch möglich, sie aufrecht zu halten?«

Fluchend und murrend gehorchten die beiden und wuchteten die Tür von der Wand weg. Athelstan trat heran. Er öffnete die kleine Klappe, um durch das Gitter zu spähen, blieb eine Weile davor stehen und spähte dann um die Tür herum.

»Können wir das verdammte Ding wieder hinlegen?« keuchte Cranston.

»Ja, Sir John.«

Die beiden Männer lehnten die Tür wieder an die Wand.

»Nun, Bruder?«

»Ich weiß es noch nicht«, sagte Athelstan. »Ich bin nicht sicher, Sir John. Master Flaxwith, kennt Ihr einen guten Zimmermann?«

»Aye. Laveck in der Stinking Alley.«

»Bringt ihn her«, befahl Athelstan. »Ich möchte, daß diese Tür von oben bis unten untersucht wird: Gitter, Schlösser, Riegel, Nägel, alles. Mir ist gleich, wieviel Schaden dabei angerichtet wird.« Er gab Cranston einen Rippenstoß. »Sag ihm, die Stadt wird ihn bezahlen. Wenn nicht, wird der Regent es wahrscheinlich tun. Versorgt ihn mit Ale und Brot, aber er darf dieses Haus nicht verlassen, bevor er die Arbeit vollendet hat und ich und Sir John ihn vernommen haben.«

Flaxwith knotete das Seil los, mit dem er Samson angebunden hatte, und eilte den Gang hinunter.

»Was erhoffst du dir davon, Bruder?«

»Gaukelei, Sir John. Die Welt ist voll von Gaukelei und Betrug. Alles ist ein Rätsel. Schreiber werden ermordet, ohne daß jemand in der Nähe ist. Ein Geldverleiher wird tot in seinem verschlossenen Kontor aufgefunden, und in Southwark«, fügte er erbittert hinzu, »tropft echtes Blut aus einem Kruzifix.«

»Das glaubst du doch nicht, oder?«

»Nein, ich nicht, Sir John. Aber meine Gemeinde glaubt es. Sir John, Ihr kennt die Gauner und Betrüger der Unterwelt. Wie könnten sie so etwas vollbringen?«

Cranston seufzte. »Ich kenne ein bißchen davon«, sagte er. »Aber zumeist sind das Jahrmarktgaukeleien, Bruder. Das Blut ist in Wirklichkeit Wein oder Farbe.«

»Aber das Blut war echt.«

»Die Leute, die ich verhaftet habe, benutzten geheime Hebel oder Mechanismen.«

»Ich glaube nicht, daß so etwas hier der Fall ist«, sagte Athelstan. »Das Kruzifix hat geblutet, ohne daß jemand es in der Hand hielt.«

»Was ist mit Huddle?« fragte Cranston.

»Ein gewitzter und feinsinniger Maler. Was er mit dem Pinsel zuwege bringt, ist für mich unfaßbar. Aber warum so etwas? Hm, Sir John?« Er hakte sich bei Cranston unter, als sie zusammen durch den Korridor gingen. »Wie ich Euch immer wieder in Erinnerung rufe, Sir John, bin ich ein Mitglied des Ordens der Dominikaner. Und zu seinem ewigen Ruhm oder seiner Schande steht mein Orden in dem Ruf, die *Domini Canes* zu sein.«

»Die Hunde Gottes«, übersetzte Cranston. »Die Inquisition?«

»Ganz recht, Sir John. Ihre Pflicht ist es, sogenannte Wunder zu untersuchen und selbsternannte Propheten zu befragen. In unserer Bibliothek in Blackfriars steht ein Buch, in dem solche Untersuchungen verzeichnet sind. Nun kommt Laveck hierher, um sich diese Tür anzusehen, und ich habe keine Lust, nach Southwark zurückzukehren. Deshalb schlage ich vor, Sir John, daß wir Blackfriars besuchen.« Er drückte Cranstons Arm. »Keine Sorge, mir fällt eben ein, daß der Pater Prior auf eine kurze Wallfahrt zum Schrein des Hl. Thomas nach Canterbury gegangen ist.«

Cranston blieb stehen und machte ein verstocktes Gesicht.

»Und unser Mutterhaus hat einen neuen Koch«, fügte Athelstan verschlagen hinzu. »Ein Mann, der mit einem Stück Rindfleisch oder einem Fasan wahre Wunder wirken kann. Seine Gnaden, der Regent, hat schon versucht, ihn in die Küche des Savoy zu locken.«

Der Coroner schlug Athelstan auf die Schulter. »Bruder, wenn du kein Dominikaner wärst, so würdest du einen guten Versucher abgeben. Der Geist ist ja willig, aber das Fleisch ist sehr schwach. Infolge dessen lautet meine einzige Antwort auf eine solche Versuchung: Ja.«

Robert Elflain, Schreiber vom Grünen Wachs, verließ die Kanzlei und wanderte durch Holborn hinauf zur Fleet Street. Es war Mittwoch, und Elflain hatte sich vorgenommen, die erstickende Atmosphäre des Mißtrauens unter seinen Kollegen für eine Weile hinter sich zu lassen. Alles war schiefgegangen. Alcest hatte zwar beteuert, daß sie am Ende nichts zu fürchten hätten, aber Elflain machte sich Sorgen. Er konnte den dicken Coroner nicht leiden, und dieser scharfäugige Ordensbruder schien zu spüren, daß hier etwas nicht stimmte. Alcest hatte verlangt, daß sie zusammenblieben und keiner sich von den anderen entfernte, aber heute war Mittwoch, und bei Dame Broadsheet würde Laetitia auf ihn warten: diese sanften Augen, diese zarte Haut, diese langgestreckten, sehnigen Gliedmaßen! Elflain war voller Anspannung, aber jetzt mußte er sein Gesicht an ihrem Schwanenhals bergen und ihren Körper umarmen.

Als er an Newgate vorbeikam, bemühte er sich, keinen Blick auf den Galgen zu werfen; das würde seine Angst nur wieder erwachen lassen. Wenn Chapler nur entgegenkommender gewesen wäre, dann hätte alles glattgehen können! Elflain lockerte den Kragen seines Hemdes und fluchte, als er auf dem Unrat ausglitt, der von den Ständen der Metzger auf die Pflastersteine tropfte. An der Ecke einer Gasse drehte er sich um. Folgte ihm jemand? Es wimmelte überall von

Leuten, die sich um die Stände drängten und mit den Händlern feilschten. Elflain seufzte und setzte seinen Weg fort. Als er Dame Broadsheets Haus vor sich auftauchen sah, spürte er warme Befriedigung in seiner Magengrube. Er eilte weiter, bis er vor der Haustür stand. Natürlich war sie verschlossen und verriegelt, denn Dame Broadsheet hatte lediglich die Lizenz, am Abend Ale auszuschenken. Elflain stöhnte. Es würde die üblichen Verzögerungen geben, weil er einem mißtrauischen Pförtner erklären mußte, wer er war und warum er gekommen war. Dame Broadsheet war stets auf der Hut vor Bütteln oder Ratsdienern, die ihr eine Falle stellen und sie vor Gericht bringen könnten, weil sie ein unanständiges Haus führte.

Elflain hämmerte gegen die Tür. Stille. Er klopfte noch einmal.

»Elflain!«

Er drehte sich um und starrte die mit einem Kapuzenmantel verhüllte Gestalt an, die wie ein Gespenst hinter ihm erschienen war.

»Was zum . . . ?« Elflain tat einen Schritt, aber es war zu spät.

Der Abzug der kleinen Armbrust wurde gedrückt, und der hakenbewehrte Bolzen durchschlug Haut und Knochen und fuhr ihm ins Herz. Der Schreiber taumelte rückwärts gegen die Tür und wand sich vor Schmerzen. Er sah noch, daß die Gestalt mit der Kapuze eine kleine Pergamentrolle vor seine Füße warf, und dann starb er, noch während die Tür aufging.

Acht

Als Sir John Cranston Blackfriars verließ, hatte er eine Kapaunpastete im Bauch, und sein Kopf war wirr von dem, was er in der Bibliothek gelesen hatte. In Ludgate nahm er die Mütze ab und schüttelte den Kopf.

»Weiß der Himmel, Bruder«, rief er aus, »ich habe in dieser Stadt schon genug Schurkereien gesehen. So schnell und so leicht lassen sich die Leute einwickeln. Aber was ich da gelesen habe, übersteigt alles menschliche Verständnis.« Er zählte die Einzelheiten an seinen Wurstfingern ab. »Ein Kelch, in dem auf wunderbare Weise Wein erscheint. Statuen, die sich bewegen und weinen. Ein Tuch, mit dem man angeblich Jesus Christus das Gesicht abgewischt hat, ist plötzlich blutgetränkt. Ein Fels, auf dem Jesus gestanden hat, leuchtet im Dunkeln. Stroh aus der Krippe in Bethlehem verströmt einen himmlischen Duft.« Er lachte. »Und damit sind wir noch nicht bei den Leuten! Gab es wirklich einen armen Mann in Salisbury, der sich in Ziegenfell kleidete, Ameisen und Honig fraß und behauptete, er sei Johannes der Täufer?«

»Oh ja«, sagte Athelstan. »Der menschliche Geist ist ein großes Wunder, Sir John: Die Leute glauben nur allzu bereitwillig. Geht nur in irgendeine große Kirche. Ich weiß von mindestens zehn, die behaupten, sie hätten einen Arm des Hl. Sebastian, und in fünfen gibt es die Rückenflosse des Walfischs, der Jonas verschluckte.« Athelstans Lächeln verblaßte.

»Aber andererseits nichts über ein Kruzifix, aus dem Blut tropft.«

»Glaubst du, es könnte echt sein?« fragte Cranston.

»Ich würde es zu gern glauben, Sir John. Wirklich. Ich bin ja nicht anders als der Rest der Menschheit. Ich habe Sehnsucht nach Zeichen und Wundern, aber da ist etwas ...« Athelstan nagte an seiner Unterlippe. »Ich traue Watkin nicht, und das gleiche gilt für Pike, den Grabenbauer. Aber da wir schon von Gaukelwerk reden: Master Flaxwith und Laveck müssen in Draytons Haus angelangt sein. Ich brenne darauf, zu erfahren, was sie herausgefunden haben.«

Sie bahnten sich ihren Weg durch das Gedränge. Cranston, voll guter Laune und Kapaunpastete, lüftete seine Mütze vor den Damen der Stadt und beantwortete ihre spaßigen Bemerkungen mit gleicher Münze. Als sie zu Draytons Haus kamen, war der kleine, nußbraune Schreiner schon sehr fleißig gewesen. Die Tür war verkratzt, und er hatte Reihen der dicken Eisennägel herausgenommen. Flaxwith hockte in einer Ecke und hatte den Arm um den stets wachsamen Samson gelegt, der sich die Lefzen leckte und knurrte, als er Cranston erblickte.

»Halte ja deinen Köter fest«, warnte der Coroner. »Master Laveck, was habt Ihr gefunden?«

»Zuerst gar nichts, Sir John. Die Angeln sind solide, Schlüssel und Schlösser gut.« Mit leuchtenden Augen grinste der Mann zu dem Coroner auf, der ihn wie ein Turm überragte. »Master Flaxwith hat mir gesagt, worum es hier geht«, fuhr er fort. »Ich kannte Drayton. Er war ein gemeiner alter Halunke.«

»Ja, ja, schon gut«, sagte der Coroner. »Aber was hast du herausgefunden?«

»Nicht viel, Sir John.« Laveck hob einen der großen

Eisennägel auf, die außen an der Tür gesessen hatten. »Der hier wurde an der Innenseite von einer dicken Schraube gehalten. Sie war gelockert worden.«

»Was heißt das, gelockert?« Cranston schaute Flaxwith bedrohlich an. »Ich dachte, du hättest die Tür untersucht?«

»Nein, nein, laßt mich erklären«, sagte Laveck hastig, darauf bedacht, sich das Wohlwollen des Büttels zu erhalten, denn dieser hatte ihm gutes Silber für seine Arbeit versprochen. »Als diese Tür gefertigt wurde, bohrte der Schreiner Löcher ins Holz und schob diese dicken Eisennägel hindurch, so daß die Köpfe außen saßen. Sie werden innen von einer Mutter oder Schraube gehalten.«

»Warum tut man das?« fragte Athelstan. »Ich weiß schon« – er lächelte Laveck an –, »man sieht es an allen befestigten Türen, aber warum?«

»Wenn jemand versucht, sie aufzubrechen, Bruder, dann fangen die Eisennägel außen die Wucht der Schläge auf und schützen das Holz. So ist das. Es ist sehr, sehr schwer, sie herauszuholen, aber in diesem Fall ist es mit einem geschehen. Hier, in der zweiten Reihe unter dem Gucklochgitter. Anscheinend ging es folgendermaßen vonstatten.« Er rutschte ein Stück zur Seite, damit sie die Tür sehen konnten. »Die Schraubmutter auf der Innenseite wurde gelöst, der Nagel herausgenommen.« Laveck hielt einen der Eisennägel in die Höhe. »Schaut Euch den an, Sir John. Blitzsauber. Man hat ihn herausgenommen, poliert und gefettet. Der hier« – er hielt einen anderen hoch – »ist um den Rand herum ganz dunkel. Soweit ich es erkennen kann, hat man den Nagel herausgenommen, eingefettet und wieder hineingesteckt.« Er zuckte die Achseln. »Hilft Euch das?« Er nahm die Mutter zur Hand.

»Damit war er innen befestigt. Schaut noch einmal her.« Er hielt sie hoch. »Der Rand ist ebenfalls gesäubert und eingeölt worden. Wirklich sehr gerissen!«

»Sonst noch was?« fragte Cranston.

Laveck schüttelte den Kopf. »Bauen wir es wieder zusammen?«

»Ja, ja«, sagte Cranston und schaute sich um. Athelstan war in Gedanken versunken. »Gibt es sonst noch etwas, Bruder?«

Athelstan wollte antworten, als es auf der Treppe polterte und Sir Lionel Havant durch den Gang herankam.

»Habt Ihr das Silber des Regenten schon, Sir John?«

»Nein, ich habe es noch nicht, verdammt! Aber gewiß kommt Ihr doch nicht hierher, um mich danach zu fragen!«

»Nein, Sir John, allerdings nicht.« Der junge Ritter schlug sich mit den Lederhandschuhen klatschend an den Oberschenkel. »Seine Gnaden, der Regent, macht sich inzwischen größere Sorgen um seine Schreiber in der Kanzlei vom Grünen Wachs. Es ist nämlich wieder einer ermordet worden, vor dem Haus der Dame Broadsheet diesmal. Er bekam einen Armbrustbolzen mitten ins Herz. Der Pförtner sagt, es war niemand auf der Straße, und es war sicher auch niemand aus Dame Broadsheets Haus. Elflain starb auf der Stelle. Er wollte noch etwas sage, aber aus seinem Mund kam nur ein Schwall Blut. Natürlich ist der Regent sehr darauf bedacht . . . «

»Natürlich«, wiederholte Cranston.

»Ach . . . « Havant reichte ein fleckiges Stück Pergament herüber. »Das hat man bei der Leiche gefunden.«

Cranston öffnete die Rolle, las, was darauf stand, und reichte sie Athelstan.

»Mein dritter ist wie das Ende«, hatte jemand daraufgekritzelt.

»Was soll das bedeuten?« fragte Havant.

»Das weiß der Himmel.«

»Nun«, sagte der Ritter, »Ihr wißt so viel wie ich. Elflain wurde ermordet, ein Rätsel lag bei seiner Leiche. Der Regent hat wieder einen Schreiber verloren, und von seinem Silber wollen wir gar nicht reden. Er ist nicht gerade in bester Stimmung, Sir John.«

»In dem Fall solltet Ihr Seiner Gnaden vielleicht einfach sagen, daß wir zumindest darin etwas gemeinsam haben«, fauchte Cranston.

Havant eilte hinaus.

Athelstan trug Laveck auf, die Nägel wieder an ihrem Platz zu setzen, und ging dann Sir John nach den Gang hinunter.

»Vier Schreiber tot«, murmelte Cranston. »Bei jeder Leiche ein Rätsel. *Mein dritter ist wie das Ende.*« Er machte eine Pause. »Nein – das ist doch merkwürdig, nicht wahr, Athelstan?«

»Was denn, Sir John?«

»Nun, vier Schreiber wurden ermordet: Chapler, Peslep, Ollerton und Elflain. Aber bei Chapler wurde kein Rätsel hinterlassen, und der Mörder betrachtet Elflain anscheinend nicht als sein viertes Opfer.«

Athelstan kniff den Coroner in die Wange. »Mein Lord Coroner – wie ein herabstoßender Falke! Die Kerlchen werden stolz auf ihren Vater sein.«

Sir John strahlte, aber dann verblaßte sein Lächeln. »Wieso ist es wichtig, Bruder?«

»Weil Ihr recht habt, Sir John: Der Mörder unterscheidet zwischen den Morden an Peslep, Ollerton und Elflain einerseits und dem ersten, dem Mord an Chapler, andererseits.« Athelstan setzte sich auf die unterste Treppenstufe und stützte das Kinn auf die Hand. »Sir John, könnte es sein, daß diese Schreiber vom Grünen Wachs in irgendeine Schurkerei verwickelt sind?«

»Zum Beispiel?«

»Fälscherei, Diebstahl, Erpressung?«

Cranston kratzte sich am Kinn. »Ihre Arbeit, Bruder, besteht darin, daß sie Lizenzen und Briefe schreiben. Das Siegel hat allein Master Lesures. Ich bezweifle, daß er sich in Schurkereien verwickeln lassen würde.«

»Könnten sie ein Siegel fälschen?«

Cranston zog die Brauen hoch. »Das ist schon vorgekommen, Bruder. Wir sollten zur Kanzlei hinuntergehen.«

»Das wäre ein vergeblicher Gang.« Athelstan tappte mit seiner Sandale auf den Boden. »Ich bin sicher, die Herren Alcest und Napham werden vorzügliche Angaben über ihren Aufenthaltsort machen können. Außerdem wette ich einen Krug Wein, daß sie alle wußten, an welchem Tag und zu welcher Stunde Master Elflain einen Besuch bei Dame Broadsheet zu machen pflegte. Ja, wir würden da nur unsere Zeit verschwenden. Die Rätsel interessieren mich jetzt mehr. Wir wollen sie uns noch einmal vornehmen.« Athelstan schloß die Augen. »›Mein erster ist wie aufgeblas'ne Pracht, die vorne knallt und hinten kracht‹«, zitierte er. »Mein zweiter sitzt in der Mitte der Not und ist Inhalt des Grauens. Und mein dritter ist wie das Ende.« Er sah Cranston an. »Was ist die Mitte der Not, Sir John?«

»Wenn es keinen Rotwein gibt«, erwog der Coroner.

Athelstan lächelte. »Die Mitte der Not . . . ist damit vielleicht das Wort selbst gemeint? Aber natürlich.« Athelstan stand auf. »Das O sitzt in der Mitte des Wortes ›Not‹, und ohne das O hat das lateinische Wort für Grauen, ›Horror‹, keinen Inhalt. Und dieses Rätsel hat man bei Ollertons Leiche gefunden. Und was ist das Ende, Sir John?«

»Der Schluß . . . «, stammelte der Coroner. »Das Ende des Lebens.«

»Und ›Ende‹ beginnt mit E, dem ersten Buchstaben von Elflains Namen. Pesleps Rätsel ist ein bißchen schwieriger, nicht wahr? Wie aufgeblas'ne Pracht – was fängt denn mit P an, Sir John?«

Ganz in das Rätsel vertieft, begann Athelstan auf und ab zu gehen.

»Wie aufgeblas'ne Pracht«, wiederholte er. »Das Rätsel bezieht sich unzweifelhaft auf ein P, den ersten Buchstaben von Pesleps Namen.« Athelstan stockte. »Das ist es, Sir John. Die aufgeblas'ne Pracht, das ist der Pomp, und dieses Wort beginnt und endet genau wie Pesleps Name mit P, einem Buchstaben, der ›knallt und kracht‹. Aber wieso das Spiel mit den Buchstaben? Diese Schreiber wurden offensichtlich in der Reihenfolge der Buchstaben P-O-E ermordet.«

»Poe?« sagte Cranston. »Aber so ein Wort gibt es nicht.«

»Ah, wir sind ja noch nicht fertig, nicht wahr, Sir John? Nepham und Alcest sind noch übrig. Fügen wir N und A hinzu, und was haben wir dann? ›Poena‹ ist kein Name, aber auf Lateinisch bedeutet *poena* ›Strafe‹.«

»Strafe!« rief Cranston. »Der Mörder treibt ein Spiel mit seinen Opfern. Der erste Buchstabe ihres Namens ist in diesen Rätseln verborgen, und der

Mörder bildet sich ein, er habe eine Strafe auszuführen. Aber wofür?«

»Eines ist klar«, sagte Athelstan. »Der Mörder hält alle diese Schreiber für schuldig – aber, wie Ihr schon sagt, worin besteht ihre Schuld? Und zwei weitere Fragen verdienen ebenfalls Aufmerksamkeit. Warum wird Chaplers Name nicht erwähnt? Er hat mit diesen jungen Männern zusammengearbeitet. Hatte er sich kein Verbrechen zuschulden kommen lassen?«

»Woher wissen wir eigentlich, daß Chapler tot ist?« fragte Cranston.

»Oh, Sir John, seid nicht töricht!«

»Ich bin nicht töricht, Mönch!« blaffte Cranston. »Da wird ein junger Mann aus der Themse gefischt, und nur am Inhalt seiner Taschen erkennen wir, daß es Edwin Chapler ist.«

»Aber Mistress Alison, seine Schwester, hat den Toten als ihren Bruder erkannt.«

»Nein, nein, nein.« Cranston schüttelte den Kopf. »Was ist, wenn Chapler gar nicht tot ist? Er kannte die Gebräuche und Angewohnheiten seiner Kollegen. Er wußte, daß sie Rätsel liebten. Vielleicht führen er und seine Schwester ihren eigenen, privaten Rachefeldzug, weiß der Himmel, aus welchem Grund.«

»Das ist unmöglich«, murmelte Athelstan. »Mistress Alison war nicht in London, als Peslep ermordet wurde. Als Ollerton starb und das zweite Rätsel abgeliefert wurde, war sie in Southwark. Wir wissen, daß Havant die Leiche Chaplers besichtigte, und daß der arme Schreiber lebend zuletzt ganz in der Nähe der Stelle gesehen wurde, an der er wahrscheinlich gestorben ist.«

Athelstan starrte den Gang hinunter. Flaxwith stand immer noch bei dem Schreiner Laveck. »Es ist wie bei jedem Problem, nicht wahr, Sir John? Es gibt viele Antworten, aber nur eine ist richtig. Vielleicht habe ich die Rätsel falsch gelöst. Es kann gut sein, daß Chapler noch lebt. Und wir dürfen auch Master Lesures nicht außer acht lassen. Schließlich muß er ja wissen, was in seiner eigenen Kanzlei vor sich geht. Und da wäre noch ein loser Faden, den wir herausgezupft haben: Euer guter Freund, der Vikar der Hölle, scheint eine ganze Menge über unsere lieben Schreiber zu wissen. Vielleicht hat er eine Rechnung zu begleichen? Er kann sich wie ein Irrlicht in der Stadt umherbewegen. Und dann ...« Athelstan wischte ein wenig Staub von seiner Sandale.

»Ja, Bruder?«

»Wir dürfen uns von der Macht unserer eigenen Logik nicht den Kopf verdrehen lassen. Wir sitzen hier und verdächtigen jedermann des Mordes, aber es gibt außer Lesures noch andere, die wir nicht vergessen dürfen – Napham und Master Alcest vor allem. Woher wissen wir, daß nicht einer oder beide die Morde begangen haben? Vielleicht gab es einen Streit unter den Schreibern. Peslep mag reich zur Welt gekommen sein, aber diese jungen Männer scheinen mir alle eine Menge Geld zu haben.«

»Dann wäre ein Besuch in der Kanzlei vom Grünen Wachs vielleicht doch nicht so fruchtlos?«

»Er könnte sich als sehr lohnend erweisen, Sir John.«

»Und die Sache hier im Haus?«

»Nun, die sterblichen Überreste von Draytons Frau sind fort. Master Laveck hat uns erzählt, was er über die Tür herausgebracht hat. Indessen ...« Athelstan schaute sich um. »Genügt das, um die beiden Schreiber anzuklagen? Wie haben sie Drayton denn ermordet? Möglich ist, daß es ihnen in den Tagen vor dem

Mord gelungen ist, Drayton abzulenken und einen der Nägel zu lösen. Aber wie haben sie ihn dann ermordet, und wie konnten sie das Haus betreten und wieder verlassen, ohne eine Tür oder ein Fenster offenzulassen?« Athelstan griff nach der Tasche mit seinem Schreibzeug. »Der Tag vergeht, Sir John. Laßt uns Master Lesures und seine Schreiber besuchen. Dann will ich nach Southwark zurückkehren, um zu sehen, welche neuen Wunder sich ereignet haben.«

Sie verließen das Haus und wären beinahe mit Mistress Alison zusammengestoßen. Sie war außer Atem, und eine Zeitlang stand sie nur da, preßte die Hände an die Brust und rang nach Luft.

»Oh, Sir John, Bruder Athelstan . . . « Sie lächelte. »Entschuldigt. Ich habe mich im Rathaus nach Euch erkundigt, und man sagte mir, Ihr wolltet Euch hier mit Eurem Büttel treffen.«

»Das stimmt. Worum geht es denn?«

»Um nichts weiter. Nur, daß ich London verlasse, Sir John.« Sie erhob sich auf die Zehenspitzen und küßte erst den Coroner, dann Athelstan auf beide Wangen. »Ich konnte ja nicht gehen, ohne mich zu verabschieden. Ich will unterwegs sein, ehe die Sonne untergeht. Ach, Bruder Athelstan«, fuhr sie hastig fort, »ich bin noch einmal über die Brücke gegangen, weil ich bei Benedicta etwas vergessen hatte. Euer Kruzifix blutet immer noch, und die Menschen strömen in Scharen dorthin.«

Athelstan schloß die Augen und stöhnte.

»Aber Benedicta läßt Euch etwas ausrichten.« Alison schloß die Augen. »Hmmm, Wat . . . «

»Watkin«, half Athelstan.

»Ach ja – Watkin hat alles im Griff. Und jetzt muß ich gehen.«

»Das geht leider nicht.«

Athelstan schaute Cranston überrascht an. Der Coroner zog die massigen Schultern hoch. »Mistress Alison, wir jagen die Mörder Eures Bruders.«

»Aber Ihr könnt mir doch sicher eine Nachricht nach Epping schicken. Ich bin sofort bereit, wieder herzukommen. Aber hier gefällt es mir nicht.« Tränen stiegen ihr in die Augen. »Geht und befragt den Wirt in der ›Silbernen Laute‹. Gestern abend und heute hatte ich Besuch, Bruder Athelstan. Er hatte große Ähnlichkeit mit dem jungen Mann, den Ihr beschrieben habt – der im Wirtshaus war, wo Peslep starb. Der Wirt erinnerte sich gut an ihn; er war mit einer Kapuze verhüllt, und an seinen Stiefeln klirrten Sporen.«

»Habt Ihr ihn selbst auch gesehen?« fragte Cranston.

»Nein, Sir John. Aber ich erinnere mich daran, wie Ihr ihn beschrieben habt, als ich Euch in der Kanzlei das erste Mal begegnet bin.« Alison strich sich eine lose Haarsträhne aus dem Gesicht. »Ich habe Angst.«

»Sagt mir . . . « Athelstan nahm sanft ihre Hand und streichelte ihre Finger. »Mistress Alison, habt Ihr Euren Bruder in London besucht?«

»Ja.«

»Wart Ihr oft hier?«

»Nicht so oft, wie ich es gern getan hätte. Wenn das Wetter wechselhaft war und Regen und Schnee die Straßen aufweichten – nein. Aber im Sommer: so oft ich konnte.«

»Und diesmal wart Ihr hier, weil Ihr Euch Sorgen machtet?«

»Ja, das sagte ich doch. Edwin wurde plötzlich krank. Er mußte sich übergeben und bekam Durchfall. Anscheinend hatte er sich den Magen verdorben.«

Athelstan musterte sie aufmerksam. »Was hatte es auf sich mit dieser Erkrankung?«

»Sie kam plötzlich«, sagte Alison. »Eines Nachmittags in der Kanzlei. Edwin hatte den Verdacht, daß etwas in seinem Becher gewesen war.« Sie verzog das Gesicht. »Aber dafür gibt es keinen Beweis, und Edwin war so aufgeregt.«

»Hat er gesagt, weshalb?«

»Nein!«

»Hatte er noch andere Freunde in London?«

»Ich glaube, er sprach von Tibault Lesures, dem Dokumentenmeister.«

»Junge Frauen?«

Alison lachte. »Wenn er welche kannte, so hat er es gut geheimgehalten. Aber, Sir John ...« Sie wandte sich dem Coroner zu. »Ich möchte jetzt fort. Ich sollte auch fortgehen. In London habe ich nichts verloren. Mein Bruder ist beerdigt, ich habe ein Geschäft in Epping, ich muß mich um mein Haus kümmern.«

»Geht zurück in die ›Silberne Laute‹«, sagte Athelstan. »Packt Eure Sachen und zieht zu Benedicta.«

Alison schaute zu Boden.

»Da seid Ihr in Sicherheit«, beharrte Athelstan. »Niemand wird Euch etwas tun.«

»Das glaube ich«, sagte sie.

»Gut.« Athelstan tätschelte ihre Schulter. »Ich sehe Euch dort.«

Athelstan sah ihr nach und hörte nur mit halbem Ohr auf Sir Johns Geplauder, als er dem Coroner jetzt durch das nachmittägliche Gedränge folgte, vorbei an Newgate und durch Holborn zur Kanzlei vom Grünen Wachs. Als sie an dem alten Stadttor an der Holborn Road vorbeikamen, blieb Cranston stehen und legte Athelstan die Hand auf den Arm. Wie gebannt starrte der Coroner auf die Einmündung einer Gasse.

»Was ist, Sir John?«

Cranston kratzte sich am Kinn und nahm einen Schluck aus seinem wunderbaren Weinschlauch. Athelstan folgte seinem Blick. Ein paar Verkaufsstände waren zu sehen, Kinder trieben eine aufgeblasene Schweinsblase vor sich her, und ein betrunkener Gaukler versuchte sich zur Erheiterung einiger Arbeiter an seinen Kunststücken.

»Einer Eurer Schurken, Sir John?«

»Ja«, flüsterte Cranston. »Ein reizendes Kerlchen, ein ganz reizendes Kerlchen! William, das Wiesel. Ich kenne ihn schon lange. Es gibt kein Fenster, durch das er nicht klettern kann. Zeig ihm einen Spalt in der Mauer, und er flitzt hindurch, so flink wie eine Flußratte.«

»Aber ich kann ihn nicht sehen.«

»Nein, das wirst du auch nicht. Der ist verschwunden, ehe du dich versiehst. Aber William führt keine Gaunereien im Schilde, er hat mich beobachtet. Das Wiesel gehört zu den frömmsten Jüngern des Vikars der Hölle, und wenn der junge William mich beobachtet, bedeutet das, der Vikar der Hölle möchte zu gern wissen, wohin ich gehe und was ich tue. Was Flaxwith sagt, stimmt also. Unser Vikar muß ganz vernarrt in die junge Clarice sein. Ich schätze, es ist nur eine Frage der Zeit, wann er der Verlockung anheimfällt.«

»Aber er wird doch wissen, daß Ihr Dame Broadsheets Haus bewachen laßt.«

»Ja, ja.« Cranston nagte an seinem Fingerknöchel. »Darüber muß ich nachdenken. Aber jetzt komm, Bruder.«

Der Dokumentenmeister empfing sie in einer kleinen Kammer im hinteren Teil der Kanzlei vom Grünen Wachs. Er setzte sich an einen Tisch, und Cranston und Athelstan nahmen auf der Bank ihm gegenüber Platz.

»Master Tibault, Ihr scheint erregt zu sein«, stellte Athelstan fest.

Der Dokumentenmeister kratzte sich die unrasierte Wange und rieb sich ein rotgerändertes Auge. »All diese Todesfälle«, klagte er. »Bruder Athelstan, dies ist ein wichtiges Amt unseres Staates. Der Regent, der Kanzler, ja, der König selbst – alle haben Boten heruntergeschickt.«

»Sind die toten Schreiber schon ersetzt worden?«

Master Tibault zog ein Tuch aus dem Ärmel seines Gewandes und wischte sich die Stirn. »Oh, der Herr behüte uns, ja. An tüchtigen Männern ist kein Mangel.«

»Wir sind gekommen, um mit Euch über Chapler zu reden«, sagte Athelstan. »Master Tibault, beschreibt ihn mir.«

Der Dokumentenmeister tat es, und der Coroner und sein Secretarius erkannten den jungen Mann, der aus der Themse gefischt worden war. Athelstan verdrehte die Augen zum Himmel, als er sah, wie eine Theorie zu Staub verfiel.

»Und wieso?« fragte Tibault und nestelte an seinem Tuch.

»Oh, aus keinem besonderen Grund«, sagte Athelstan. »Sir John und ich wollten nur sichergehen, denn mit Ausnahme seiner Schwester hat niemand den Toten identifiziert, der da aus der Themse gefischt wurde. Aber die Beschreibung, die Ihr da von Chapler gebt, paßt genau auf den Mann, von der Haarfarbe angefangen bis zu dem kleinen Muttermal auf der rechten Wange.«

»Aha.«

»Wie war Chapler? Als Mensch?«

»Sehr scheu, sehr verschlossen. Er blieb meistens für sich. Feierte nicht mit den anderen.«

Athelstan sah die Schweißperlen, die sich auf Lesures Oberlippe bildeten. Du lügst, dachte er; du bist nicht nur aufgebracht, weil deine Schreiber ermordet wurden. Hier verbirgt sich ein großes Geheimnis.

»Ihr wißt also nichts über sein Privatleben?«

Lesures schüttelte den Kopf.

»Und vor Chaplers Tod hat sich nichts Außergewöhnliches ereignet, was den Mord vielleicht erklären könnte?«

Wieder Kopfschütteln.

»Auch Chaplers Erkrankung ist Euch nicht aufgefallen?«

Lesures schluckte heftig, und sein Adamsapfel hüpfte auf und ab.

»Er war doch krank, nicht wahr?« fuhr Athelstan fort. »Eine Magenverstimmung, sagt seine Schwester: Erbrechen, Durchfall.«

»Oh ja, ja«, stammelte Lesures. »Er war ein paar Tage krank.«

»Ist er plötzlich erkrankt?« Athelstan griff nach der Hand des Alten. Sie war kalt und klamm. »Master Lesures, Ihr verschwendet unsere Zeit. Ich werde allmählich sehr mißtrauisch über das Treiben Eurer Schreiber in der Kanzlei vom Grünen Wachs.«

Athelstan warf einen Seitenblick zu Cranston hinüber, der mit halb geschlossenen Augen dasaß und döste. »Würdet Ihr bitte unsere Fragen beantworten?« beharrte Athelstan. »Ihr könnt es hier tun – oder im Tower.«

Lesures fuhr sich mit der Zunge über die Lippen.

»Ich habe doch nur Angst, Bruder Athelstan«, wimmerte er. »Das ist alles. Meine Gedanken sind verstopft, mein Verstand ist taub. Wenn ich nach Hause komme, schließe ich mich ein . . . «

»Ihr wohnt allein?« Cranston öffnete die Augen.

»Ich bin Junggeselle, Sir John.«

»Aber Ihr geht nicht mit Euren Schreibern aus, wenn sie über die Mitternachtsstunden hinaus fröhlich sind?«

»Sir John«, lächelte Lesures geziert, »ich bin vielleicht Junggeselle, aber ich bin auch ziemlich verletzlich.«

»Wir sprachen von Chaplers Erkrankung«, unterbrach Athelstan diesen Wortwechsel. »Er wurde hier krank, nicht wahr?«

»Ja, ja.« Lesures schluckte. »Nachdem ich den Malvasier serviert hatte, wurde Chapler plötzlich krank, hielt sich den Bauch und rannte in den kleinen Garten hinunter, wo der Abort ist.«

»Und niemand sonst zeigte ähnliche Symptome?«

»Nein.«

»Und Ihr fandet daran nichts Verdächtiges?«

»Ich . . . «

»Kommt, kommt, Master Tibault.« Cranston schlug mit der Faust auf den Tisch. »Ein gesunder junger Mann trinkt einen Becher Malvasier wie alle anderen, aber nur er kriegt Bauchweh?«

»Ich fand es schon verdächtig«, blökte Tibault. »Aber die Schreiber spielen einander dauernd irgendwelche Streiche. Und sie konnten Chapler nicht leiden«, fügte er hastig hinzu und legte die Hände vors Gesicht. »Irgendeine verrückte Posse. Ich fragte Peslep danach, aber der lachte nur.«

»Ich wünschte, Ihr hättet uns davon erzählt«, sagte

Athelstan. »Woher wißt Ihr, Master Tibault, daß es nur eine verrückte Posse war? Chapler kann auch vergiftet worden sein. Manchmal wirkt das Gift, aber wenn man Glück hat, und je nachdem, wie kräftig der Magen ist, kann der Körper es wieder ausstoßen. Dann ist man geschwächt, aber nicht tot.«

Lesures wurde weiß wie ein Laken.

»Was geht hier vor?« fragte Cranston leise. Er packte Lesures beim Handgelenk. »Master Tibault, Ihr seid einer der höchsten Schreiber des Königs, aber Ihr zittert wie Espenlaub. Was wissen diese jungen Halunken über Euch? Ihr solltet hier der Herr sein, aber schaut Euch an, Ihr sitzt hier wie ein Lakai. Holt mir das Siegel herunter«, befahl er plötzlich.

»Das brauche ich nicht zu holen.« Lesures knöpfte sein Gewand auf.

Athelstan sah die Kette mit der kleinen, runden Dose am Ende. Lesures nahm sie ab, öffnete sie und reichte das Siegel herüber. Cranston hielt es wie eine heilige Reliquie in den Fingern. Es war dunkelgrün. Auf der einen Seite sah man den jungen König Richard II. zu Pferde und mit dem Schwert in der Hand, auf der anderen befanden sich eine Krone und die Wappen von England, Schottland, Frankreich und Kastilien auf einem geviertelten Schild.

»Sir John, was wollt Ihr denn andeuten?« Lesures nahm das Siegel zurück. »Ihr wißt, daß niemand außer mir dieses Siegel in seinem Besitz hat. Niemand außer mir kann damit ein Dokument besiegeln.« Lesures tat, als wolle er aufstehen und verachtungsvoll hinausgehen.

»Wir sind noch nicht fertig«, bemerkte Athelstan. »Aber Ihr könnt gehen und Alcest und Napham zu uns bitten. Wir haben den beiden etwas zu sagen.«

Lesures eilte hinaus und kam mit den beiden Schreibern zurück. Die beiden waren bedrückt und blaß; von ihrer alten, großspurigen Arroganz war nichts mehr zu entdecken.

»Mochtet Ihr Chapler?« begann Cranston umstandslos.

»Nein«, antwortete Alcest. »Ich habe Euch schon gesagt, er war keiner von uns, und deshalb ließen wir ihn in Ruhe. Er kam hierher zur Arbeit, und dann ging er wieder nach Hause. Wir wußten nichts über ihn, außer daß er eine Schwester in Epping hatte.«

»Wie lange hat Chapler hier gearbeitet?«

»Zwei Jahre«, antwortete Lesures, der nervös an der Tür stand. »Er kam mit den besten Empfehlungen von einem Kaufmann in Cambridge.«

»Und er war der letzte, der zu Euch kam?«

»Ja, ja«, antwortete Alcest. »Er kam als Fremder, und das ist er auch geblieben.«

»Habt Ihr deshalb versucht, ihn zu vergiften?« fragte der Coroner.

Napham fuhr zurück, als habe ihn ein Armbrustbolzen getroffen.

»Ihr habt doch versucht, ihn zu vergiften? Jemand hier wenigstens? Vor ein paar Wochen trank er einen Schluck Malvasier . . . «

»Da haben wir ihn nicht vergiftet«, gab Alcest zurück. »Peslep fand es witzig. Er hat ein Abführmittel in Chaplers Becher gegeben. Ihn hat es erheitert. Uns nicht.«

»Dafür habt Ihr keinen Beweis«, sagte Athelstan scharf.

»Aber ich sage die Wahrheit.«

»Ach ja, die Wahrheit«, bemerkte Cranston. »Pilatus fragte auch: Was ist die Wahrheit? Bruder Athelstan, sag ihm, was wir bereits herausgefunden haben.«

Athelstan erklärte die drei Rätsel und zeigte, wie ein jedes auf den ersten Buchstaben des Nachnamens der ermordeten Schreiber hinwies. Alcest und Napham wurden noch bedrückter, als Athelstan ihnen erklärte, daß kaum ein Zusammenhang zwischen dem Mord an Chapler und dem an den anderen drei Schreibern bestand.

»Und jetzt fragen wir uns«, schloß Athelstan. »Wir haben Peslep, Ollerton, Elflain: P-O-E. Wenn wir noch die ersten Buchstaben von Napham und Alcest hinzufügen, bildet sich das Wort *poena*, das lateinische Wort für Strafe. Also . . . « Athelstan stützte die Hände auf den Tisch. »Was habt Ihr fünf Schreiber getan, daß Ihr eine solche Strafe verdient?«

Napham begann zu zittern, aber Alcest stand unvermittelt auf, nahm seinen Kanzleiring ab und warf ihn auf den Tisch.

»Bitte, Sir, was ist los?« rief Cranston.

»Ich bin ein königlicher Schreiber in der Kanzlei vom Grünen Wachs«, erklärte Alcest. »Ich arbeite für die Krone. Ich werde bedroht. Wenn wir nicht entsprechende Maßnahmen ergreifen, werden auch ich und Master Napham brutal ermordet werden, während Ihr, Sir John, hier im Dunkeln tappt.«

»Und?« Athelstan spielte mit dem Kanzleiring, der vor ihm auf dem Tisch lag.

»Sir John wird Euch sagen, was der Brauch ist.« Auch Napham nahm seinen Ring ab. »In Zeiten großer Gefahr können königliche Schreiber den Schutz der Krone verlangen.«

»Natürlich«, prustete Cranston. »Und wo wollt Ihr hin, Sir?«

»In den Tower selbstverständlich!«

Alcest nahm beide Ringe vom Tisch und ließ sie in

seine Tasche gleiten. »Ich gehe zum Constable des Tower und verlange, daß man uns dort unterbringt.« Er stieß mit einem Finger nach Cranston. »Bis Ihr, der Coroner der Stadt, herausgefunden habt, wer der Mörder ist!«

Alcest ging zur Tür, und Napham folgte ihm. »Wir bleiben beide im Tower, und von dort aus werden wir den Regenten um Schutz ersuchen und uns zugleich über das täppische Treiben eines betrunkenen Coroners beklagen.«

Cranston sprang auf. »Und Ihr, Sir, könnt in die Hölle fahren und Satan um seinen Schutz ersuchen. Wenn Ihr glaubt, Ihr findet welchen im Tower, so geht nur! Aber Ihr habt unsere Fragen immer noch nicht beantwortet. Weshalb werdet Ihr und Eure Kameraden gejagt und getötet? Was habt Ihr getan, daß Ihr eine so schreckliche Strafe verdient?« Er lächelte düster. »Der Lord Regent wird sich für Eure Antwort ebenso sehr interessieren wie ich.« Er schaute den Dokumentenmeister an. »Lesures, wollt Ihr Euch anschließen?«

»Nein, nein, mein Posten ist hier!«

»Gut«, brummte Cranston. »Master Alcest, Ihr seid morgen früh im Tower, ja? Ich kann Euch dort besuchen.«

Die beiden Schreiber drängten bereits zur Tür hinaus und schlugen sie hinter sich zu. Cranston zog seinen Weinschlauch hervor und nahm einen großzügigen Schluck.

»Die beiden sollten sich vorsehen«, warnte Athelstan. »Noch sind sie nicht im Tower, und der Mörder ist hinter ihnen her.«

Neun

Athelstan trennte sich in der Cheapside von Cranston. Der Coroner wurde müde; er rieb sich das Gesicht und murmelte etwas von Lady Maude und den Kerlchen. Der Tag ging dem Ende zu. Die Marktglocke läutete, schon wurden Fuhrwerke und Schubkarren beladen, und die Bauern schickten sich an, die Stadt zu verlassen, ehe die Sonne unterging. Der Geruch von faulem Obst und Gemüse lag schwer in der Luft, als Athelstan durch die Straßen wanderte. Für einen Penny führte ihn ein Bettlerjunge zum Gasthaus »Zur Silbernen Laute«, einer Herberge mit breiter Front und einem kleinen Torhaus, das den geräumigen, kopfsteingepflasterten Hof beherrschte. Athelstan betrat die Schankstube. Der Wirt, der eine große Lederschürze umgebunden hatte, kam eilfertig heran, ein fröhlicher Bursche mit munterem Blick.

»Ja, ja«, erklärte er und kratzte sich den kahlen Schädel. »Mistress Alison ist hier.«

Ein Schankbursche mußte sie holen.

»Ich hätte gern einen Krug Ale«, sagte Athelstan, »und ein paar Augenblicke von Eurer Zeit, Sir.«

Der Wirt brachte ihm einen Humpen, aber er winkte ab, als Athelstan ihm ein Geldstück hinhielt. »Nein, Bruder, gedenkt mein in der Messe. Was wollt Ihr?«

Athelstan wiederholte, was Alison ihm erzählt hatte. Der Wirt kratzte sich die Wange.

»Das stimmt«, sagte er. »Mistress Alison hat mich gebeten, ein Auge auf alle zu halten, die in die Schenke kommen und nach ihr fragen – vor allem, wenn es sich um einen jungen Mann im Kapuzenmantel und mit Sporenstiefeln handelt. Vor dem schien sie Angst zu haben.«

»Und Ihr habt so jemanden gesehen?«

»Nun, ja. Einmal heute und einmal gestern. In meinem Kontor habe ich den Hof im Blick, und so kann ich im Auge behalten, wer durch das Tor hereinkommt. Wenn Mistress Alison mich aber nicht gebeten hätte aufzupassen, hätte ich ihn wohl nicht bemerkt.«

»Wißt Ihr, wer er war oder woher er kam?«

Der Wirt schüttelte den Kopf. »Beim ersten Mal habe ich es nicht erwähnt, aber als ich ihn heute wiedersah, habe ich es Mistress Alison gesagt. Sie bekam Angst. Sie sagte, sie wolle abreisen, und bat mich, ihr die Rechnung zu geben, und das habe ich getan.«

»Ja, sie geht mit mir.« Athelstan lächelte. »Sie zieht zu einer Freundin nach Southwark.«

Der Wirt wollte ihn weiter ausfragen, aber Alison und der Schankbursche kamen herein und schleppten klobige Satteltaschen mit sich. Sie verabschiedete sich, und der Junge führte sie und Athelstan in den Hof hinaus. Er sattelte einen sanft aussehenden Zelter, und Athelstan warf dem Tier das Gepäck über den Rücken. Alison schlang sich die Zügel um die Hand, und sie brachen in Richtung London Bridge auf.

Anfangs gingen sie schweigend. Alison war anscheinend fasziniert von allem, was sie sah: Eine Frau, die als gewohnheitsmäßige Xanthippe verschrien war, am Pranger, neben ihr zwei klägliche Taschendiebe, die Hände in den Block geschlossen, mit herabgelassenen Hosen. Ein Legion von Bettlern aller Art, manche echt, andere betrügerisch. Ein paar Reiter in Rüstung kamen vorbei und zwangen alle Fußgänger, sich in Ladeneingänge und Haustüren zu flüchten. Ihnen folgte ein eleganter junger Mann, der einen Falken mit Haube auf dem Handgelenk trug. Zwei Forstaufseher folgten ihm flink. An Stöcken, die sie über den Schultern trugen, baumelten die ausgeweideten Kadaver von Hasen, Fasanen und Wachteln.

»Ein Lord, der von der Jagd zurückkehrt«, bemerkte Athelstan. Er sah den Reitern nach, wie sie unter Harnischklirren verschwanden. »Der Mann, den Ihr da gesehen habt«, sagte er dann, »der Mann, der Sporen trägt und der gesehen wurde, als Peslep ermordet wurde – glaubt Ihr, er hat es auf Euch abgesehen?«

Alison blieb stehen und streichelte die Nüstern des Pferdes, das leise wieherte und sie anstieß. Sie holte einen kleinen Apfel aus der Tasche. Der Zelter nahm ihn gierig und schüttelte erfreut den Kopf. Sie gingen weiter.

»Ich habe Euch etwas gefragt, Mistress.«

»Ich weiß nicht, was ich darauf sagen soll«, antwortete sie. »Edwin sprach nicht sehr viel über die anderen Schreiber. Ich glaube nicht, daß er sie leiden konnte. Peslep hielt er für einen Lüstling, und Ollerton für einen Vielfraß.«

»Und Alcest?«

»Ah, das war es, was mir Angst machte, Bruder. Einmal, da bin ich sicher, nannte Edwin ihn einen Gecken, der gern Sporen an den Stiefeln trage, um aufzufallen.« Sie schaute Athelstan mit Rehaugen an. »Hat er denn je, seit diese Geschichte anfing, Sporen getragen?« Sie sah Athelstans überraschte Miene. »Ich dächte doch, Lesures oder die anderen würden darüber eine Bemerkung machen.«

Athelstan hielt inne. »Seid Ihr sicher?«

»Bruder, ich wiederhole nur, was ich gehört habe.«

Athelstan sah sich um. Auf der anderen Straßenseite war eine kleine Ale-Schenke. Er bat Alison, zu warten, und ging hinüber. Der Eigentümer, ein kleiner Mann mit drahtigen Haaren, erkannte ihn.

»Bist du durstig, Bruder?«

»Nein, nein.« Athelstan besann sich. »Äh . . . «

»Haman.«

»Ach ja, Haman. Ob du mir wohl einen Gefallen tun könntest?« Athelstan griff nach seinem Beutel, aber Haman schob seine Hand sanft herunter. »Könntest du oder einer deiner Knechte wohl zum Hause von Sir John Cranston gehen? Ihr wißt ja, wo er wohnt.«

Der Wirt nickte.

»Sir John soll zu Master Tibault gehen – er weiß schon, wen ich meine. Und er soll Tibault fragen, welcher der Schreiber gern Sporen trug.«

Haman schaute ihn verständnislos an. Athelstan ließ ihn den Auftrag wiederholen, bis er ihn auswendig gelernt hatte. Dann kehrte er zu Alison zurück.

»War das wichtig, Bruder?«

»Ja, ja, schon, aber . . . « Der Ordensbruder berührte sanft ihren Ellbogen. »Es genügt nicht, um einen Mann zu hängen.«

»Aber jemand wird hängen«, antwortete sie. »Nicht wahr, Bruder? All diese schrecklichen Morde. Ollerton vergiftet, Peslep mit herabgelassener Hose auf einer Latrine ermordet.«

»Und Elflain«, fügte Athelstan hinzu. »Der wurde heute mit einer Armbrust erschossen.«

Er bekreuzigte sich, und sie gingen weiter. An der Ecke der Lombard Street, unweit von Cornmarket, blieb Athelstan stehen und schaute sich um.

»Was ist, Bruder?«

»Nichts«, antwortete er, aber er war nicht sicher. Als er zu Haman hinübergegangen war, hatte Athelstan das deutliche Gefühl gehabt, daß er hinter sich eine Gestalt gesehen habe. Er schüttelte den Kopf.

Sie gingen eine Gasse hinunter, die zur Gracechurch Street und zur London Bridge hinausführte. Die Häuser zu beiden Seiten ragten turmhoch auf und sperrten das Sonnenlicht aus. Die Gasse war düster und voller Unrat. Der Inhalt von Nachttöpfen hatte die Mauern zu beiden Seiten befleckt, und der Gestank erinnerte Athelstan an den Stadtgraben in der Nähe der Cock Lane. Der Zelter wurde unruhig und stelzte behutsam über den aufgequollenen Kadaver einer Katze hinweg. Alison holte ein Taschentuch hervor und drückte es sich ans Gesicht. Athelstan wollte sich schon entschuldigen; er bereute es bitter, daß er diese Abkürzung genommen hatte, doch da traten zwei Gestalten aus einer schäbigen Haustür. Sie waren gekleidet wie die maskierten Gauner, die im Gewirr der Londoner Gassen den Unachtsamen auflauerten. Einer war klein, der andere groß. Verschlissene Ledermasken verdeckten ihre Gesichter, und sie trugen spitze Hauben auf den Köpfen. Jeder hatte einen Dolch in der einen und einen Knüppel in der anderen Hand.

Alison blieb stehen. Athelstan tätschelte ihren Arm, nahm all seinen Mut zusammen und ging weiter.

»Ich bin Athelstan, der Pfarrer von St. Erconwald in Southwark. Diese junge Dame und ich, wir haben kaum Reichtümer bei uns.«

»Bleibt, wo ihr seid!« rief der Größere. Die Stimme klang barsch unter der Maske.

»Warum haltet ihr uns auf?« rief Alison.

»Halt dein Mäulchen, meine Hübsche«, antwortete der Kleine mit einer hohen, pfeifenden Stimme.

Athelstan musterte den schmächtigen Strauchdieb und erinnerte sich an das, was Cranston am Morgen zu ihm gesagt hatte.

»Du bist William, das Wiesel, nicht wahr? Gehörst zur Gemeinde des Vikars der Hölle.«

Der kleine Mann wich zurück, als ob Athelstan ihn geohrfeigt hätte. Der größere war beunruhigt, hustete und murmelte hinter seiner Maske.

Athelstan trat noch einen Schritt nach vorn. »Sir John wäre nicht erfreut, wenn er hörte, daß William, das Wiesel, es gewagt hat, seinen Secretarius und Freund auszurauben.«

»Wir wollen euch ja gar nicht ausrauben«, kreischte der kleine Mann.

Athelstan lächelte. Diese beiden Möchtegern-Schurken waren nicht so gefährlich, wie sie aussahen. »Nun, was wollt ihr dann?« rief er. »Wie könnt ihr es wagen, euch einem Priester und einer jungen Dame in den Weg zu stellen, die hier ihren eigenen Angelegenheiten nachgehen?«

»Na, na, Bruder!« rief der größere Mann. »Wir wollen dich nur bitten, Sir John eine Nachricht vom Vikar der Hölle zu überbringen.«

»Nämlich?«

»Der Vikar der Hölle ist erzürnt. Er hat eine Herzensaffäre mit der Jungfer Clarice. Es stört ihn, daß Sir John das Haus der Dame Broadsheet unter strenge Bewachung gestellt hat. Mylord Coroner soll sich vorsehen.«

»Ich werde es ihm ausrichten«, antwortete Athelstan. »Aber wie ihr wißt, bekommt Sir John es nicht so leicht mit der Angst zu tun.«

»Wir haben noch mehr für ihn.« Die Stimme des Wiesels hatte jetzt einen Unterton von Verzweiflung.

»Dann beeilt euch damit. Wir haben nicht alle Zeit der Welt und wollen nicht ewig in dieser stinkenden Gasse herumstehen.«

Jetzt klang das Wiesel beinahe flehentlich. »Sagt dem Lord Coroner, der Vikar der Hölle schickt seine besten Empfehlungen, und er hat nichts zu schaffen mit den grausigen Morden in der Kanzlei vom Grünen Wachs.«

Athelstan seufzte. Sir John hatte recht! Es gab eine Verbindung zwischen dem Vikar der Hölle und diesen Schreibern. Jetzt versuchte Londons berühmtester Gesetzloser, sich von den schrecklichen Morden zu distanzieren, die hier stattfanden.

Die beiden Gestalten verschwanden. Athelstan kehrte um und klopfte Alison auf die Schulter. Er war froh, daß die junge Frau sich von dieser Begegnung nicht weiter hatte erschüttern lassen. »Ihr seid wohl nicht leicht zu ängstigen, Mistress.«

»Nein, Bruder, das bin ich nicht.«

Sie gingen hinunter zur London Bridge. Die städtische Wache bezog bereits ihren Posten, und die Soldaten plauderten fröhlich mit Robert Burdon, dem kleinen Torhauswächter, der damit beschäftigt war, drei abgeschlagenen Köpfen vor ihm auf dem Tisch die Haare zu kämmen, bevor er sie auf die Stangen spießte, die dann über dem Fluß aufragen würden.

»Ich hab's gern hübsch ordentlich«, schrie er, als Athelstan vorbeikam. Der Ordensbruder machte hastig ein Kreuzzeichen und eilte weiter.

Mitten auf der Brücke blieb Alison stehen und starrte hinüber zu der kleinen Kapelle, die Thomas à Becket geweiht war. Die Tränen stiegen ihr in die

Augen, und sie biß sich auf die Unterlippe. »Wenn ich nur«, flüsterte sie, »wenn ich nur, wenn ich nur dagewesen wäre, Bruder.«

Athelstan führte sie behutsam weiter und versuchte das Mädchen mit Geplauder aufzumuntern. Sie gelangten nach Southwark, das jetzt, bei Sonnenuntergang, zum Leben erwachte, derweil die Standbesitzer den Abendmarkt aufbauten. Einer der Händler rief Athelstan zu sich.

»Kommt, kauft etwas, Bruder Athelstan – Nadeln, Knöpfe, ein bißchen Tuch. Neues Zaumzeug aus Leder für Euer Pferd?«

»Ich habe es eilig«, antwortete Athelstan.

»Ach ja, natürlich. Jeder hat ja von dem großartigen Wunder in St. Erconwald gehört. Ich war selbst da und habe einen Penny bezahlt. Aber sagt Euren Pfarrkindern, ich habe hübsche Sachen zu verkaufen, und zu billigen Preisen.«

»Was er da verkauft, gehört ihm nicht«, sagte Athelstan leise, als sie weitergingen. »Oh, sie sind keine Diebe, Mistress Alison. Es ist nur, wie Sir John Cranston oft sagt, daß es ihnen Mühe macht, den Unterschied zwischen ihrem Eigentum und dem anderer Leute zu erkennen.«

Während Alison und Athelstan sich durch die Gäßchen von Southwark schlängelten, war auch Thomas Napham, Schreiber vom Grünen Wachs, eilig auf dem Heimweg. Napham war höchst beunruhigt. Er vertraute Alcest nicht, aber ihm war klar, daß er in großer Gefahr schwebte. Der kleine Ordensbruder, über den sie sich lustig gemacht hatten, war scharf wie ein Terrier, und jemand ermordete seine Kollegen und deutete dabei an, daß sie wüßten, wessen sie sich schuldig gemacht hätten. Napham hatte Alcests Drängen nachgegeben. Er würde die Kanzlei verlassen, ein paar Habseligkeiten zusammenpacken und sich zum Fluß hinunter und in den Tower begeben. Dort wäre er in Sicherheit, und – bei allem, was heilig war – er würde diesen engen, gutbewachten Ort erst wieder verlassen, wenn der Mörder gefaßt wäre.

In seiner Haustür blieb er stehen und spähte ins Halbdunkel. War da jemand? Unten am Korridor öffnete sich eine Tür, und ein anderer Mieter kam heraus, ein Wandergeselle, der bei einem Tuchmacher in der Cheapside arbeitete.

»Warst du den ganzen Tag hier?« fragte Napham unvermittelt.

»Ja, allerdings. Ich habe über den Büchern meines Meisters gesessen.«

»Ist jemand hiergewesen, um nach mir zu fragen?«

»Nicht, daß ich wüßte. Aber ich bin ein Wandergeselle, kein Pförtner.«

Napham schloß die Tür zu seiner Kammer auf und öffnete sie. Das Stück Pergament, das über der Tür an die Wand genagelt war, sah er nicht. Er blieb stehen und genoß den süßen Duft der Kräuter, die in kleinen Schalen im ganzen Raum verteilt waren. »Du brauchst keine Angst zu haben«, flüsterte er.

Die Tür war abgeschlossen gewesen. Niemand hatte sie aufgebrochen. Napham trat ins Dunkel. Er zog seinen Zunder hervor und zündete die Kerze an, die auf dem Tisch stand. Die Fensterläden bewegten sich im Abendwind. Napham erstarrte. Aber die Läden waren geschlossen gewesen, als er am Morgen fortgegangen war! Er hob die Kerze hoch, doch alles war wie immer. Das Bord mit seinen Büchern, die kleinen Truhen und die Pergamentbögen auf dem Tisch neben dem Bett

– alles war so, wie er es verlassen hatte. Er ging zum Fenster, um die Läden ganz zu öffnen und Licht hereinzulassen, damit er ein paar Habseligkeiten einpacken könnte. Dabei stieß er mit dem Fuß gegen etwas Hartes. Etwas schnappte zu, und dann durchzuckte ihn ein so furchtbarer Schmerz, daß Napham kreischte. Der Schmerz schoß von seinem rechten Fuß in sein Bein hinauf wie eine plötzlich aufsprühende Feuerflamme. Er fiel zu Boden, und die brennende Kerze rollte weg, als habe sie ein eigenes Leben. Und statt zu verlöschen, brannte die Flamme jetzt gierig auf, denn sie hatte die trockenen Binsen auf dem Fußboden erfaßt. Napham kümmerte das nicht, der Schmerz in seinem Fuß war zu heftig! Er zog sich hoch und sah die große Fußangel, die verborgen in den Binsen gelegen hatte: Ihre eisernen Zähne hatten seinen weichen Stiefel durchgebissen und sich in seinen Fuß gegraben. Das Blut strömte hervor wie Wein aus einem zerbrochenen Krug.

Napham schrie schrill um Hilfe. Er warf sich herum, und sein Grauen wuchs, als er sah, daß die Flammen sich in Windeseile über die Binsen fraßen und das Laken seines Bettes erfaßten. Schluchzend und nach Luft schnappend, versuchte Napham, sich zur Tür zu schieben. Wenn er sie nur erreichen und sich und seinen Schmerz der Wut des wachsenden Feuers entziehen könnte. Zwei, drei Schritt weit konnte er sich über den Boden schleppen, aber der Schmerz wurde zu groß. Napham fiel in eine tödliche Ohnmacht, während das Feuer an den trockenen Laken des kleinen Vierpfostenbettes leckte und bald darauf gierig zur Decke hinauftoste.

Athelstan saß in seiner Küche. Obwohl die Strahlen der untergehenden Sonne durch die offenen Läden hereinströmten, war dem Ordensbruder kalt vor lauter Wut über das, was er auf dem Friedhof gesehen hatte. Bonaventura saß auf dem Tisch und betrachtete seinen Herrn mit dem gesunden Auge. Der Kater saß bewegungslos da, als wüßte er, daß hier etwas nicht in Ordnung war. Athelstan lächelte und liebkoste behutsam die zerfransten Reste von Boneventuras verschlissenem Ohr.

»Es ist nicht deinetwegen, mein großer Kater«, murmelte er. »Aber du hättest diesen Riesennarren Watkin sehen sollen! Mit einem Blechtopf auf dem Kopf und einem Schöpflöffel in der Hand stolzierte er auf und ab und bewachte den Eingang zum Friedhof! Und die anderen! Tab, der Kesselflicker, Pike, Pemel, sogar Ranulf, der Rattenfänger – alle lenken sie die Ströme der Besucher, die jetzt nach St. Erconwald kommen, um vor ihrem wundersamen Kruzifix zu beten.«

Athelstan erhob sich und schritt auf und ab. Bonaventura folgte ihm feierlich. »Das ist nicht recht!« murmelte Athelstan. »Kruzifixe bluten nicht!«

Er hielt inne, und der große Kater wäre fast gegen seine Waden geprallt. Irgend etwas stimmte hier nicht. Watkin war streitsüchtig, Pike und die übrigen kreischten etwas von ihren Rechten. Athelstan hatte sehen können, daß die Gestalt am Kruzifix wieder geblutet hatte, und das Blut glitzerte im Licht der vielen Kerzen, die man davor aufgestellt hatte.

Athelstan schaute auf seinen Kater hinunter. »Was geschieht, wenn es kein Wunder war, hm, Bonaventura?«

»Der Kater blinzelte und gähnte.

»Genau«, bekräftigte Athelstan. »In Southwark geschehen keine Wunder!«

»In Bethlehem sind sie geschehen.«

Athelstan fuhr herum. Ein großer, schmalgesichtiger Dominikaner stand im Schatten der Tür.

»Ja, Bruder Niall!«

Der Stellvertreter und Beauftragte des Pater Prior trat in die Küche. Er und Athelstan umarmten einander und tauschten den Friedenskuß. Athelstan sah ein blasses Gesicht und grüne Augen unter einem Schopf von roten Haaren.

»Willkommen in St. Erconwald, Bruder Niall! *Pax tecum.*«

»*Et cum spiritu tuo.*«

»Einen Schluck Wein, Bruder?«

Athelstans Besucher nickte. »Und wenn du auch ein bißchen Brot und Käse hättest . . . ?« rief er Athelstan nach, als dieser in die Speisekammer ging. »Ich hatte mir vorgenommen, heute zu fasten, aber die Reise hat mich angestrengt. Der liebe Gott wird es verstehen.«

»Der Mensch lebt nicht von Brot allein«, gab Athelstan zu bedenken.

»Deswegen habe ich ja auch um Käse gebeten«, erwiderte Niall scherzend.

Athelstan brachte Speise und Trank für sich selbst und seinen Gast und ein Schälchen Milch für Bonaventura, denn wenn dieser nichts bekäme, würde er dem Gast das Essen buchstäblich vom Munde abjagen.

Sie setzten sich. Bruder Niall zog ein kleines Messer hervor, schnitt sich ein Stück Käse ab und steckte es in den Mund. Dann schaute er sich beifällig um. »Das Haus ist sauber und duftet süß, Athelstan. Brot und Käse sind weich und frisch.«

Athelstan zuckte die Achseln. »In der Heiligen Schrift steht nirgends, daß man schmutzig sein muß, um ein frommes Leben zu führen.«

Niall lachte und bedeckte dabei den halboffenen Mund mit der Hand. »Du warst immer schon schlagfertig, Athelstan«, stellte er fest. Dann wurde sein Gesicht wieder ernst. »Ich war auf dem Friedhof. Ich habe das Kruzifix gesehen.«

»Damit habe ich nichts zu tun«, entgegnete Athelstan. »Und sag mir nicht, du bist als Wallfahrer hier.«

Niall schüttelte den Kopf. »Wie lange bist du jetzt hier, Bruder?«

»Fast drei Jahre.«

»Athelstan, Athelstan.« Niall schüttelte den Kopf. »Du warst einer der besten Studenten in den Schulen. Deine Liebe zur Mathematik und zu den Naturwissenschaften war weithin bekannt. Und dann . . . «

»Und dann«, vollendete Athelstan, »zerstörte ich das alles drei Jahre vor meinem endgültigen Gelübde, indem ich mit meinem Bruder Francis in den Krieg zog.«

»Warum hast du das getan?«

»Mein Bruder und ich standen einander immer sehr nahe.« Athelstan schloß die Augen halb. »Zwei Äpfel vom selben Stamm, Niall. Oh, er war eine fröhliche Seele, seine Augen und sein Herz waren erfüllt von Heiterkeit. Er bezauberte die Vögel auf den Bäumen. Er wollte nicht töten, sah sich selbst als fahrenden Ritter. Und er bat mich, mit ihm zu kommen. Vielleicht zum letzten Mal, bevor ich Dominikaner wurde, würden wir etwas gemeinsam machen und ruhmbeladen zurückkommen. Also ging ich mit.« Athelstan hatte Mühe, das Zittern in seiner Stimme zu unterdrücken. »Francis fiel, und ich sah die Glorie des Krieges: verstümmelte Leichen, Witwen und Waisen. Ich hatte eine große Sünde vor Gott und meinen Eltern begangen. Ich hatte meinen Eltern das Herz gebrochen und die Regel des Hl. Dominikus mißachtet. Ich kehrte nach Blackfriars zurück, legte mein Gelübde ab und säuberte drei Jahre lang Latrinen, Küchen und Korridore.«

»Ja, ja, das weiß ich«, unterbrach Niall ihn. Athelstan war den Tränen nah.

»Dann schickte Pater Prior mich hierher zu den Armen, damit ich bei ihnen arbeitete. Ich verliebte mich in diese gewöhnlichen Menschen, die ein so außergewöhnliches Leben führen. Sie können nicht lesen, sie können nicht schreiben. Sie werden ausgebeutet und herumgestoßen, aber sie haben eine Lebenslust und einen Mut, wie ich es zuvor noch nie gesehen habe.« Athelstan schloß die Augen. »Und manchmal sind sie dumm. Gott weiß, was hinter diesem Mummenschanz auf dem Friedhof steckt.«

»Und Cranston?«

»Sir John ist mein Bruder. Ein fetter, ungehobelter, lümmelhafter Coroner, aber so tapfer wie ein Kampfhahn und so unschuldig wie ein Kind. Ein guter Vater, ein liebender Ehemann, ein Mann von tiefgehender Integrität. Er liebt den Wein und das Essen, aber es ist nicht ein Funken Bosheit in dieser mächtigen Gestalt. Aber sag mir, warum schickt Prior Anselm dich her?«

»Er findet, daß du nun lange genug hier gearbeitet hast. Unser Haus in Oxford braucht einen Lehrer der Naturwissenschaften, einen Mann von deiner Logik und deiner Liebe zum Studieren ...«

»Unsinn!« unterbrach Athelstan. »Es ist der Regent, nicht wahr? John von Gaunt, der Herzog von Lancaster. Er mag mich nicht. Nicht seit dieser Sache in Westminster, als ich die Morde an den Rittern aus den Grafschaften untersuchte. Er weiß, daß mir seine verschlagenen Ränke und hinterhältigen Komplotte bekannt sind.«

»Seine Gnaden bewundert dich über die Maßen.« Niall ließ das Messer sinken. »Aber ich kann dich nicht belügen, Bruder. Er fürchtet dich. Er befürchtet, daß du die Wahrheit kennst, aber vor allem fürchtet er die Art, wie man dich hier in Southwark liebt und achtet. Der Sommer geht dahin, der Herbst kommt, die Ernte steht bevor. Draußen in den Grafschaften rotten sich die Bauern zusammen und schmieden Komplotte. Gaunt fürchtet einen Aufstand. Armeen, die gegen London marschieren. Und da will er nicht, daß ein Ordensbruder den Pöbel von Southwark aufstachelt.«

»Als ob ich das täte!«

»Ich weiß, daß du es nicht tust. Du weißt es, und der Pater Prior weiß es. Aber John von Gaunt weiß es nicht.« Niall erhob sich und klopfte sich die Krumen vom Gewand. »Der Pater Prior möchte dich gern versetzen, und die Sache auf deinem Friedhof könnte der Tropfen sein, der das Faß zum Überlaufen bringt.«

Athelstan stand seufzend auf. »Sag dem Pater Prior, ich bin ein gehorsamer Sohn des Ordens. Ich werde tun, was er sagt, aber wenn ich versetzt werde, wird mir das Herz brechen. Also leg ein Wort für mich ein, Niall.«

Sie umarmten einander, und Niall öffnete die Tür und trat hinaus in die Dämmerung.

Als er gegangen war, setzte Athelstan sich an den Tisch, barg das Gesicht in den Händen und weinte leise. Schließlich wischte er sich das Gesicht ab und atmete tief durch.

»Ich werde jetzt einen Becher Wein trinken«, sagte er zu Bonaventura, aber der Kater war damit beschäftigt, die Überreste von Nialls Brot und Käse zu vertilgen, und zuckte nur mit dem Schwanz. Athelstan füllte seinen Becher und setzte sich an den Tisch; er konnte jetzt unmöglich schlafen. Er stellte den Weinbecher hin und schob ihn von sich, denn er kannte die Gefahren, die darin lagen: Zuviele Priester tranken und brüteten, wenn sie allein waren, und entfesselten damit die Dämonen ihrer Seele. Also holte er die Tasche mit seinem Schreibzeug, nahm ein Stück Pergament heraus und legte das Tintenhorn auf den Tisch.

Dann zwang er sich dazu, sich auf die Ereignisse des Tages zu konzentrieren. Er warf eine grobe Zeichnung der Tür in Draytons Kammer auf das Blatt und versuchte sich vorzustellen, wie der alte Geizhals ermordet und sein Geld gestohlen worden war. Wenn er das Silber des Regenten wiederfinden könnte, überlegte er, vielleicht würde John von Gaunt sich dann überreden lassen, mit dem Pater Prior zu sprechen. Wie, so fragte er sich, war der Mann in einer verschlossenen und verriegelten Kammer ermordet worden? Er dachte an die Eisenbeschläge in der Tür und an die beiden Schreiber Flinstead und Stablegate. Waren sie beide schuldig? Oder nur einer? Wenn es *einer* gewesen war ... Athelstan schloß die Augen und konzentrierte sich: Für eine einzelne Person wäre es ebenso schwierig, dieses Verbrechen zu begehen, wie für zwei. Athelstan starrte seine eigene Tür an.

Stell es dir vor, dachte er. Stell es dir vor, du wärest Drayton. In diese Kammer kommt man nur herein, wenn du es erlaubst! Und wenn sie dann wieder gehen? Du hast einen Armbrustbolzen in der Brust; wie also willst du die Kraft aufbringen, die Tür hinter ihnen zu verschließen? Und warum so viel kostbare

Kraft verschwenden, um den Stall zu verriegeln, wenn das Pferd schon weggelaufen ist? Er beugte sich zu Bonaventura hinüber und streichelte ihn. »Dabei fällt mir ein, daß ich unseren guten Freund Philomel besuchen muß.« Athelstan kehrte zu seinen Gedanken zurück. Ein Mörder oder zwei? War das überhaupt wichtig? Er lächelte und klatschte in die Hände, daß Bonaventura einen Satz machte.

»Natürlich ist es wichtig!« rief er aus. »Es mußten zwei sein, denn nur so konnte es gehen!«

Und das Haus? Wie waren sie hinausgekommen? Athelstan rieb sich das Gesicht: mit der ältesten List der Welt. Sie zeigten dem armen Flaxwith ein verschlossenes Fenster. Aber das bedeutete ja nicht, daß in dem Augenblick, als die Büttel dort einbrachen, jedes andere Fenster ebenfalls verschlossen und verriegelt war! Athelstan beugte sich vor, nahm den Weinbecher und trank einen kleinen Schluck. Er ließ den Federkiel sinken und starrte den Becher an. Und Chaplers Tod? Und die Morde an den anderen Schreibern vom Grünen Wachs? Athelstan war sicher, daß Alcest irgendwie in die Sache verwickelt war. War er der junge Mann mit den klirrenden Sporen? Für ihn wäre es ein Kinderspiel gewesen, Peslep in das Wirtshaus zu folgen. Athelstan nagte an der Unterlippe. Etwas im Zusammenhang mit dem Mord an Peslep ... etwas, das er dabei erfahren hatte ... Irgend jemand hatte da etwas gesagt. Aber was?

Alcest, folgerte Athelstan, Alcest konnte auch das Gift in Ollertons Becher getan haben. Alcest hatte gewußt, wohin Elflain ging. Alcest hatte Drayton besucht, bevor er ermordet worden war. Aber Chapler ...? In der Nacht, als dieser junge Mann ermordet wurde, hatte Alcest den Zeugenaussagen zufolge mit einer jungen Hure im Bett gelegen. Oder nicht? Sagte Clarice die Wahrheit? Und der Vikar der Hölle? Wieso war er so erpicht darauf, Sir John davon zu überzeugen, daß er mit den Morden an den Schreibern vom Grünen Wachs nichts zu tun hatte? Wieso war das so wichtig, daß er als Boten einen Halunken wie William, das Wiesel, ausschickte? Und schließlich Lesures, der Dokumentenmeister. Der Mann war krank vor Angst gewesen. War er schuldig? Was versuchte er zu verbergen?

Athelstan nahm seine Feder zur Hand. *Alcest und Clarice*, schrieb er, und dann unterstrich er die beiden Namen. Wenn er den Gegenbeweis für Alcests Geschichte erbringen konnte, dann würden die Steine dieses Mosaiks sich sofort zusammenfügen. Athelstan streckte sich und gähnte. Dann schrak er zusammen, denn es klopfte an der Tür.

»Geh weg, Watkin!« rief er. »Ich werde morgen die Messe lesen, und dann gehe ich wieder zu Sir John!«

Die Tür öffnete sich. Mit bleichem Gesicht kam Benedicta herein, gefolgt von der ebenso blassen Alison.

»Was ist los?« rief Athelstan. »Kommt, setzt euch her! Wollt ihr Wein?«

Die beiden Frauen schüttelten die Köpfe.

»Ich war zu Hause«, begann Benedicta und hakte ihren Mantel auf. »Wir Ihr mich gebeten hattet, Bruder, habe ich Alison bei mir aufgenommen. Sie ging nach oben, um sich zu Bett zu legen.«

»Ja.« Athelstan lächelte. »Ich sah Euch flüchten, bevor ich mit Watkin zusammentraf.«

»Ich habe in meiner Stube gesessen«, fuhr Benedicta fort. Dann griff sie nach Athelstans Weinbecher und trank daraus. »Da hörte ich etwas draußen in der kleinen Gasse, die seitlich an meinem Haus vorbeiführt.«

»Wie meinst du das? Was hast du gehört?«

»Ich arbeitete an einer Stickerei, aber um ehrlich zu sein, meine Gedanken waren bei Watkin und seinem wundersamen Kreuz. Erst nahm ich weiter keine Notiz, aber dann klirrte es, als ob jemand mit Sporen draußen auf und ab ginge. Ich schaute hinaus, es war dämmrig, die Gasse schien verlassen zu sein. Ich rief ›Wer ist da?‹, aber niemand antwortete. Ich schloß die Läden und kehrte zu meiner Stickerei zurück. Ein paar Augenblicke später hörte ich das Sporenklirren wieder. Ich rief zu Alison hinauf und fragte, ob bei ihr alles in Ordnung sei. Sie bejahte.« Benedicta holte tief Luft. »Ich muß zugeben, ich hatte Angst, und deshalb ...« Ihr Blick fiel auf den Tisch. »Oh, Athelstan, habt Ihr Besuch gehabt?«

»Nur einen Boten von der anderen Seite der Stadt.« Athelstan zog den Teller zu sich herüber. »Aber erzähle doch weiter.«

»Ich ging hinauf und fragte Alison, ob sie etwas gehört habe.«

»Ja, ich hatte etwas gehört«, fuhr Alison fort, »aber ich hatte geglaubt, ich bildete es mir ein. Ich bat Benedicta, nicht hinauszugehen, aber sie meinte, wenn ich mitkäme ...«

»Also gingen wir wieder hinunter«, sagte Benedicta, zog eine kleine Pergamentrolle aus dem Ärmel und reichte sie Athelstan.

»›Mein letzter‹«, las er, »›der hinter allem steckt, von Anbeginn bis Ende: Man findet ihn in der Mitte des Irrgartens.‹«

»Was soll das bedeuten?« fragte Benedicta.

»Wir jagen einen Mörder«, antwortete Athelstan. »Jemanden, der mordet und stets ein Rätsel bei der Leiche seines Opfers hinterläßt. Aber zum ersten

Mal« – er lächelte schmal, als er sich die Worte des Rätsels noch einmal durch den Kopf gehen ließ –, »zum ersten Mal findet man ein Rätsel, bevor ein Verbrechen begangen wurde.« Er überlegte kurz. »Nein, das stimmt nicht. Bei Chapler wurde kein Rätsel gefunden. Wie dem auch sei«, fuhr er fort, »wir wissen, daß die anderen Rätsel jeweils den ersten Buchstaben des Namens des Opfers zum Inhalt hatten. Hier aber scheint es mir anders zu sein. Läßt du es mir hier?«

Benedicta nickte.

»Und jetzt gehst du wieder nach Hause?«

»Ja.« Benedicta nickte wieder. »Ich werde nur rasch mit Watkin reden. Er wird mir den Büttel Bladdersniff mit zwei anderen schicken, damit sie vor meiner Tür Wache stehen.«

»Ach ja«, sagte Athelstan. »Sir Watkin, der Ritter vom Schöpflöffel.« Er lächelte die beiden Frauen an. »Ihr wollt ganz bestimmt nicht noch ein Weilchen bleiben?«

Die beiden entschuldigten sich und gingen.

Athelstan wandte sich dem Rätsel zu, das da auf das Pergament gekritzelt war. »Der letzte«, murmelte er. »Was findet man in der Mitte eines Irrgartens? Natürlich, ein Kreuz: ein Kruzifix über einer Rosenlaube.« Er nagte an der Lippe. »Aber was hat das zu bedeuten? Ein anderes Wort für Irrgarten ist Labyrinth, und hier ist der mittlere Buchstabe ein R.« Athelstan hielt inne. R von Anbeginn bis Ende. Er war sicher, daß der Mörder hier sein Motiv enthüllte: *Rache!*

Zehn

Sir John Cranston saß in der kleinen Schreibstube im oberen Stockwerk seines Hauses in der Cheapside. Er schaute durch das offene Fenster hinaus und wartete auf die ersten Strahlen der aufgehenden Sonne. Wie immer war er früh aufgewacht. Lady Maude lag traumverloren neben ihm, und im Nachbarzimmer schlummerten die beiden Kerlchen in ihren leinenen Nachthemden in ihren Bettchen. Sie waren einander so ähnlich: feines blondes Haar, apfelrote Wangen, das feste Kinn und der Mund ihres Vaters.

»Reizende Kerlchen!« hatte Sir John geflüstert und lächelnd bemerkt, daß sie sogar im Chor schnarchten. Auf Zehenspitzen war er dann durch den Flur geschlichen und hatte im stillen gebetet, daß die Kerlchen nicht aufwachen möchten. Wenn sie es täten und wenn sie wüßten, daß Sir John auch schon auf den Beinen war, dann würden sie das ganze Haus mit ihrem Geschrei aufwecken.

Für Sir John würde es ein arbeitsreicher Tag werden. Er war in die Küche hinuntergegangen, wo er sich gewaschen und rasiert hatte. Dann hatte er die frischen Kleider angezogen, die Lady Maude ihm am Abend zuvor herausgelegt hatte. In der Speisekammer lag eine Fleischpastete unter einem Leintuch, das sie frischhalten sollte; zusammen mit einem kleinen Krug verdünntem Ale diente sie ihm als Frühstück. Dann war Sir John niedergekniet, hatte die Augen geschlossen und sein Morgengebet gesprochen, ehe er in seine Kanzleistube hinaufgegangen war.

Jetzt saß er an seinem Pult und hatte seine Coronerakte vor sich liegen, aber sein Blick wanderte immer wieder zu dem dicken Manuskript zu seiner Rechten: Cranstons berühmte Abhandlung »Über die Verwaltung der Stadt London«. Sir John lehnte sich auf seinem gepolsterten Stuhl zurück. Er war bei einem neuen Kapitel angekommen, »Wie man Straßen, Gassen und Gänge von Unrat freihalten kann«. Cranston empfahl hier die Errichtung öffentlicher Latrinen und strenge gesetzliche Verordnungen gegen das Abladen von Müll und das Ausleeren von Nachtgeschirren auf die Straße. Die offenen Kloaken würde man vor die Stadtmauern verlegen, und die Mistsammler würde man zu einer Gilde zusammenfassen.

Seufzend kehrte Sir John zu profaneren Dingen zurück und widmete sich dem ersten Eintrag in seiner Akte.

> Am Donnerstag, dem Festtag der Heiligen St. Joachim und St. Anna, setzte sich Richard Crinkler auf eine Latrine hoch in seiner Wohnung im Hause des Owen Brilchard an der Ecke der Bore Street. Besagte Latrine aber brach, und obenerwähnter Richard stürzte in den Tod, welches nicht sein natürlicher Tod war.

Sir John kratzte sich an der Wange. Wieso mußte sein Schreiber sich so verschlungen ausdrücken? Und wie konnte ein Mann von der Latrine in den Tod stürzen? Cranston schloß die Augen und rief sich die alten, verfallenden Häuser in der Bore Street ins Gedächtnis.

»Ach ja«, murmelte er.

Jetzt konnte er sich vorstellen, was dem armen alten Richard Crinkler widerfahren war. Diese großen Häuser hatten kleine, schrankförmige Aborte, die an der Außenwand angebracht waren. Crinkler hatte sich halb schlafend oder betrunken auf das Latrinenbrett fallen lassen, das Brett war durchgebrochen, und Crinkler war in den Tod gestürzt.

»Der Himmel sei gepriesen!« flüsterte Cranston. »Wir müssen ja alle einmal sterben, aber der liebe Gott ruft uns doch auf die wunderlichsten Arten zu sich.«

Er schrak auf, als die Glocke von St. Mary Le Bow zu läuten begann – das Zeichen, daß die nächtlichen Ruhestunden vorüber waren. Rasch legte er den Federkiel in seinen Kasten und blies die Kerze aus. Dann raffte er Schwertgurt und Mantel an sich und eilte hinaus in die Cheapside. Noch lag die breite Hauptstraße verlassen da. Bettler, nächtliche Streuner oder Huren, die in den Einmündungen der Gassen lauerten, verschwanden im Handumdrehen, als sie hörten, daß der Lord Coroner unterwegs war. Cranston marschierte auf St. Mary's zu. Im Turm brannte das Leuchtfeuer noch. Der Coroner betrachtete das weite Portal der Kirche und lächelte, als er Henry Flaxwith und daneben seinen stets wachsamen Samson erblickte.

»Guten Morgen, Sir John«, rief der Büttel und packte Samsons Leine fester.

»Ist alles bereit?« fragte Cranston und machte ein überraschtes Gesicht, als eine kleine Seitentür aufging und Athelstan herauskam. »Du lieber Gott, Bruder, was machst du denn hier?«

»Beten, Sir John. Ich habe gebetet.«

Athelstan hatte sich gewaschen und rasiert und trug

eine saubere Kutte, aber seine Augen sahen aus, als habe er schlecht oder gar nicht geschlafen.

»Ist alles in Ordnung?«

»Alles, Sir John. Ich habe kurz nach Mitternacht die Frühmesse gelesen, als der Tumult auf dem Friedhof sich gelegt hatte. Ich bin so wütend auf meine Pfarrkinder, daß ich sie nicht sehen will.« Athelstan seufzte. »Sie können einen Tag ohne ihren Pfarrer verbringen.«

»Urteile nicht zu hart über sie.« Cranston klopfte Athelstan auf die Schulter. »Gott weiß, warum sie so was tun.«

»Habt Ihr meine Nachricht bekommen?« fragte Athelstan und wechselte unvermittelt das Thema.

»Ja«, sagte Sir John. »Ich war bei Master Lesures. Scheu wie ein Karnickel hockte er in seinem Kämmerchen. Er sagt, Alcest habe sich manchmal stutzerhaft aufgeführt und unbedingt Sporen an den Stiefeln tragen müssen.« Cranston pfiff durch die Zähne. »Und ich möchte Alcest noch weiter befragen. Es hat nämlich wieder einen Toten gegeben. Napham.«

»Das dachte ich mir. Wie ist er gestorben?«

»In den Binsen auf dem Boden seiner Kammer war eine Fußangel verborgen, ein mächtiges, zackenbewehrtes Ding . . . «

»Eine Fußangel, Sir John?«

»Man setzte sie gegen gepanzerte Ritter ein«, erklärte Cranston, als er Athelstans verständnisloses Gesicht sah. »Stählerne Fallen, die oft auf die Straße gelegt werden, wenn man einen Hinterhalt plant, oder mit denen man bei einer Belagerung einen Graben sichert. Einfach, aber schrecklich, wie eine Rattenfalle. Ein Pferd oder ein Mann setzt den Fuß hinein, und das Ding schnappt zu.«

»Aber davon stirbt man doch nicht?« wandte Athelstan erstaunt ein.

»Das Ding hat Napham den Fuß fast abgetrennt«, fuhr Cranston fort. »In seiner Qual muß er eine Kerze umgeworfen haben. Binsen und Bettstatt in seiner Kammer gingen in Flammen auf, und der Arme ist verbrannt. Ein Hausbewohner bemerkte das Feuer, und man konnte es löschen. Seine Kammer liegt im Erdgeschoß und hat einen Steinboden, deshalb hat das Feuer sich nicht gar so rasch ausbreiten können. Ich habe mir Naphams Leiche angeschaut.« Cranston schüttelte den Kopf. »Nur noch verbranntes Fleisch, und das schreckliche Eisen hing noch an seinem Fuß.«

»Und der Mörder?«

»Ist wahrscheinlich durch ein Fenster eingestiegen, um das Fußeisen auszulegen. Kaufen kann man so etwas bei jedem Eisenwaren- und Waffenhändler.«

»Gab es auch ein Rätsel?«

»Oh ja. Napham hat es nicht gesehen, als er seine Kammer betrat. Es hing an der Wand über der Tür. ›Mein nächster ist wie der Schwanz am Ende des Borstenviehs‹.« Er öffnete die Augen wieder. »Das Borstenvieh heißt Schwein, und der Schwanz ist das N. Es sieht ja auch aus wie ein Schweineschwanz.«

Flaxwith platzte dazwischen. »Sir John, wir müssen los. Die Winzlinge werden warten.«

»Wer?« fragte Athelstan.

»Die Winzlinge.« Cranston grinste. »Meine entzückenden kleinen Jungen aus Rat's Castle. Ich werde den Vikar der Hölle fangen.«

»Wenn das so ist«, sagte Athelstan, »können wir uns unterwegs unterhalten.«

Und während sie die Cheapside überquerten, lauschte der Coroner aufmerksam dem Bericht Athelstans – nicht nur über William, das Wiesel, und seine Botschaft, sondern auch über die merkwürdige Begebenheit bei Benedictas Haus am vergangenen Abend.

»Beim Arsche des Teufels!« rief Cranston aus und blieb stehen. »Beim Arsche des Teufels!«

»Genau meine Meinung, Mylord Coroner«, sagte Athelstan. »Vielleicht würde ich es nur etwas anders ausdrücken. Doch ich frage mich, Sir John, weshalb der Vikar der Hölle so erpicht darauf ist, zu beteuern, daß er mit den Morden an den Schreibern nichts zu tun hat. Ich frage mich außerdem, wo Master Alcest letzte Nacht war und warum er sich jetzt so sehr für Mistress Alison interessiert.«

»Beim Arsche des Teufels!« wiederholte Cranston.

»Sir John?«

»Ich habe meinen wunderbaren Weinschlauch vergessen.« Cranston wedelte mit den Händen. »Ich wußte, da war noch etwas . . . «

»Sir John!« Am liebsten hätte Athelstan ihn vor Ungeduld angebrüllt. »Habt Ihr mir überhaupt zugehört?«

»Natürlich, mein lieber Mönch.«

»Ordensbruder, Sir John.«

»Genau. Der Vikar der Hölle hat mir eine Botschaft übermittelt. Du hältst Alcest für den Mörder, und der interessiert sich jetzt für Mistress Alison. Ich indessen habe meinen verdammten Weinschlauch vergessen. Aber wie dem auch sei – du glaubst also, Alcest ist der Mörder?« Cranston setzte sich wieder in Bewegung.

»Allerdings. Und ich weiß jetzt auch, wie Stablegate und Flinstead ihren Herrn umgebracht haben.«

Wieder blieb Cranston stehen, und diesmal wären Flaxwith und Samson beinahe gegen ihn geprallt. Der

Coroner packte Athelstan bei den Schultern und drückte ihm rechts und links einen Kuß auf die Wange.

»Du wunderbarer Mönch!« brüllte er. Dann sprang er hastig zur Seite, als ein Fenster aufging und der Inhalt eines Nachttopfes auf die Straße klatschte. Der stinkende Inhalt verfehlte sie um Haaresbreite. Cranston schüttelte die Faust. »Ich lasse dich verhaften!« schrie er hinauf.

Er packte Athelstan und stieß ihn eilig weiter, denn die Fensterläden öffneten sich, und noch ein Nachttopf wurde ausgekippt. Diesmal bespritzte er den alten Samson, der trotzig knurrend in die Höhe spähte.

»Was hat es denn mit den Winzlingen auf sich?« fragte Athelstan.

»Augenblick.« Sir John trat beiseite, als ein großer Mistkarren, hochbeladen mit dem Müll des vergangenen Tages, durch die Gasse gerumpelt kam.

»Die Winzlinge«, erklärte Sir John dann, »sind eine Schar sehr kleiner Männer. Eigentlich sind es Zwerge. Sie bewohnen ein Haus in dem schäbigen Gewirr von Gassen bei Whitefriars. Ich nenne sie die Lords von Rat's Castle. Sie sind die gottverlassensten Menschen, die es gibt. Niemand traut ihnen, niemand mag sie. Hin und wieder dingt sie irgendein Lord oder eine reisende Schauspielertruppe als Akrobaten und Gaukler.«

»Sind es Leute wie Master Burdon auf der London Bridge?«

»Oh nein.« Cranston schüttelte den Kopf. »Sie sind noch kleiner als er. Sie haben die Gestalt von Kindern und Gesichter wic sehr alte Männer.«

Er klirrte mit seinem Beutel. »Kleinen Einbrüchen sind sie nicht abgeneigt, denn sie schlüpfen durch Ritzen, durch die sonst niemand kommen kann. Aus irgendeinem seltsamen Grund lieben sie den alten Jack Cranston, und er liebt sie.«

»Natürlich . . . «, sagte Athelstan. Sie standen nun an der Ecke der Gasse, die zu Dame Broadsheet hinaufführte.

»Jetzt fällt's dir ein, nicht wahr?« Cranston grinste. »Jedes Jahr zum Fest von St. Rahere geben Lady Maude und ich ein kleines Bankett für sie in unserem Garten.«

»Und mit denen wollt Ihr den Vikar der Hölle fangen?« fragte Athelstan.

»Allerdings.« Cranston stieß mit dem Zeigefinger nach Flaxwith. »Der getreue Henry hier hat das Haus der Broadsheet Tag und Nacht bewachen lassen. Clarice, die Geliebte unseres Schurken, geht niemals aus, und trotzdem kommt der Vikar der Hölle niemals hin.«

»Also?«

»Ich glaube es nicht«, sagte Cranston. »Der Vikar der Hölle ißt Lämmerhoden und trinkt spanischen Wein. Er ist lüstern wie ein geiler Eber. Er muß dagewesen und wieder verschwunden sein – ich weiß bloß nicht, wie.«

»Und die Winzlinge?« fragte Athelstan.

Cranston warf einen sehnsuchtsvollen Blick zu Dame Broadsheets Haus hinüber.

»Ich bin sicher, der Halunke ist da«, sagte er. »Henry, stehen deine Leute auf ihrem Posten?«

»Jawohl, Sir John.«

»Wo sind die Winzlinge?« fragte Athelstan.

»Wo Dame Broadsheet und der Vikar der Hölle sie am wenigsten erwarten.«

»Ich bin froh, daß wir hergekommen sind«, sagte

Athelstan. »Ich möchte ein Wort mit der jungen Clarice reden. Ich glaube nämlich nicht, daß Alcest die ganze Nacht bei ihr war, als Chapler starb.«

»Eins nach dem anderen«, knurrte Cranston.

Mindestens eine Viertelstunde standen sie so da. Cranstons Unbehagen wurde immer deutlicher; er trat von einem Fuß auf den anderen, fluchte vor sich hin und klopfte sich auf den Mantel, wo der wunderbare Weinschlauch hätte sitzen müssen. Die Straßen füllten sich. Kaufleute und Wandergesellen erschienen, Händler bauten ihre Stände auf, und Ladenjungen mit schweren Lidern schleppten Ware aus den Lagerräumen. Schuldner aus dem Fleet-Gefängnis, die den Tag aneinandergekettet verbringen mußten, bettelten um eine Kleinigkeit für sich selbst und für die anderen im Schuldnerloch. Zwei Abrahamsmänner tanzten vorbei, bis auf einen Lendenschurz so nackt, wie sie auf die Welt gekommen waren, Gesichter und Körper mit Holzkohlenstaub beschmiert. Sie sangen und tanzten. Einer trug eine Metallschüssel mit brennender Holzkohle auf dem Kopf. Er erzählte jedem, der es hören wollte, er und sein Kamerad seien Gog und Magog, und sie wollten nach Sodom und Gomorrha, um Gottes Urteil zu vollstrecken.

»Weißt du, wo das ist?« kreischte einer von ihnen Cranston an. »Kennst du, Bruder, die Wege des Herrn?«

»Ja, geht nur geradewegs die Cheapside hinunter und dann beim Pranger links«, knurrte Cranston. »Und jetzt verpißt euch und laßt mich in Ruhe!«

Die beiden Abrahamsmänner tanzten davon.

»Sir John Cranston! Sir John Cranston! Gott segne Euch! Gott segne Euch und alles, was in Eurer Hose steckt!«

Der Bettler erstarrte, als Cranston eine schinkengroße Pranke hob. »Nicht jetzt, Eichhornkopf! Nicht jetzt!« fauchte er.

Eichhornkopf fing die Münze, die Cranston ihm zuwarf, geschickt auf und verschwand in einer nahen Pastetenbäckerei. Cranston spähte die Gasse hinunter und straffte sich, als am Haus die Tür aufging. Ein Hofgalan kam herausstolziert, und die Tür fiel hinter ihm ins Schloß. Andere folgten: ein Knecht mit zwei Eimern, eine junge Dame mit herausfordernd wippenden Hüften. Athelstan wollte schon verzweifeln, als die Tür sich plötzlich wieder öffnete. Mit großen Augen verfolgte er das Spektakel, das sich nun entfaltete. Ein altes Wib wollte auf die Straße hinausflüchten. Ein Schwarm von – wie es aussah – Kindern hing an ihren staubigen Röcken und zerrte an ihrem Mantel, und die Alte schleifte sie mit. Plötzlich rutschte sie aus, und die graue Perücke fiel ihr vom Kopf.

»Das ist der Vikar!« brüllte Cranston. »Flaxwith!«

Schon hatte der Büttel seinen Hund losgemacht, und Samson stürzte sich wie ein Pfeil mitten in das Pandämonium. Der Vikar der Hölle, dem seine Verkleidung nun nichts mehr nützte, versuchte verzweifelt, sich der Winzlinge zu erwehren, die ihn wie Fliegen umschwärmten. Samson schnappte nach seiner Wade, und der Vikar heulte vor Schmerzen auf. Wieder rutschte er auf einem Schlammklumpen aus und verschwand im Gebrodel der Leiber. Samson, der offenbar annahm, er habe seine Aufgabe erfüllt, nahm sich jetzt die Wade eines Büttels vor, der heranstürzte, um zu helfen. Fenster wurden aufgerissen, und eine Menschenmenge strömte zusammen, während Cranston und Athelstan hinzustürmten. Flaxwith schwang seinen Knüppel. Samson hatte sich vom würzigen Kochdunst aus Dame Broadsheets Küche ins Haus locken lassen und jagte nun drinnen nach saftigeren Happen. Cranston schlug mit der flachen Seite seiner Klinge um sich, bis die Ordnung wiederhergestellt war. Der Vikar der Hölle, der in seinem zerrissenen Kleid und mit seinem mit Kreide geweißten Gesicht ziemlich lächerlich aussah, wurde gefesselt von zwei Bütteln in die Mitte genommen. Hin und wieder ließ ihn die von Samson zerbissene Wade vor Schmerzen zusammenzucken, oder er funkelte die Winzlinge wütend an.

»Wir haben ihn!« krähte einer der kleinen Männer, sprang auf und ab, und sein runzliges Gesicht strahlte vor Freude. »Sir John, wir haben ihn erwischt, wie er sich runterschleichen wollte. Hab gesehen, wie er das Mädchen küßt. Noch nie hab ich gesehen, daß 'ne Beldame so küßt!«

Cranston kümmerte sich nicht weiter um den Vikar der Hölle. Er beglückwünschte die Winzlinge, die wie Kinder umhertanzten und die Münzen umklammerten, die er in die ausgestreckten Hände drückte. Athelstan sah das alles mit staunenden Augen. Die Winzlinge sahen aus wie Kinder, die plötzlich alt geworden waren; sie hatten nußbraune Gesichter und funkelnde Augen, aber ihre Züge paßten nicht zum restlichen Körper – als wären sie Kinder, die Masken für einen Mummenschanz trugen. Ihre Kleidung verstärkte diesen Eindruck nur noch: bunte Lumpen und kleine Lederstiefel. Und jeder war mit einem Dolch oder Messer bewaffnet, nicht größer als eine Männerhand.

»Du bist ein gerissener Hund!« brüllte der Vikar der Hölle.

Cranston grinste. »Anders ging's nicht, Sir. Mußte

die Winzlinge durch einen Spalt ins Haus bringen. Sie sind hinten durch ein Fenster hineingeklettert.«

»Wir haben Treppen und Korridore bewacht«, schrie einer der Kleinen. »Kein Mensch hat uns bemerkt.«

»Und wenn«, schrie ein anderer, »dann wären wir weg gewesen, bevor sie uns hätten schnappen können!«

»Sind heute früh eingestiegen, vor dem Morgengrauen«, berichtete der Anführer der Winzlinge. »Ein geschäftiges Haus, Sir John, ein Freudenhaus, wenn ich je eins gesehen hab. Junge Mädchen, die kommen und gehen, Schritte auf der Galerie, Becher mit Wein und kreischendes Gelächter.« Er schlug sich mit seinem kleinen Handschuh auf den Schenkel, und ein Staubwölkchen stieg auf.

»Aber jetzt seid ihr fertig«, erklärte Cranston stolz. »Jetzt heißt es, ab mit euch zum Rathaus, ihr alle. Geht zum obersten Büttel. Er wird euch Geld geben und ein paar Vorräte. Hier . . . « Er holte eins der kleinen Siegel hervor, die er in seinem Beutel mit sich trug, und reichte ihn dem Männchen. »Zeigt ihm das, und alles ist in Ordnung.«

Die Winzlinge verschwanden schreiend und lachend wie Kinder. Cranston schnippte mit den Fingern. Flaxwith schob den Vikar in den geräumigen Schankraum von Dame Broadsheets Haus. Die Atmosphäre war beklommen. Dame Broadsheet stand am Fuße der Treppe und hatte eine Hand vor den Mund gedrückt. Hinter ihr waren die Mädchen versammelt und begafften den mächtigen Coroner und seinen berühmten Gefangenen. Küchenjungen und Schankburschen schauten hinter den Türen hervor. Cranston war glänzender Laune, als er jetzt in die Mitte des Raumes marschierte.

»Einen Becher von Eurem besten Roten, Dame Broadsheet. Und ich meine Euren Besten – nicht die Neige aus irgendeinem Faß.«

Im Handumdrehen brachte man ihm das Gewünschte. Cranston trank dem Vikar der Hölle zu. »Wieviele Jahre ist es jetzt her, Sir – drei oder vier, seit ich versucht habe, Euch dingfest zu machen? Jetzt heißt es Newgate für Euch, mein Junge, und dann vor das Gericht des Königs in Westminster. Und Ihr«, fuhr Cranston mit boshaftem Grinsen fort und wandte sich an Dame Broadsheet, »Ihr und Eure Komplizinnen – es ist strafbar, einen bekannten Verbrecher zu beherbergen.«

»Sie wußten nicht, daß ich hier war«, warf der Vikar der Hölle ein.

»Wie heißt du?« fragte Athelstan und trat vor.

»Ich habe keinen Namen, Pater. Einst war ich wie du Mitglied eines heiligen Ordens. Jetzt aber bin ich ein Blatt auf dem Bach des Lebens, und wie es aussieht, werde ich bald darin untergehen. Pater, sprich mit Sir John. Diese braven Damen haben nichts mit mir zu schaffen.«

»Nicht einmal Clarice?« fragte Athelstan. »Ich hatte Besuch von William, dem Wiesel. Ich weiß, daß du in das Mädchen vernarrt bist.« Er trat näher, und seine Stimme wurde zu einem Flüstern. »Warum warst du so sehr darauf bedacht, dich von den Morden an den Schreibern vom Grünen Wachs zu distanzieren?«

Der Vikar der Hölle schlug die Augen nieder. »Nicht hier, Pater.« Seine Lippen bewegten sich kaum. »Für alles ist eine Zeit und ein Ort.« Er blickte wieder auf, und in seinen Augen war eine so jungenhafte Boshaftigkeit, daß Athelstans Herz sich für ihn erwärmte. »Vielleicht kann ich sogar ein bißchen Licht auf das große Wunder von St. Erconwald werfen.«

»Aber nicht hier?«

»Nein, Pater, nicht hier.«

Athelstan sah sich nach Cranston um, und dieser nickte.

»Schafft ihn weg!«

Und der Vikar der Hölle wurde mit hocherhobenem Haupt auf die Straße hinausgestoßen. Cranston klatschte in die Hände und rief Dame Broadsheet herüber. »Ich will eines Eurer Mädchen sprechen – Clarice.«

Das kecke junge Mädchen kam herüber, kokett und mit geziertem Lächeln. Cranston winkte Athelstan. »Du hast Fragen an unsere junge Dame?«

Athelstan schaute in die schönen blauen Augen des Mädchens. Sie erinnerte ihn so sehr an Cecily, die Kurtisane, daß er hätte schwören können, die beiden seien Zwillinge. Dame Broadsheet verharrte in banger Sorge hinter ihr.

»Erinnerst du dich noch an die Nacht mit den Schreibern im ›Tanzenden Schwein‹?« fragte er sie.

Clarice nickte.

»Und weißt du auch noch, was du mir erzählt hast? Daß der junge Mann, mit dem du zusammen warst – Alcest –, die ganze Nacht dein Bett nicht verlassen hat? Da hast du mich belogen, nicht wahr?«

Clarice drehte sich um und schaute Dame Broadsheet an.

»Gib Antwort, Mädchen!« donnerte Cranston. »Sonst stecke ich dich und diesen ganzen Laden in den Großkerker bei der Fleet!«

Die Erwähnung eines der wüstesten Höllenlöcher von ganz London ließ Dame Broadsheet und alle ihre Mädchen aufgeregt durcheinanderflattern.

»Ich bin einmal aufgewacht«, antwortete das junge

Mädchen, »und habe gesehen, wie Alcest mir etwas in den Becher schüttete. Da habe ich alles in die Binsen gegossen und so getan, als schliefe ich. Später zog er sich hastig an und stieg durch das Fenster hinaus. Unsere Kammer lag an der Rückseite des ›Tanzenden Schwein‹. Alcest kletterte draußen hinunter und blieb ungefährt anderthalb Stunden weg. Dann kam er zurück. Mehr weiß ich nicht.«

»Mehr brauchen wir auch nicht zu wissen.« Athelstan trat zurück. »Sir John, was mit diesen Damen und ihrem Haus geschieht, ist Sache des Gesetzes. Aber die junge Clarice hat uns sehr geholfen.«

Cranston drückte Dame Broadsheet seinen Weinbecher in die Hand. »Ich werde über diese Angelegenheit nachdenken«, erklärte er volltönend. »Ich werde nachsinnen und alles erwägen, Dame Broadsheet. Ich werde mich mit unserem jungen Vikar der Hölle unterhalten, und dann werde ich eine Entscheidung treffen.«

Dame Broadsheet fiel auf die Knie und faltete die Hände. »Sir John, Euer Herz ist so groß wie Eure Gestalt. Mein Haus und alles, was darin ist«, gurrte sie, »steht Euch für alle Zeit zur Verfügung.«

»Seid nicht so verdammt albern!« fauchte Cranston. »Wenn Lady Maude das hört, dann werdet Ihr mit allem, was hier im Haus ist, auf ein Schiff geschafft und zum Großkhan der Tartarei verfrachtet.«

Drohend sah er sich um und verließ die Schankstube, gefolgt von Athelstan und Flaxwith. Als sie draußen in der Gasse standen, schüttelte der Coroner Flaxwith die Hand.

»Du hast gute Arbeit geleistet heute morgen, Henry. Guter Mann! Der Vikar der Hölle verhaftet! Dame Broadsheet kennt den Unterschied zwischen

Recht und Unrecht, und Master Alcest kann sich auf ein paar interessante Fragen gefaßt machen.« Er streckte sich, daß seine Gelenke knackten. »Jetzt sei ein braver Bursche, Henry, und geh zum Rathaus. In meiner Kammer dort steht eine Truhe. Der Schlüssel dazu befindet sich in der Ecke unter der Statue der Madonna mit Kind. Schließe sie auf und bringe mir meinen zweiten Weinschlauch.« Er sah Athelstan an. »Wohin jetzt, Bruder?«

»Zum Hause Master Draytons«, sagte Athelstan. »Vielleicht könnte Henry mit zwei seiner kräftigsten Burschen einen Besuch bei Flinstead und Stablegate machen? Die beiden könnten mir auch ein paar Fragen beantworten.« Athelstan schaute zum Himmel. »Aber vorher, Sir John, hätte ich gern ein Wörtchen mit Master Tibault Lesures geredet.«

Als der Dokumentenmeister die Treppe herunterkam, war er noch aufgeregter als beim letzten Mal. »Oh, Sir John!« jammerte er. »Ich habe von Master Naphams Tod gehört. Alcest ist im Tower!«

»Da kann er von mir aus auch bleiben!«

Cranston schob den Dokumentenmeister in eine Kammer. Drinnen streckte Lesures die Hände aus und wandte sich beschwörend an Bruder Athelstan. »Ich habe kein Verbrechen begangen«, sagte er, aber der Ordensbruder sah den berechnenden Ausdruck in seinem Blick.

»Kommt, kommt, Master Tibault.« Athelstan trat auf ihn zu. »Ihr wißt mehr, als Ihr zugebt. Master Alcest – was für Bubenstreiche führt er im Schilde? Und was noch wichtiger ist, Sir: Wie ist er hier der oberste Hahn auf dem Mist geworden?« Athelstan schaute Lesures in die alten, schlauen Augen. »Böses,

Sir, tut nicht nur der, welcher tätig sündigt, sondern auch der, welcher den Blick abwendet und tut, als sehe er nichts.«

»Aber ich weiß doch nicht, was sie getan haben«, stotterte Master Tibault.

»Mich interessiert auch mehr, wie sie Euch dazu gebracht haben, wegzuschauen«, sagte Athelstan. »Diese Frage könnt Ihr mir jetzt beantworten. Ihr könnt uns aber auch in den Tower begleiten, denn wir gehen dorthin, um Master Alcest zu verhören. Er weiß es noch nicht; am besten halten wir es also geheim.«

Tibault holte tief Luft. »Vor zwei Jahren«, sagte er und setzte sich, »fand Alcest mein kleines Geheimnis heraus. Es gibt da ein Haus in der Cross Street, einen Pfeilschuß von der Priorei von St. John von Jerusalem entfernt.« Er lächelte Cranston düster an. »Es liegt außerhalb der Stadt. Dort trinkt man mit . . . «

»Mit jungen Männern?« ergänzte Athelstan.

»Ja, Bruder. Sehr taktvoll ausgedrückt.«

»Und das hat Alcest erfahren?«

»Ja, Alcest hat es erfahren. Er hat mir nicht gedroht, sagte nur, es sei jetzt unser kleines Geheimnis.«

»Und dafür habt Ihr . . . ?«

»Dafür habe ich gar nichts getan, Bruder.« Tibault ergriff Athelstans Hand. »Ich schwöre es«, beteuerte er mit rauher Stimme. »Und ich weiß nicht, was sie getan haben.«

»Aber Ihr hattet einen Verdacht.«

»Oh ja. Ab und zu ging Alcest tagsüber fort. Er traf sich mit verschiedenen Leuten in dieser oder jener Schenke.«

»Woher wißt Ihr das?«

»Einmal bin ich ihm gefolgt. Manchmal, wenn die Schreiber glaubten, ich sei nicht da, habe ich ihr Geplauder belauscht. Sie flüsterten miteinander«, plapperte Lesures. »Und einmal hörte ich, wie Alcest und Peslep wütend mit Chapler redeten, der über irgend etwas empört war. Danach hielten sie sich fern von ihm. Und bei anderer Gelegenheit, die Türen standen einen Spaltbreit offen, ging ich in Pantoffeln die Treppe hinauf. Chapler fehlte, weil er Magenschmerzen hatte. Die Schreiber hatten sich am hinteren Ende des Raumes versammelt. Sie redeten über Geld. Alcest schien sich zu verteidigen.«

»Mehr habt Ihr nicht erfahren?«

»Es hörte sich an, als bezichtigten sie Alcest, er habe Geld behalten, das ihnen zukam. Aber die Sache scheint sich geklärt zu haben.«

»Wurden Namen erwähnt?«

Lesures schloß die Augen.

»Los, Sir!« herrschte Cranston ihn an.

»Einmal hörte ich sie vom Vikar der Hölle reden.«

»Und Ihr« – Cranston stieß ihm den Finger vor die Brust –, »Ihr wißt, wer der Vikar der Hölle ist. Ein wohlbekannter Verbrecher.«

Tibaults Gesicht wurde wachsbleich.

»Am besten, Ihr gesteht gleich alles«, sagte Athelstan leise.

»Ich habe sie auch von dem Geldverleiher sprechen hören, der ermordet wurde.«

»Von Drayton?«

»Ja. Alcest kannte einen seiner Schreiber, einen Mann namens Stablegate.«

Elf

Sir John und Athelstan standen in Draytons Wohnstube. Der Coroner sah sich immer wieder um; er wartete auf Flaxwith.

»Lesures verheimlicht uns nach wie vor etwas«, meinte Athelstan.

»Oh, da bin ich ganz sicher, Bruder«, sagte Cranston. »Wohin er sich auch wendet, er kommt in Schwierigkeiten. Als Dokumentenmeister sollte er seine Schreiber besser im Griff haben. Aber er ist korrupt«, sagte er. »Weich und unaufrichtig. Er möchte sich waschen, ohne sich den Pelz naßzumachen. Ich habe die Absicht, mich der Angelegenheit beizeiten noch einmal zuzuwenden. Aber was diesen Fall hier betrifft, Bruder – du hast eine Lösung gefunden?«

»Ich glaube ja, Sir John. Aber ich brauche die Unterstützung der beiden Schreiber. Welchen von beiden haltet Ihr für zugänglicher?«

Cranston verzog das Gesicht. »Stablegate ist hart wie Stahl.«

»Dann kann der Vorhang aufgehen«, sagte Athelstan. »Kommt, Sir John, betreten wir die Bühne.«

Sie gingen durch den düsteren Korridor. Der Geruch von Schimmel und Verderbnis war stärker denn je. Athelstan blieb stehen und spähte in die Dunkelheit.

»Ein kaltes, trostloses Haus, Sir John. Es riecht nach Bösem. Was wird damit geschehen, wenn wir fertig sind?«

»Es fällt an die Krone«, sagte Cranston. »Der Regent wird es gewinnbringend verkaufen.«

»Es braucht einen Exorzismus und einen Segen«, sagte Athelstan. »Hier spuken Geister.«

Die Tür des Kontors war wieder eingehängt worden, aber Athelstan sah, daß ein eiserner Nagel unter dem Gitter gelockert worden war. Die Schraube an der Innenseite war lose und leicht zu drehen. Er winkte Sir John herein und schloß die Tür. Dann klappte er das Gitter herunter und spähte hindurch, als suche er etwas.

Cranston hörte ein Geräusch und seufzte. »Da kommt Flaxwith mit meinem wunderbaren Weinschlauch. Und unsere Gäste hat er auch mitgebracht.«

Athelstan öffnete die Tür. Flaxwith reichte Sir John seinen Weinschlauch. Er sah erhitzt aus. Hinter ihm standen die beiden Schreiber mit mürrischen Mienen. Athelstan musterte sie aufmerksam. Sir John hatte recht: Stablegate war verstockt, aber Flinsteads Unterlippe zitterte, und er blinzelte ständig. Athelstans Entschluß stand fest.

»Henry, bringe Master Stablegate in die Stube und laß ihn nicht hinaus. Flinstead kann ein Weilchen hierbleiben.«

Flaxwith winkte Stablegate. Dieser wollte sich weigern, aber da erschien Samson, der im Korridor herumgeschnüffelt hatte, knurrte den Schreiber an, und der gehorchte hastig. Als sie gegangen waren, winkte Athelstan Flinstead zu sich.

»Ein raffinierter Mord, nicht wahr, Schreiber?«

»Bruder Athelstan«, blubberte Flinstead, »ich weiß nicht, was Ihr meint.«

»Oh doch, das weißt du«, sagte Athelstan. Er zwinkerte Cranston zu, der mit dem Weinschlauch in der

Hand dastand und aufmerksam zuschaute. Er nahm Flinstead beim Arm und führte ihn zu der eisenbeschlagenen Tür. »So, jetzt sieh dir das an: Hier ist eine Tür, wie man keine zweite finden wird. Starke Angeln . . . «

Flinstead schaute sich immer wieder um und betrachtete die aufgebrochene Rückwand.

»Oh, zerbrich dir darüber nicht den Kopf«, sagte Athelstan. »Dieser Raum hatte seine Geheimnisse, Master Flinstead. Keine versteckten Gänge oder Falltüren. Aber er hatte Geheimnisse, die nur Master Drayton bekannt waren. Und natürlich dir und Stablegate.«

»Ich weiß nicht, wovon du redest.«

»Dann will ich es dir erklären. Drayton war ein Geizhals, ein Wucherer, und ein harter Zuchtmeister. Er hatte euch unter seiner Knute. Den größten Teil seines Geldes bewahrte er fern von seinem Haus auf, fern von allen gierigen Fingern. Du und Stablegate aber hattet erfahren, daß die Italiener einen Sack mit etlichen tausend Pfund Silber herbringen würden. Da schmiedetet ihr einen Plan. Wie konntet ihr Master Drayton ermorden und gleichzeitig lautstark eure Unschuld beteuern? Wenn ihr es offen gestohlen hättet und Drayton dabei zu Tode gekommen wäre, so wäret ihr damit vogelfrei gewesen und hättet es nicht einmal bis Dover geschafft. Also plantet ihr die Sache sehr sorgfältig. In den Tagen, bevor das Silber kam«, fuhr Athelstan fort und wandte sich der Tür zu, »nahmt ihr euch einen dieser Beschlagnägel vor. Die scharfkantigen Köpfe sitzen außen. Ihr hattet festgestellt, daß die einzige Schwachstelle der Tür darin besteht, daß die Nägel innen durch Schrauben gehalten werden.«

Athelstan deutete auf den Nagel unter dem Gitter. »Den hier habt ihr euch ausgesucht. Wenn Drayton nicht da war, bemühtet ihr euch, die Mutter an der Innenseite zu lösen. Lange dürfte es nicht gedauert haben. Dann war die Mutter ab, und der Stahlnagel konnte herausgezogen werden. Ihr habt ihn gesäubert und eingeölt, so daß er nicht mehr im Holz feststeckte, sondern ganz nach Belieben herausgezogen und wieder hineingeschoben werden konnte.« Athelstan schwieg und schaute Flinstead an. Der war weiß wie die Wand, und sein Gesicht war von einer Schweißschicht überzogen. »Ah, Master Flinstead«, sagte Athelstan. »Ich habe die Wahrheit herausgefunden. Dein Gesicht verrät alles.«

»Ich – ich ...« Flinstead geriet ins Stottern. »Ich weiß nicht, was du meinst, Bruder.«

»Doch, das weißt du, du kleiner Puddingbeutel«, zischte Cranston.

»Also«, sagte Athelstan. »Am fraglichen Abend wurde alles vorbereitet. Im Laufe des Nachmittags entferntet ihr innen die Klammer. Drayton konnte nichts bemerken, denn der Nagel steckte ja noch in der Tür. Am Abend, kurz vor eurem Feierabend, fand der Raub statt. Drayton rechnete offenbar nicht mit euch. Einer von euch kam in seine Zählstube, nahm die Säcke mit dem Silber und bedrohte Master Drayton mit Messer, Armbrust oder was weiß ich. Blutrünstige Drohungen, vielleicht sogar die Ankündigung, man werde zurückkommen. Dann verschwand der Räuber. In heller Aufregung verschloß und verriegelte Drayton seine Tür. Er schlug keinen Alarm, denn es konnte ja sein, daß der Räuber noch wartete. Sein Silber war weg, und jetzt fürchtete er um sein Leben. Unser verbrecherischer Schreiber aber war geflohen.«

Athelstan verstummte. Er schloß die Tür und schob die Riegel vor. »Und jetzt kommen wir zu diesem Verbrechen von grausiger Schönheit. Der andere Schreiber kommt als leibhaftige Unschuld die Treppe herunter. ›Master!‹ heult er. ›Was ist geschehen?‹ Drayton läuft zur Tür und öffnet die Klappe vor dem Gitter. Der arme Geizhals glaubt, er spreche mit einem unschuldigen Manne, der auch gleich lauthals seinen verbrecherischen Kollegen verflucht. Drayton drängt sich bang an die Tür . . . «

»Hätte er denn da nicht aufgemacht?« fragte Flinstead.

Cranston kam mit seinem Weinschlauch in der Hand herüber. »Selbstverständlich nicht, du kleiner Lügner. Drayton ist ja soeben ausgeraubt und in seine Kammer gestoßen worden. Er weiß nicht genau, was hier im Gange ist. Da tut er, was jeder vernünftige Mensch tun würde: Er verschließt seine Tür für den Fall, daß der Verbrecher zurückkommt und ihn umbringen will. Jetzt klopft es, und er hört besorgtes Rufen. Was immer da los sein mag – Drayton weiß sich in Sicherheit, solange er die Tür nicht aufmacht.«

»Was wir aber jetzt tun werden«, sagte Athelstan.

Er öffnete die Tür und winkte Sir John hinaus. Dann schloß er die Tür wieder und spähte durch das Gitter hinaus.

»Drayton ist höchst besorgt«, fuhr er fort. »Der eine seiner beiden Schreiber ist ein Schurke, aber der andere tut ganz unschuldig. Drayton ist zu schlau, um die Tür zu öffnen, aber er kommt zum Gitter und redet mit dem Mann, bittet ihn vielleicht um Hilfe. Was er nicht weiß, ist dies: Der Schreiber, der draußen steht, hat behutsam und lautlos den Eisennagel herausgezogen. Und er hat eine kleine Armbrust mitgebracht, bereits gespannt und mit aufliegendem Bolzen. Drayton preßt sich an die Tür, aber diese hat jetzt ein Loch, und sein Körper ist ungeschützt. Der Mörder auf der anderen Seite der Tür drückt auf den Abzug, und der Bolzen schwirrt los. Er trifft Drayton in die Brust, und dieser taumelt zurück und fällt zu Boden. Im Todeskampf hat er nur noch einen Gedanken: Er will die hintere Wand erreichen und Vergebung für eine alte Sünde erflehen.«

Athelstan sah, daß Flinstead ihn verständnislos anstarrte. »Oh ja, Sir«, sagte er und öffnete die Tür, um Sir John hereinzulassen, dann schloß er sie wieder. »In dieser Kammer steckt mehr, als man auf den ersten Blick erkennt. Ein gottloser Ort, aber für euch, Sir, das perfekte Verbrechen. Das Silber ist fort. Die Tür ist verschlossen und verriegelt. Drayton liegt tot in der Kammer. Wer kann dir einen Vorwurf machen? Du schiebst den Eisennagel wieder ins Loch und kehrst zu deinem Komplizen zurück.« Athelstan betrachtete die Tür noch einmal. »Daran habe ich noch gar nicht gedacht«, murmelte er. Er öffnete die Tür, zog den Nagel heraus, kniete nieder und schaute mit einem Auge durch das Loch. »Drayton brauchte gar nicht zur Tür zu kommen«, rief er dann. »Mit einer kleinen Armbrust konnte man ihn überall in der Kammer erreichen.«

Flinstead fuhr sich mit der Zunge über die Lippen.

»Um euer Verbrechen nun zu vollenden«, sagte Athelstan, »verschließt ihr die Haustür und schlüpft durch eines der Fenster hinaus. Dabei achtet ihr darauf, daß euch niemand sieht. Und dann heißt es: Horrido und ab in die Schenke! Am nächsten Morgen kommt ihr zum Haus und sorgt dafür, daß ihr vor der Tür steht, als Flaxwith seinen Rundgang macht. Ihr zeigt euch besorgt. Flaxwith, der ehrliche Büttel, will euch helfen. Ihr erzählt, was geschehen ist, und führt den armen Flaxwith an der Nase herum. Ihr geht außen um das Haus herum. Dabei geht ihr mit Bedacht an dem Fenster vorbei, durch welches ihr am Abend hinausgeklettert seid, und brecht ein ordentlich verschlossenes auf.«

»Und als ihr dann im Haus wart« – Cranston nahm den Faden auf und stieß Flinstead mit dem Zeigefinger vor die Brust –, »wart ihr in Sicherheit. Flaxwith war abgelenkt, war erpicht darauf, herauszufinden, was aus Master Drayton geworden war, und ließ sich zum Kontor führen. Einer von euch schlich sich beiseite und verschloß das Fenster, durch das ihr am Abend zuvor hinausgeschlüpft wart. Jetzt sah es so aus, als sei das ganze Haus ordentlich abgeschlossen und verriegelt gewesen.«

»Und jetzt kommen wir zu dieser Tür«, fuhr Athelstan fort. »Verschlossen und verriegelt, aber die Klappe am Gitter ist herabgelassen. Flaxwith weiß, daß die Tür sicher ist. Er späht durch das Gitter, doch im Dunkeln sieht er nicht viel. Nach mancherlei Trubel wird die Tür aufgebrochen. Alles drängt sich in die Kammer. Niemand hegt einen Verdacht in bezug auf die Tür. Sie war ja verschlossen und verriegelt, und in der Kammer liegt ein Toter in seinem Blut. Die Büttel wimmeln durcheinander, und du oder Stablegate nutzt die Gelegenheit, die Mutter wieder auf den Nagel zu setzen. Das ist im Handumdrehen getan; sie ist sauber und eingefettet, und so läßt sie sich aufdrehen und, wenn nötig, später festziehen. Das perfekte Verbrechen. Stimmt's, Master Flinstead?«

»Das ist doch lächerlich!« platzte der Schreiber heraus. »Das könnt Ihr nicht beweisen!«

»Oh doch, das kann ich«, gab Cranston zurück. »Der Zimmermann, der die Tür untersucht hat, wird beschwören, daß der Eisennagel unter dem Gitter gelockert, entfernt, eingefettet und wieder befestigt wurde. Eine andere Lösung gibt es nicht, Master Flinstead. Und wie ihr das Haus verlassen habt, ist eigentlich auch kein Geheimnis mehr.« Cranston nahm einen Schluck aus dem Weinschlauch und streckte sich, daß seine Gelenke knackten. »Also ab nach Tyburn mit dir, mein Bürschchen.«

»Ein perfektes Verbrechen«, erklärte Athelstan. »Ihr wußtet, daß das Silber kommen würde. Ihr habt den Nagel gelöst, und ihr wußtet auch, welcher es sein mußte, nicht wahr? Wie oft habt du und Stablegate euren Herrn nicht durch das Gitter spähen sehen.«

Flinstead schüttelte nur den Kopf.

»Natürlich hätte etwas schiefgehen können«, fuhr Athelstan fort. »Aber euer Herr hatte keine Familie, keine Verwandten, und so hattet ihr die ganze Nacht und einen Teil des nächsten Tages Zeit, um die Sache noch in Ordnung zu bringen.« Er zuckte die Achseln. »Oder sogar zu fliehen. So aber habt ihr ein Verbrechen begangen, das euch, wie ihr glaubtet, niemand zur Last legen konnte. Nun, jedenfalls bis jetzt nicht.«

Flinstead rutschte an der Wand zu Boden und verschränkte die Arme vor der Brust, als habe ihn ein eisiger Luftzug ergriffen. Cranston hockte sich neben ihn.

»Willst du einen Schluck trinken, Junge? Das wärmt dir den Bauch und nährt deinen Verstand.«

Flinstead schüttelte den Kopf.

»Tja, für Raub und Mord wirst du bloß hängen.« Cranston sprach ganz ruhig, als rede er über das Wetter. »Aber das Silber, das du gestohlen hast, gehört dem Regenten. John von Gaunt, dem Herzog von Lancaster. Und das ist Hochverrat. Du wirst also keinen schnellen Tod sterben. Der Henker wird warten, bis du halb tot bist, und dann wird er dich vom Galgen abschneiden und deinen Leib vom Hals bis zu den Lenden aufschlitzen, und dann wird er dir Herz und Gedärme herausreißen. Du wirst sie noch sehen, bevor du die Augen zumachst. Nachher wird er dich zerlegen, wie es ein Metzger tut. Deinen Kopf steckt man auf die London Bridge. Und die übrigen Teile? Nun, der Himmel weiß, wohin sie gehen. Einer nach Temple Bar, der Rest vielleicht in die Häfen, nach Dover und nach Southampton, hübsch eingesalzen in einem Fäßchen.«

Flinstead ließ den Kopf hängen.

»Bringt ihn hinaus«, sagte Athelstan. »Sir John, schafft ihn in ein anderes Zimmer hier im Haus. Stablegate soll ihn nicht sehen.« Er zwinkerte. »Habt Ihr das Buch Daniel nicht gelesen, Sir John?«

Cranston verstand, worauf Athelstan hinauswollte. Er zog Flinstead hoch und schob ihn zur Tür hinaus. Athelstan blieb mit verschränkten Armen stehen und schaute zu Boden. Er war aufgeregt und fror. So war es immer, wenn er im Begriff stand, einen Mörder in die Falle gehen zu lassen. Aufgeregt war er, weil er das Geheimnis aufgeklärt hatte, und das schreckliche Böse, dessen Zeuge er dabei wurde, ließ ihn frieren. Draytons Blut schrie zum Himmel nach Rache, aber Athelstan wußte auch, daß Cranstons Worte keine leere Drohung waren. Flinstead würde vor dem Gericht des Königs der Prozeß gemacht werden, die Richter würden ihn verurteilen, und der junge Schreiber würde ein gräßliche Strafe erleiden. Athelstan schloß die Augen.

»O Herr«, betete er leise, »ziehe nicht mich zur Verantwortung, wenn ihr Blut vergossen wird. Du, der

Du in die Herzen der Menschen schaust, weißt wohl, daß ich unschuldig bin und ihr Leben nicht begehre.«

Er öffnete die Augen, als Cranston den arroganten Stablegate hereinstieß.

»Sir John, was soll denn das?« protestierte der Schreiber.

»Halt's Maul!« brüllte der Coroner und deutete auf einen Schemel. »Setzen!« Dann kam Cranston zu Athelstan. Er war rot vor Aufregung, sein Schnurrbart sträubte sich, und die blauen Augen quollen aus den Höhlen. »Was jetzt, mein kleiner Mönch?« flüsterte er.

»Ordensbruder, Sir John.«

»Scheiß drauf! Wirst du ihm die gleiche Geschichte erzählen?«

Athelstan zupfte ihn am Ärmel und schaute um den beleibten Coroner herum zu Stablegate hinüber. Der junge Mann erwiderte seinen Blick mit Augen, so hart wie Feuerstein.

»Wart Ihr schon einmal in der Gegenwart eines Dämons, Sir John?« fragte Athelstan leise. »Nun, wenn nicht, dann betrachtet dies als das erste Mal. Stablegate wird uns nichts erzählen.«

»Was tun wir also?«

»Schweigen, Sir John.«

Der Coroner und Athelstan warteten. Hin und wieder ging der Ordensbruder zur Tür und machte sich demonstrativ daran, die Mutter von dem Eisennagel zu drehen. Dabei schaute er über die Schulter zu Stablegate hinüber, aber der beobachtete ihn nur mit schmalen Augen.

»Was soll ich hier?« protestierte der Schreiber schließlich. »Sir John, wenn Ihr mich verhaften wollt, dann stellt einen Haftbefehl aus. Wenn nicht, dann laßt mich jetzt gehen.«

Athelstan drehte die Mutter wieder fest.

»Ist das ein Spiel?« höhnte Stablegate.

Er erstarrte, als Sir John jäh seinen breiten Dolch aus dem Gürtel riß, ihn bei den Haaren packte und ihm die Spitze ins weiche Fleisch am Hals bohrte.

»In meinem langen, ereignisreichen Leben«, schnarrte der Coroner, »habe ich manchen guten Mann getötet. Gott sei mein Zeuge! Es tut mir leid, aber ich nahm ihnen das Leben in der Schlacht. Sie waren Soldaten. Sie kämpften für das, was sie für richtig hielten, genau wie ich. Ich bereue jeden Tropfen Blut, den ich vergossen habe. Jeden Tag bete ich für ihre Seelen, und ich habe Geld für ein Armenhaus gespendet. Du aber, Kerl, bist nichts als ein Sack voller Fäulnis, ein Dieb, ein Schwindler, ein Mörder, eine verlogene Kröte aus der Hölle!«

Stablegate zuckte nicht mit der Wimper. Insgeheim bewunderte Athelstan die eisenharte Bosheit des Mannes.

»Dann schneidet mir die Gurgel durch oder laßt mich los«, erklärte Stablegate.

»Oh, ich werde dich schon noch schneiden«, fauchte Sir John und steckte den Dolch wieder ein. »Tausendmal, und dann noch einmal tausendmal. Bruder, wie lange muß ich den Gestank dieses Scheißhaufens noch ertragen?«

»Ihr könnt ihn hinausbringen«, sagte Athelstan. »Bringt ihn zu Master Flaxwith, und holt Flinstead noch einmal her.«

Sir John riß den Schreiber vom Schemel hoch und stieß ihn hinaus. Flinstead kam herein und wischte sich die Tränen von den Wangen. Athelstan winkte ihn zu dem Schemel.

»Du magst wohl weinen«, sagte Athelstan. »Ich habe Master Stablegate das gleiche Lied vorgesungen, das auch du hast hören müssen.«

Flinstead hob den Blick.

»Er hat gestanden, mußt du wissen. Er sagt, er habe das Silber gestohlen, aber du hättest Drayton ermordet.«

»Das ist gelogen!« schrie Flinstead und sprang auf. »Stablegate war es! Es war von Anfang an seine Idee! Wenn Drayton uns draußen warten ließ, studierte Stablegate die verdammte Tür! Und abends in der Schenke entwickelte er dann seinen Plan. Eine Woche hat es gedauert, den Nagel herauszumachen; ich ging mit den Rechnungsbüchern zu Drayton hinein und lenkte ihn ab, und Stablegate arbeitete an diesem Nagel.« Flinstead hob die Hände. »Gott weiß: Ich habe das Silber gestohlen. Ich habe Drayton erzählt, ich hätte Stablegate bewußtlos geschlagen, und es seien noch weitere Diebe im Haus, die ihm die Kehle durchschneiden würden. Dann rannte ich mit dem Silber den Gang hinunter. Drayton schloß sich ein und fing an zu schreien. Stablegate lief hinunter und tat so, als sei er verletzt. ›Master . . .‹, krächzte er – ich hörte ihn, als ich im Dunkeln wartete. ›Master, Flinstead hat mich niedergeschlagen! Ich bin's, Master, schaut doch!‹«

»War es denn dunkel im Korridor?« fragte Athelstan.

»Oh ja. Stablegate hatte den Nagel herausgezogen. Dann schoß er den Bolzen ab.« Flinstead zuckte die Achseln. »Alles andere war so, wi du es beschrieben hast. Wir kletterten durch ein Fenster hinaus und schlossen es ordentlich hinter uns. Stablegate bestand darauf, den Abend so zu verbringen, daß uns viele Leute sehen konnten. Am nächsten Morgen kamen wir dann zurück. Wir wußten, daß Flaxwith seine übliche Runde machen würde. Wir brachen ein Fenster auf, und während Stablegate mit Flaxwith zum Kontor ging, schloß ich den Laden des Fensters, durch das wir am Abend hinausgeklettert waren.«

»Und dann sorgte Master Flaxwith dafür, daß die Tür aufgebrochen wurde?«

Flinstead nickte.

»Und Stablegate befestigte den Nagel, den er am Abend zuvor herausgenommen hatte«, fügte Athelstan hinzu. »Er hatte ihn mit Leim bestrichen, so daß er nicht herausfiel, als die Tür aufgebrochen wurde, und in all dem Wirrwarr drehte dann einer von euch einfach innen die Mutter wieder fest.«

»Ja«, seufzte Flinstead. »Wir hatten es so oft geübt. Stablegate hatte sogar ein Stück Holz mit einem solchen Nagel und einer Mutter. Er zeigte mir, wie es gehen würde. Ein Armbrustbolzen hat weniger als einen Zoll Durchmesser, und das Loch ist mindestens doppelt so groß. Er sagte, Drayton würde ans Gitter kommen und auf so kurze Entfernung würde jeder Treffer tödlich wirken. Am nächsten Morgen würde Drayton auf alle Fälle tot sein ...« Er sprach nicht weiter.

»Und das Silber?«

Flinstead sackte auf seinem Schemel zusammen. »Sir John, ich weiß es nicht. Stablegate hat es mir abgenommen. Er sagt, er hat es versteckt.«

»Weißt du, wo?«

Flinstead schüttelte den Kopf. »Der Himmel sei mein Zeuge, Sir John. Ich war so aufgeregt, so beunruhigt, nachdem ...«

»Nachdem Drayton ermordet worden war«, vollendete Athelstan für ihn.

»Nun?« drängte Cranston. »Du mußt es doch wissen. Du warst doch sein Komplize bei diesem Verbrechen.«

»Stablegate sagte, er könne mir nicht so recht trauen. Ich sei zu aufgeregt. Aber zur rechten Zeit würden wir das Silber mitnehmen.«

»Wohin wolltet ihr gehen?«

»Stablegate war sicher, daß man uns nichts würde nachweisen können, auch wenn wir vielleicht in Verdacht geraten würden. Wir wollten das Land verlassen, über den Ärmelkanal.«

»Aha.« Athelstan seufzte und hockte sich neben den jungen Mann. »Hör zu, und sieh mich an.«

Flinstead hob den Kopf.

»Mag sein, daß du aufgeregt bist«, fuhr Athelstan fort, »aber ein Mörder bist du doch auch. Ihr habt kaltblütig einen Menschen ermordet und gestohlen, was nicht euch gehört. Stablegate hatte recht. Es wäre sehr schwer, euch nachzuweisen, daß ihr Mörder seid. Es wäre überhaupt ein Rätsel geblieben, wenn diese Tür nicht gewesen wäre.«

»Komm schon zur Sache, Bruder!« drängte Cranston. »Es wird spät, und wir haben noch mehr zu tun!«

»Oh, Master Flinstead weiß, worauf ich hinaus will«, sagte Athelstan. »Viel vermutet, wenig bewiesen, hm? Aber Ihr wißt, Sir John: Wenn diese beiden Hübschen versucht hätten, das Königreich zu verlassen – zumal wenn sie unter dem Verdacht standen, eine solche Menge Silber gestohlen zu haben –, so hätte man sie einer gründlichen Überprüfung unterzogen. Man braucht einen Paß, um übers Meer zu fahren. Deshalb ist Alcest, der Schreiber aus der Kanzlei vom Grünen Wachs, hergekommen, nicht wahr?«

»Das nehme ich an«, murmelte Flinstead. »Stablegate hat gesagt, er wollte sich darum kümmern.«

Athelstan faßte ihn unters Kinn. »Oh, da bin ich sicher, Master Flinstead. Und um dich hätte er sich dann auch gekümmert. Ein Messer in den Rücken – und wieder zieht man einen Toten aus der Themse, hm?« Athelstan erhob sich. »Ich glaube, es wird Zeit für Stablegate.«

Der zweite Schreiber kam herein. Kaum hatte er Flinstead angesehen, da wußte er, was passiert war.

»Du weinerlicher Hund! Du Feigling! Du bist ihnen in die Falle gegangen, wie? Ich habe ihnen nichts gesagt!«

Er hätte sich auf Flinstead gestürzt, wenn Flaxwith, der hinter ihm stand, ihm nicht mit seinem Knüppel einen kräftigen Schlag auf die Schultern versetzt hätte. Mit schmerzverzerrtem Gesicht fiel Stablegate auf ein Knie. Flaxwith riß ihn wieder hoch, aber der Schreiber blieb trotzig.

»Du fetter, rotgesichtiger Bastard!« höhnte er Cranston an. »Du und dein Mönch, die kleine Maus. Nun, ich habe nichts dagegen. Drayton war ein hartgesottener, habgieriger Haufen Scheiße. Das Leben ist grausam, und der Tanz in Tyburn dauert nicht lange.« Sein Gesicht war wutverzerrt. »Solange Flinstead neben mir stirbt, kümmert es mich einen Dreck!« Er hob die Faust und schüttelte sie gegen Cranston. »Das könnt Ihr dem verdammten Regenten sagen! Nie kriegt er sein Silber!« Stablegate brach ab und lächelte bösartig. »Freilich, wenn ...« Er senkte die Stimme zu einem Flüstern.

»Wo ist das Silber?« Cranston machte einen Schritt auf ihn zu, zog den Dolch und drückte Stablegate die Spitze unters Kinn.

Stablegate breitete die Arme aus. »Was wollt Ihr machen, Cranston? Soll ich eine Reise flußabwärts in den Tower unternehmen? Zu den Folterknechten des Königs? Glaubt Ihr, dann gebe ich das Silber heraus? Und wenn ich vorher sterbe? Was wird Seine Gnaden, der Regent, dann sagen? He?«

»Ihr seid ein bösartiger junger Mann«, sagte Athelstan.

»Verpiß dich, Pfaffe. Sir John weiß schon, wovon ich rede. Ist dir klar, Flinstead« – er hob die Stimme wieder –, »daß wir noch hoffen können? Jetzt verstehst du, warum ich das Silber versteckt habe. Du hättest alles ausgeplappert.«

»Was willst du?« fragte Cranston.

»Asyl«, verlangte Stablegate. »Asyl für mich und Flinstead. Das Recht, uns nach St. Mary Le Bow zu flüchten. Dort bleiben wir vierzig Tage.«

»Und dann entsagt ihr dem Reich«, sagte Cranston. »Man wird euch in den nächsten Hafen bringen, auf das erste verfügbare Schiff setzen, und wenn ihr noch einmal einen Fuß auf englischen Boden setzt, werdet ihr hängen.« Cranston rieb sich das Kinn. »Die Krone wird eine Belohnung auf euch aussetzen«, fügte er hinzu. »Einhundert Pfund, tot oder lebendig. Jenseits des Ärmelkanals könnt ihr betteln, aber setzt nur einmal einen Fuß in einen englischen Hafen, und jeder Hafenmeister, der schnell ein bißchen Geld verdienen möchte, wird wissen, wie ihr heißt und wie ihr ausseht.«

Cranston nahm Stablegate beim Arm und führte ihn hinüber zum Zähltisch. »Setz dich da hin«, befahl er, »und nimm eine Feder.« Er deutete auf einen Fetzen Pergament. »Schreib auf, wo du das Silber versteckt hast. Danach könnte ihr beide fliehen. Und seid nicht dumm. Versucht nicht, die Stadtmauern hinter euch zu lassen. Wir holen euch ein. Flaxwith hier wird dafür sorgen, daß ihr in St. Mary Le Bow Zuflucht nehmen könnt.«

Stablegate wehrte sich, aber Cranstons Faust hielt ihn wie ein Schraubstock umklammert. »Du bist ein schrecklicher junger Mann«, knurrte der Coroner. »Und wenn das Silber nicht da ist, wo du es sagst, dann komme ich und hole euch beide heraus – Asyl hin, Asyl her –, und dann schaue ich zu, wie man euch aufhängt, ausweidet und vierteilt! Ich mache es sogar selbst!«

Stablegate setzte sich. Cranston trat einen Schritt zurück. Es wurde still, und nur noch das Kratzen von Stablegates Schreibfeder war zu hören.

»Ach, übrigens«, sagte Cranston, »sollte Flinstead ein Haar gekrümmt werden, bevor ihr England verlaßt, so hast du damit gegen das Asylrecht verstoße, und dann kann ich dich an Ort und Stelle erschlagen.«

»Wie es im Buch Prediger heißt, Sir John«, sagte Stablegate höhnisch und drehte sich um, »hat jedes Ding unter dem Himmel seine Zeit.«

»Was hat es mit den Schreibern vom Grünen Wachs auf sich?« fragte Athelstan unvermittelt. »Was hattet ihr mit Alcest zu schaffen?«

»Es ging um die sichere Ausreise aus dem Königreich. Aber fragt ihn doch selbst!« Stablegate stand auf und knüllte das Pergament zu einer Kugel. »Ich habe Euer Wort, Cranston?«

»Du hast mein Wort. Laß das Pergament fallen. Du und Flinstead, ihr könnt fliehen, Flaxwith wird euch folgen.«

Stablegate warf das Pergament auf den Boden. Er verabschiedete sich mit einer obszönen Geste gegen Sir John und lief zur Tür. Flinstead brauchte keine zweite Aufforderung; er folgte ihm auf dem Fuße. Der

Coroner und der Ordensbruder blieben stehen und lauschten ihren Schritten, die durch den Korridor hallten. Dann wurde die Haustür aufgerissen und wieder zugeschlagen.

»Ist das gerecht?« fragte Flaxwith.

Cranston grinste boshaft.

»Ihr könnt Euer Wort nicht brechen, Sir John!« Flaxwith riß erschrocken die Augen auf. »Die Heilige Mutter Kirche ist von leidenschaftlicher Strenge, wenn es um das Asylrecht geht!«

Sir John hob das Pergament auf und warf es von einer Hand in die andere. »Oh, sie können vierzig Tage bei Wasser und Brot in St. Mary Le Bow bleiben. Danach lasse ich die beiden Halunken nach Queenshithe hinunter eskortieren. Du magst mich für einen Gauner halten, Henry, aber ich habe einen Freund namens Otto Grandessen, halb Kauffahrer, halb Pirat, ein *echter* Schurke. Otto hat eine Kogge, die Geschäfte im Mittelmeer macht, in Aleppo und Damaskus. Er wird die beiden Hübschen an Bord nehmen. Wenn Otto mit ihnen fertig ist, werden sie sich wünschen, sie wären in Tyburn am Galgen gestorben. Er wird sie in Palästina an Land setzen. Dort können sie nicht viel Unheil anrichten – mitten in der Wüste, umgeben von Sarazenen, die ihnen den Kopf abschlagen möchten.« Cranston strich das Stück Pergament glatt. »Lauf zu, Henry, und sieh nach, wohin sie gerannt sind.«

Der Büttel eilte hinaus.

»Nun?« fragte Athelstan nach einigen Augenblicken.

»Dieser dreiste ...« Cranston hob den Kopf. »Oh, er hat uns gesagt, wo das Silber ist. Sie haben es nie aus dem Haus geschafft, sondern im Keller vergraben.«

Athelstan wollte ihm folgen, aber der Coroner winkte ab. »Bleib nur hier, Bruder, ich werde das verdammte Silber schon finden! Wie ich dieses Haus kenne, wird der Kellerboden aus gestampftem Lehm bestehen. Wenn Henry zurückkommt, soll er zu mir kommen.«

Damit marschierte Cranston hinaus. Athelstan setzte sich. Er war zufrieden. Stablegate und Flinstead waren schlechte Menschen. Was immer Drayton verbrochen hatte, er war eines elenden Todes gestorben, und Sir Johns Vereinbarung mit den Verbrechern war mehr als gerecht. Athelstan lehnte sich zurück und schloß die Augen. Er verspürte die sanfte Glut der Genugtuung, als er erkannte, daß er und der Coroner auf ihre Art das Werk Gottes verrichtet hatten – ebenso nötig und schwierig wie die Arbeit als Prediger und Seelsorger für die Gemeinde von St. Erconwald. Jäh riß Athelstan die Augen auf. Alles Wohlwollen verflog, als er sich an Watkin erinnerte, wie er auf und ab marschiert war.

»Gott allein weiß, was für Teufeleien sie da im Schilde führen«, sagte er. »Aber wie und warum?«

»Wie bitte, Bruder?«

Flaxwith stand in der Tür.

»Entschuldige, Henry. Ich habe Selbstgespräche geführt. Was ist mit unseren beiden Schurken?«

»Die haben sich nach St. Mary Le Bow geflüchtet wie zwei Ratten ins Loch.«

»Gut. Sir John erwartet dich im Keller.« Athelstan lächelte. »Ja, dort haben sie das Silber versteckt. Stablegate muß es dort vergraben haben, um dann bei günstiger Gelegenheit zurückzukehren. Beeile dich lieber.«

Athelstan spitzte die Ohren, als er einen Schwall

farbenprächtiger Flüche von unten hörte. Flaxwith ging, und eine Zeitlang dachte Athelstan darüber nach, wie er mit dem Wunderkreuz von St. Erconwald umgehen sollte. Er dachte auch an Alison. Man mußte sie bald gehen lassen, fand er. Sir John konnte sie nicht in Ewigkeit hier festhalten. Seine Gedanken schweiften weiter, und er erinnerte sich an das, was Stablegate über die Schreiber vom Grünen Wachs gesagt hatte. Athelstan war inzwischen sicher, daß Alcest und seine Kollegen – und möglicherweise auch Chapler – in irgendeine betrügerische Sache verwickelt gewesen sein und Lizenzen und Dokumente gefälscht haben mußten. Ein schweres Verbrechen: Jeder Vogelfreie und Verfemte, der ein amtliches Schreiben oder einen Ausweis brauchte, würde teuer dafür bezahlen. Alcest besaß wahrscheinlich ein gefälschtes Siegel. Lesures hegte vielleicht Verdacht, aber weil Alcest ihn erpreßte, wagte er nicht, Nachforschungen anzustellen oder zu protestieren. Aber warum die Morde? Athelstan stieß mit der Spitze seiner Sandale auf den Boden. Alle beteiligten Schreiber waren eines grausigen Todes gestorben, angefangen mit Chapler. War es ein Streit unter Dieben? War Alcest zu habgierig geworden? Hatte er beschlossen, den unrechtmäßigen Reichtum für sich zu behalten?

Er hörte Cranstons Stimme auf dem Korridor. Mit erdverschmiertem Mantel kam der Coroner herein, zwei lehmverkrustete Säcke in den Händen, die klirrten, als er sie schüttelte.

»Wer klopfet, dem wird aufgetan, und wer suchet, der wird auch finden.«

»Das Silber des Regenten?«

»So ist es. Diese unverschämten Schurken hatten es

tief unter einer alten Truhe vergraben. Und weißt du, wer es gefunden hat?« Cranston schüttelte die Säcke wie zwei Glocken. »Samson. Er fing an zu schnüffeln und zu scharren . . . «

»Deswegen habe ich ihn ja«, erklärte Flaxwith stolz und kam mit weiteren Kostbarkeiten herein. »Sir John, jetzt hat der Hund doch sicher eine kleine Belohnung verdient – einen saftigen Knochen oder ein Stück Fleisch?«

Cranston drückte dem ohnedies schon schwerbeladenen Flaxwith die beiden Säcke in die Arme. »Die Gemeinde mietet Esel – warum also nicht auch Hunde, was, Henry?«

Der Büttel machte ein verdutztes Gesicht. Cranston hockte sich nieder und tätschelte den Kopf des Hundes. Athelstan war sicher, wenn Hunde lächeln konnten, so tat Samson es jetzt.

»Also gut!« Cranston richtete sich wieder auf. »Henry, hole deine kräftigen Burschen, und dann schafft ihr dieses Silber, die Goldstücke und die Kerzenleuchter zu den Bardi in der Leadenhall Street. Sagt ihnen, Sir John schickt ihnen das alles. Sie sollen es zählen, wiegen und dann unter Bewachung zum Regenten in den Savoy-Palast schicken.« Er deutete auf die Siegel, mit denen die groben Säcke verschlossen waren. »Es ist alles da – und keine Sorge: Die Bardi würden sich nicht im Traum einfallen lassen, John von Gaunt auch nur einen Penny zu stehlen. Danach gehst du ins Rathaus und läßt dir von der öffentlichen Hand etwas Geld geben.« Er schlug dem Büttel auf die Schulter. »Und dann gehst du mit Samson ins ›Heilige Lamm Gottes‹«, fuhr er in ehrfürchtigem Flüsterton fort. »Laß dir von der braven Wirtin dort zwei Humpen Ale und eine Zwiebelpastete für dich und ein ordentliches Stück Gänsebraten für Samson servieren. Ich werde alles bezahlen.«

Cranston sah Flaxwith nach, der den Gang hinunter stolzierte, als sei er soeben gesalbt worden, während Samson, der nur gerade das Bein gehoben hatte, so breitbeinig wie ein Richter in Westminster hinterher watschelte.

»Da geht ein zufriedener Mann«, brummte Cranston. »Nun, Bruder, wohin jetzt? Auf ein Wort zu Master Alcest?«

»Alles zu seiner Zeit, Sir John. Aber ich glaube, der Vikar der Hölle könnte an einer Eurer Vereinbarungen Gefallen finden. Deshalb wäre ein Besuch in Newgate vielleicht ganz angebracht.«

»Da ist aber Henkerstag«, warnte Cranston düster.

»Gut«, antwortete Athelstan. »Das wird dem Vikar helfen, sich zu konzentrieren, meint Ihr nicht auch?«

»Du hältst Alcest für den Mörder, nicht wahr?«

»Ja, Sir John. Ich glaube, daß er auf jeden Fall Chapler ermordet hat und daß er sich dann aus naheliegenden Gründen gegen seine Komplizen gewandt hat.«

Die beiden gingen zusammen den Korridor entlang und aus dem Haus. Athelstan schlug die Tür zu, trat einen Schritt zurück und spähte zu den schmutzbedeckten Fenstern hinauf.

»*Avaritia radix malorum*, Sir John: Die Habgier ist die Wurzel allen Übels. Oder doch nicht?« fuhr er mehr zu sich selbst fort. »Und ist es auch jetzt der Fall?«

Zwölf

Athelstan bekreuzigte sich und murmelte ein stilles Gebet, wie er es immer tat, wenn er sich dem Haupttor des Newgate-Gefängnisses näherte. Er und Sir John hatten sich soeben durch das Gedränge der Menschen gezwängt, die zum Henkerstag zusammenströmten. Sechs Strauchdiebe, die den Reisenden auf der alten Römerstraße zugesetzt hatten, wurden nun so rasch beseitigt, wie ein Bauer ein paar Ratten den Garaus macht. Newgate war ein stinkender, grausiger Ort. Athelstan wußte nie, was er widerlicher fand: den Dreck und Unrat, in dem die Gefangenen gehalten wurden, oder die kriecherische Haltung der Kerkermeister und Büttel, die jedesmal falsch lächelten und die Hände rangen, wenn Cranston erschien. Sir John hatte seine eigenen Ansichten zu dieser Angelegenheit: Wenn der Coroner das Gefängnis besuchte, pflegte er weder zu trinken noch zu scherzen oder sich sonstwie die Zeit mit den Beamten hier zu vertreiben.

»Wenn es nach mir ginge«, knurrte er, als sie dem Wärter über den weiten gepflasterten Innenhof zu den Zellen folgten, »dann würde ich diesen ganzen Laden bis auf die Grundmauern niederbrennen, ein neues Gefängnis bauen und es unter den Oberbefehl eines guten Soldaten stellen. Solchen Sachen dort würde ich jedenfalls ein Ende machen.« Sir John zeigte auf einen Unglückseligen, der sich geweigert hatte, vor den Richtern zu sprechen; er wurde entkleidet, und dann würde man ihn unter eine schwere Eichentür legen und ihn quetschen, bis er bereit wäre, sich schuldig oder nicht schuldig zu bekennen.

Vom Hof aus gelangten sie in einen muffig stinkenden Korridor, der an lauter Kerkerzellen vorbeiführte, an veritablen Höllenlöchern. Es war dunkel, und der Gestank ließ Athelstan würgen. Klägliche Fackeln in ihren Wandhaltern bemühten sich, die Düsterkeit zu durchdringen, und Athelstan versuchte, das schreckliche Getöse zu überhören, die Flüche, das Krakeelen und Wüten wahnsinniger Gefangener und die schmutzigen Beschimpfungen, mit denen der Wärter überschüttet wurde, der sie führte. In einer der Kammern lagen die Leichen hingerichteter Verbrecher übereinandergestapelt wie die Fleischklumpen auf einem Metzgerstand. Man würde sie später in eiserne Käfige legen und an den Straßen, die nach London führten, aufhängen. Anderswo wurden die Kadaver derer, die gehängt, gevierteilt und ausgeweidet worden waren, gekocht und gepökelt, ehe man sie mit einer Teerschicht überzog und an den Stadttoren zur Schau stellte.

»Komm niemals hierher«, warnte Cranston. »Dies ist wahrlich ein Frevel an der Verzweiflung. Jedesmal, wenn ich hier bin«, fügte er flüsternd hinzu, »bete ich zu Gott, er möge ein Feuer vom Himmel senden, das diesen Ort verzehrt.«

Sie kamen in einen großen Raum, wo Büttel und Wärter zusammensaßen, tranken und sich mit Brettspielen vergnügten.

»Guten Morgen, Sir John.« Ein pockennarbiger Büttel mit einer Augenklappe winkte sie herüber und deutete auf ein Schachbrett. »Ein Spielchen, Sir John? König gegen König, Läufer gegen Läufer?«

Cranston schüttelte den Kopf. »Ein andermal, und ganz bestimmt nicht hier.«

Sie wollten dem Wärter weiter in einen engen Korridor folgen, doch da blieb Athelstan stehen.

»Bruder, was ist?« rief Cranston.

»Sir John, das erste Rätsel mit dem König, der seine Gegner besiegt, wonach Sieger und Besiegter am selben Ort liegen – das ist ein Schachspiel.«

Cranston befahl dem Wärter zu warten. »Natürlich!« flüsterte er. »Ein Schachspiel! Und was beweist das, Bruder?«

Athelstan rieb sich das Gesicht. »Das weiß ich noch nicht, Sir John. Ich nehme an, unser Mörder betrachtet seine Morde als ein Spiel, aber zugleich will er offenbar bekanntgeben, daß er das Spiel unter allen Umständen weiterspielen wird, auch wenn er am Ende dort liegt, wo auch die Besiegten liegen.«

»Nämlich im Grab«, vollendete Cranston. »Das leuchtet ein, Bruder. Wenn Alcest unser Mörder ist, dann wird er zweifellos auch sterben.«

»Aber warum könnte Alcest bereit sein, sein Leben aufs Spiel zu setzen?«

»Das weiß ich auch nicht, Bruder.«

Sie wanderten weiter den Gang hinunter, bis der Wärter vor einer Tür stehenblieb. »Im Herzen von Newgate, Sir John.« Sein schorfiges, schmutziges Gesicht erstrahlte in boshafter Schadenfreude. »Der Vikar der Hölle hat das Beste verdient, und das Beste kriegt er auch.«

»Er schloß die Tür auf, stieß sie auf und ging hinein, um seine Fackel drinnen in einen rostigen Wandhalter zu schieben. Der Vikar der Hölle saß auf einem Haufen Stroh in der Ecke, Knöchel und Handgelenke steckten in Ketten, die an Eisenringen an der Wand befestigt waren. Sein Gesicht war schmutzig, und ein großer Bluterguß prangte dunkel auf der rechten Wange. Trotzdem lächelte er frech.

»Sir John, ich würde aufstehen und mich verbeugen, aber ...« Er spreizte unter Kettenrasseln die Arme. »Vermutlich seid Ihr hier, um mir zu sagen, daß der Bischof von London beschlossen hat, mich wieder als Priester einzusetzen. Oder hat der Regent einen Pardon erlassen?«

»Hängen wirst du, mein Böckchen.« Cranston blieb vor ihm stehen. »Aber du wirst mir doch fehlen, wenn du weg bist.« Er wartete, bis der Wärter die Zellentür verschlossen hatte.

»Werde ich hängen?« fragte der Vikar leise und starrte Athelstan kläglich an. »So viele Psalme sind doch noch zu singen. So viel Rotwein ist noch ungetrunken.« Er seufzte. »Andererseits – ich habe so manchen Tag gesehen, und alles Gute muß einmal ein Ende haben.«

Cranston lehnte sich an die Wand. Athelstan ging zur Tür und spähte durch das Gitter. Der Wärter, der draußen gelauscht hatte, fuhr zurück.

»Du bist kein schlechter Mensch«, sagte Cranston. »Keine wirklich gottlose Seele. Du bist nur ein eingefleischter Gauner. Schurkereien reizen dich wie ein Schälchen Sahne die Katze.« Er hob die Hand. »Aber ich schwöre, ich will dich nicht hängen sehen. Aus London verbannt vielleicht, für zwei oder drei Jahre.« Sir John schwieg und kratzte sich am Kinn.

Der Vikar der Hölle war jetzt ganz Ohr. »Unter welchen Bedingungen, Sir John? Was wollt Ihr dafür haben?«

»Die Schreiber vom Grünen Wachs.«

»Oh, Sir John, das könnt Ihr nicht.«

»Oh, Sir John, das kann ich doch«, äffte Cranston ihn nach. »Was ist denn so Besonderes an denen? Die meisten sind tot und ersetzt, und über Alcest wissen wir genug, um ihn in Tower Hill oder Tyburn am Galgen tanzen zu lassen.«

»Auch richtig.« Der Vikar der Hölle lehnte sich in seiner Ecke zurück. »Wenn ich rede, Sir John, werden mir dann diese Ketten abgenommen?«

»Wenn du redest«, sagte der Coroner, »bist du bei Sonnenuntergang ein freier Mann. Solltest du dich allerdings noch einmal in der Stadt erwischen lassen, dann gibt es ein Standgericht: Auf die Knie, die Stirn auf einen Klotz Holz, und ab ist der Kopf.«

»Es ist so, Sir John«, begann der Vikar. »Leute wie ich müssen – wie soll ich es ausdrücken? – in Bewegung bleiben. In diese Stadt fahren, dann in jene. Nach Übersee. Oder, wenn uns der Boden zu heiß wird, uns im Hause eines Kaufmanns eine Stellung suchen, wo wir uns zur Ruhe setzen können. Dazu aber brauche ich Dokumente, Pässe, Lizenzen. Was ich Euch jetzt offenbare, wird wahrscheinlich ein sehr beliebtes Schlupfloch für uns Gauner verschließen. Sagt mir, Sir John, wenn ich ein solches Dokument benötige, was muß ich dann tun?«

»Nun, du kannst es beim Bürgermeister beantragen, beim Sheriff oder bei der Gemeinde von London.«

»Ja, ja, Sir John, aber Ihr kennt mich, wie der gute Hirte die schwarzen Schafe seiner Herde kennt. Wohin kann ich also sonst noch gehen?«

»Du könntest dich an die Kanzlei wenden, aber solche Urkunden werden für gewöhnlich nur auf Geheiß des Kanzlers ausgestellt.«

»Und das dauert«, sagte der Vikar der Hölle. »Also

tun wir Folgendes, Sir John. Wir nehmen den Namen eines Toten an. Dann veranlassen wir einen Schreiber wie Alcest, sich in unserem Namen an den Kanzler zu wenden ...«

»Ganz recht«, unterbrach Cranston. »Und wenn der Antrag mit der Empfehlung eines Schreibers eingereicht wird, wird er auch genehmigt, und es gibt keine Verzögerungen.«

»So ist es, Sir John.«

»Wenn also Philip Stablegate das Land mit einer beträchtlichen Summe in Silber verlassen möchte, geht er zu Alcest.« Athelstan trat hinzu. »Der Schreiber sucht die Akten durch und findet den Namen eines längst Verstorbenen. Nennen wir ihn Richard Martlew. Es wird ein Antrag an den Kanzler gestellt, und der wird ihn sicher genehmigen, denn es liegt eine Empfehlung vor. Alcest wird die Antwort des Kanzlers gar nicht erst abwarten, sondern gleich das Dokument aufsetzen, Master Lesures besiegelt es, und der Paß wird ausgestellt. Gefälschte Siegel kommen gar nicht ins Spiel.«

»Kurz und bündig: Jawohl«, sagte Cranston. »Nehmen wir nun an, dieser Martlew beschließt, England über einen der Cinque Ports zu verlassen. Der zuständige Hafenmeister kann wahrscheinlich nicht einmal lesen. Es kümmert ihn einen Dreck, ob Martlew in Wirklichkeit Stablegate ist, aber er hat gelernt, das Siegel zu prüfen. Ein falsches Siegel ist leicht entdeckt, aber wenn es echt ist, fällt ihm im Traum nicht ein, den Mann aufzuhalten.«

»Werden keine Aufzeichnungen geführt?« wollte Athelstan wissen. »Ich meine, über den Antrag an sich und über die Genehmigung durch den Kanzler? Und was passiert, wenn jemand beweisen kann, daß Richard Martlew schon lange tot ist?«

Der Vikar der Hölle klatschte in die Hände, und seine Ketten klirrten. »Was sollte das denn nützen, Bruder? Siehst du nicht, wie gerissen dieser Plan ist? Es war doch die Kanzlei, die das Dokument schreiben ließ, nicht Alcest oder Lesures. Außerdem konnte Alcest mühelos nachweisen, daß er glaubte, es handele sich tatsächlich um Martlew. Nicht im Traum habe er auf den Gedanken kommen können, daß da etwas nicht stimmte. Er bekam ja nur einen Antrag, den er befürwortete und an den Kanzler weiterleitete. Solche Anträge werden niemals abgelehnt: Paß, Lizenz oder Urkunde werden aufgesetzt und besiegelt. Das hat Alcest getan. Und wer würde ihn verraten? Wer es täte, unterschriebe damit sein eigenes Todesurteil!«

»Aber halt! Sicher gibt es doch eine Diskrepanz, was das Datum angeht«, wandte Athelstan ein. »Ich meine, das Dokument wird ja beinahe auf der Stelle ausgestellt.«

»Nein, Bruder«, sagte Cranston. »Ich verstehe jetzt, was unser guter Freund meint, wenn er von einem Schlupfloch redet. Angenommen, du stellst beim Kanzler einen Antrag auf eine Reise nach Calais: Du reichst den Antrag über Alcest ein, er befürwortet ihn oder er tut es nicht. Und er stellt sicher, daß der Antrag mit dem falschen Datum, vielleicht um zehn Tage verschoben, an den Kanzler geleitet wird. Der Kanzler sieht es nicht, irgendein Schreiber in seinem Amt schreibt einfach ›genehmigt oder das lateinische *placet* auf das Dokument, und es wird zurückgeschickt. Unterdessen hat Alcest die Lizenz aufgesetzt und vielleicht noch zwei Tage hinzugefügt. So kommt es, daß ein Antrag, der aussieht, als sei er am zehnten August gestellt und, sagen wir, am zweiundzwanzigsten genehmigt worden, in Wirklichkeit nur einen oder zwei

Tage gebraucht hat. Das ist schon vorgekommen; jeder mißbraucht das System. Alcest aber hat nicht nur Pennys genommen, wie es andere Schreiber tun, wenn sie einen Antrag befürworten: Er hat wissentlich dafür gesorgt, daß Gesetzlose, Verfemte und Fälscher Pässe und Dokumente ausgestellt bekamen. Das würden die meisten Schreiber sicher nicht wagen. Alcest hat es getan.«

»Und das war der Quell ihres Wohlstandes?«

»Natürlich!« Der Vikar der Hölle lachte. »Und niemand hat gewagt, Alcest zu verraten. Zum ersten Mal, Bruder, konnten Leute wie ich ungehindert und unter dem Schutz des Geseztes umherreisen – dank ihm.«

Er sah Sir John an und rasselte mit seinen Ketten. »Alcest und sein Zirkel werden zur Hölle fahren, sofern sie es nicht schon getan haben. Unser braver Coroner hier wird dafür sorgen, daß das Kanzleiamt hart zuschlägt und dieses Schlupfloch zustopft. Auch wird es noch interessant werden, wenn der Kanzler die Buchprüfer anweist, die alten Akten zu durchforsten. Mir wäre es jedenfalls äußerst unlieb, wenn sich herumspricht, daß ich derjenige war, der Alcest verraten hat. Ich mag mit dem Leben davonkommen, aber Sir John hat dafür höchst wertvolle Erkenntnisse erhalten.«

»Aye, da hast du recht.« Cranston seufzte. »Und es wäre immer so weitergegangen. Man hätte Alcests Nachfolger angesprochen, und es ist schwer zu widerstehen, wenn einer Gold für einen einfachen Brief bietet.« Er hockte sich vor dem Vikar nieder. »Wußte Lesures über die Sache Bescheid?«

»Kommt, kommt, Sir John! Lesures ist dafür bekannt, daß er eine Vorliebe für einen hübschen Knabenarsch hat. Das dürfte Alcest ebenfalls gewußt haben.« Er zuckte die Achseln. »Lesures hatte nichts zu fürchten. Es gab kein gefälschtes Siegel, und er brauchte nur beide Augen zuzudrücken.«

Athelstan verschränkte die Arme und fragte sich, ob Lesures wirklich der weinerliche alte Mann war, als der er auftrat. Oder hatte er bei den Morden die Hand im Spiel? Hatte er es satt gehabt, sich von Alcest erpressen zu lassen oder hatte er das Unternehmen selbst an sich reißen wollen?

»Und das ist alles, was du uns erzählen kannst?« fragte Cranston.

»Bekomme ich die Freiheit, Sir John?«

»Ich gebe dem Kerkermeister entsprechende Anweisungen. Du kommst noch heute abend frei.«

»Und Ihr werdet nicht verraten, was ich Euch über Alcest erzählt habe?«

»Nein, ich werde es für mich behalten, als hätte Athelstan es unter dem Siegel des Beichtgeheimnisses erfahren. Aber ich will dein hübsches Gesicht die nächsten paar Sommer nicht in London sehen.«

»Oh, keine Sorge, Sir John.« Der Vikar der Hölle fuhr sich mit der Zunge über die Lippen. »Ich denke, es wird Zeit, daß ich einmal auf Reisen gehe. Vielleicht kann Clarice ja mitkommen. Aber ich habe Euer Wort, daß ich nicht hängen werde?«

Cranston nickte.

»Das meine ebenfalls«, sagte Athelstan und wandte sich ab, um nach dem Wärter zu rufen.

»Ihr seid gute Männer.«

Cranston lachte.

»Ihr seid gute Männer«, wiederholte der Vikar der Hölle, und sein Gesicht war ernst.

Und zum ersten Mal konnte Athelstan sich diesen jungen Mann als Priester vorstellen, wie er die Messe las oder von einer Kanzel predigte.

»Ich bin ein Gauner«, fuhr der Vikar fort, »und die Welt ist voller Schurkerei, aber keiner von Euch beiden ist korrupt. Was Alcest und die anderen getan haben – nun, es gibt keinen Beamten der Krone, der nicht unter der Hand einmal Geld annimmt. Aber Ihr seid anders. Ihr seid so ehrlich, wie der Tag lang ist. Deshalb will ich Euch noch zwei Dinge sagen, und zwar unentgeltlich. Erstens: Dieser eine Schreiber, der aus der Themse gefischt wurde . . . «

»Chapler?«

»Ganz recht, den meine ich. Der war wie Ihr, Sir John. Er ließ sich nicht bestechen. Er trieb sich nicht mit den Huren herum. Alle meine Schurken gingen ihm aus dem Weg und machten ihre Geschäfte mit Alcest.«

»Das ist interessant«, sagte Athelstan leise.

»Aye, Bruder, das ist es. Und für dich habe ich auch noch etwas. Ich habe von deinem wunderbaren Kruzifix gehört. Sogar die Straßendiebe und Schurken von Whitefriars überlegen sich schon, ihm einen Besuch abzustatten.«

»Aber du hältst es nicht für ein Wunder, wie?«

»Nein, Bruder, ich nicht. Der liebe Gott ist zu beschäftigt, um Southwark zu besuchen. Du bist nach Christus das Beste, was die Bande dort bekommen wird.«

Athelstand verneigte sich andeutungsweise für dieses Kompliment.

»Wenn unser guter Coroner mich vor dem Abendläuten gehen läßt, so wüßte ich jemanden, der helfen kann – vorausgesetzt, er kann Southwark betreten und wieder verlassen, ohne verhaftet zu werden.«

»Wer ist das?« fragte Athelstan.

»Der Sanctus-Mann. Es gibt keine falsche Reliquie,

die er nicht schon verkauft, keine Gaukelei, die er nicht schon vollbracht hätte. Cranston soll mich freilassen, und du sei zum Vesperläuten an deiner Kirche. Wenn dein Kruzifix wundertätig ist, so wird der Sanctus-Mann es dir sagen.«

Cranston klatschte in die Hände. »Oh, was für ein Tag! Was für ein Tag!« krähte er. »Der Vikar der Hölle in Newgate, und jetzt soll auch noch der Sanctus-Mann zum Vorschein kommen! Wie gern würde ich ihn beim Kragen packen!«

»Nein, Sir John, Ihr müßt mir Euer Wort geben, daß er ohne Furcht kommen und gehen kann«, sagte Athelstan flehentlich.

»Oh, du hast mein Wort«, sagte der Coroner. »Aber der Sanctus-Mann ist auch so ein eingefleischter Gauner. Fünfzehnmal hat er Christi Dornenkrone verkauft. Wie er es schafft, die Leute um ihr Geld zu bringen, ist an sich schon ein Wunder.«

»Zur Vesper also?« beharrte der Vikar der Hölle.

Cranston willigte ein. Athelstan machte ein Kreuzzeichen, und dann wanderten sie durch die Höhlengänge von Newgate zurück zum Wärterhaus. Cranston trat in die kleine Amtsstube. Als er wieder herauskam, grinste er von einem Ohr zum anderen.

»Unser Vikar ist frei, Bruder – das heißt, er ist es in einer Stunde.«

»Wird er sein Wort halten?«

»Oh ja. Solche Leute halten ihr Wort. Der Sanctus-Mann wird da sei. Aber jetzt zu Master Alcest ...«

Cranston und Athelstan gingen durch Westchepe und die Friday Street hinunter zu den Kähnen, die unten am Landungssteg warteten. Sie bestiegen einen davon, die Bootsleute legten sich in die Riemen, und der Kahn fuhr in die Flußmitte hinaus.

»Glaubst du, Alcest wird gestehen?« fragte Cranston, nachdem er es sich im Heck bequem gemacht hatte.

»Vielleicht«, sagte Athelstan. »Wir wissen, er ist ein Urkundenfälscher, aber ob er auch ein Mörder ist . . . ?« Athelstan lehnte sich zurück und schloß die Augen.

»Du willst doch jetzt nicht schlafen, Bruder?«

»Nein, Sir John. Wir nähern uns der London Bridge, und wenn wir unter den Bögen durchfahren, vollführt mein Magen jedesmal einen Tanz.«

»Oh du Kleingläubiger«, scherzte Cranston. »Warum hast du solche Furcht vor dem Tode?«

»Habe ich ja nicht, Sir John.« Athelstan lächelte. »Ich fürchte nur das Ertrinken.«

Der Coroner beugte sich vor und fing an, sich freundlich mit den beiden Bootsleuten zu unterhalten und sie gutmütig zu necken. Als sie sich der Brücke näherten, setzte auch Cranstons Herz einmal aus: Das Wasser brodelte wie Öl in einem Topf, wo es unter den schmalen Bögen der Brücke hindurchströmte. Das Rauschen schwoll zu einem Donnerbrüllen an. Cranston verlor seine Wette mit den Bootsleuten, denn als sie hindurchschossen, um Haaresbreite vorbei an den hölzernen Balkengerüsten, die zum Schutz der Steinpfeiler dienten, da schloß er wie jedermann die Augen und öffnete sie erst wieder, als sie in das ruhige Wasser bei Botolph's Wharf gelangten. Die Fahrt wurde langsamer. Schließlich wandte die Barke sich dem Ufer zu und glitt am Fischmarkt von Billingsgate vorbei, wo es nach Hering und Dorsch, nach Tang und Salz stank. Am Woolquay gingen sie an Land. Über ihnen ragte der Tower mit seinen hohen Mauern und Bollwerken, Zinnen und Bastionen empor. Selbst an diesem sonnigen Tag hatte die mächtige Festung etwas Bedrohliches und Abweisendes. Athelstan mochte diesen Ort nicht, den er schon oft hatte besuchen müssen, wenn er zusammen mit Sir John einem Mörder auf der Spur gewesen war.

»Ein bedrückender, grausamer Ort«, murmelte er. »Mögen der Hl. Dominikus und alle Engel uns rasch hinein und wieder heraus befördern, denn Mord und Totschlag lauern immer hier.«

Sie überquerten die Zugbrücke. Der Graben darunter war mit schmutzig grünem, schleimigem Wasser gefüllt, das schlimmer stank als jeder Misthaufen in der Stadt. Sie gingen unter dem schwarzen Bogen des Middle Tower hindurch. Das mächtige Tor klaffte wie ein offenes Maul, das halb herabgelassene Eisengitter wie gebleckte Zähne. Von oben grinsten die abgeschlagenen Köpfe zweier Verbrecher auf sie herab und verfaulten in der Sonne.

»Gott schütze uns«, betete Athelstan, »vor allen Teufeln, Dämonen, Skorpionen und bösen Geistern, die hier hausen.«

Eine Wache stand unter dem schmalen Torbogen, um sich vor der Sonne zu schützen.

»Sir John Cranston, Coroner!« brüllte Cranston. »Ich habe königliche Vollmacht, und dies ist mein Schreiber, Bruder Athelstan, der um seiner Sünden willen auch Gemeindepfarrer von St. Erconwald in Southwark ist. An einem Ort« – Cranston legte eine Pause ein und grinste Athelstan an –, »wo Tugend und Laster Hand in Hand wandeln, wie der Sanctus-Mann bald zeigen wird.«

Zur Antwort räusperte einer der Wachposten sich geräuschvoll und spuckte dann haarscharf an Cranstons Stiefel vorbei. Der Coroner machte drohend ein paar Schritte auf ihn zu. Der Kerl lächelte gezwungen, murmelte eine Entschuldigung und ging dann vor ihnen her, am Byward Tower vorbei. Am Wakefield bogen sie nach links, und durch eine weitere Festungsmauer gelangten sie auf das Tower Green. Der größte Teil der Garnison war hier versammelt, Soldaten lagen im Gras, ihre Frauen standen an den Waschbottichen, und die Kinder kletterten auf Katapulten, Rammböcken, Steinschleudern, mächtigen, eisenbeschlagenen Karren und anderen Kriegsmaschinen herum. Rechts erhob sich der massige Fachwerkbau des Palas mit seinen Anbauten. Hier übergab sie ein Wachsoldat an einen schniefenden, rotnasigen Knecht, der sie in den Palas führte. Cranston tätschelte die beiden rauhhaarigen Jagdhunde, die in den schmutzigen Binsen herumschnüffelten. Der eine ließ sich von dieser Freundlichkeit hinreißen und wollte schon sein Bein an Sir Johns Stiefel heben, rannte aber knurrend davon, als der Coroner ihm einen Tritt versetzte.

Die Halle selbst war ein düsterer Gewölbesaal mit einem schmutzigen Steinboden und rauchgeschwärzten, dicken Deckenbalken. An der hinteren Wand befand sich ein Kamin, breit und hoch genug, um einen Ochsen zu braten. Das Mittagessen war eben zu Ende, und die Küchenjungen räumten die Tische zu beiden Seiten der Halle ab und warfen Zinnbecher und Holzteller in einen Zuber mit fettigem Wasser, den sie auf einem Rädergestell umherschoben.

Vor dem Kamin stand eine Gruppe von Männern. Der Knecht lief zu ihnen hinüber. Einer der Männer, hochgewachsen und langgliedrig, rothaarig und mit rosigen Lidern, kam herübergeschlendert, die Daumen hinter den breiten Ledergurt gehakt. Er lächelte gezwungen, als er Cranston und Athelstan erkannte.

»Guten Tag, Ihr Herren.«

»Master Colebrooke, nicht wahr?« fragte Athelstan und trat vor, um dem Mann die Hand zu schütteln.

»Ebender, jetzt Constable des Tower.« Gilbert Colebrooke spreizte sich. »Was verschafft mir diese Ehre?«

»Alcest«, sagte Cranston kurz. »Ein Schreiber der Kanzlei vom Grünen Wachs. Er hat hier Zuflucht gesucht.«

»Oh ja, das hat er.« Colebrooke kratzte sich am Kinn. »Eine Heidenangst hat er gehabt und hier auf seine Rechte gepocht. Ich habe ihm eine Kammer oben im Wakefield Tower gegeben. Worum handelt es sich denn, Sir John?«

»Sir, Ihr solltet wissen, daß Ihr danach nicht zu fragen braucht, und ich weiß, daß ich darauf nicht antworten werde. Ich will den Mann auf der Stelle sehen.«

Colebrooke verzog das Gesicht. »Sir John, Ihr kennt das Kriegsrecht. Der Tower ist mir unmittelbar unterstellt. Ein königlicher Beamter, der hier Zuflucht sucht, steht unter meinem Schutz.«

»Selbstverständlich könnt Ihr zugegen sein, Master Gilbert, wenn wir ihn befragen.« Cranston lächelte. »Trotzdem will ich ihn jetzt sehen. Ich kann allerdings auch mit dem nächstbesten Kahn zum Savoy-Palast fahren und Seiner Gnaden, dem Regenten, mitteilen, daß ich außerstande bin, seine Befehle auszuführen – zumindest im Tower.«

Colebrooke wäre fast im Laufschritt hinausgeeilt. Kurz darauf kam er zurück, gefolgt von Alcest, und führte Sir John und Athelstan durch einen Korridor in eine kleine, weißgekälkte Kammer.

Athelstan musterte Alcest aufmerksam. Der Schreiber war schmutzig und zerzaust und sah aus, als habe er nicht geschlafen. Oben in seiner rechten Wange zuckte ein kleiner Muskel. Cranston winkte ihn zu einem Schemel, während Colebrooke die Tür zuschlug und sich mit dem Rücken dagegenlehnte.

»Findet Ihr es geruhsam hier, Master Alcest?« fragte Cranston.

»Ja.« Der junge Mann rieb sich die Augen.

»Ihr seid gestern am späten Abend hergekommen?« fragte Athelstan.

»Ich mußte noch meine Sachen holen, aber, jawohl, ich bin gekommen, kurz bevor die Tore geschlossen wurden.«

»Wart Ihr noch in Southwark?«

Alcest schüttelte den Kopf.

»Bestimmt nicht?«

»Ich weiß es nicht«, murmelte Alcest.

»Wir auch nicht«, erwiderte Athelstan. »Denn, Sir, Ihr seid ein Lügner. Euer Freudenmädchen Clarice hat uns erzählt, daß Ihr in der Nacht, als Chapler ermordet wurde, nicht die ganze Nacht bei ihr geschlafen habt. Ihr seid fortgegangen und zurückgekommen.«

»Ich . . . «

»Was?« drängte Athelstan. »Wollt Ihr gestehen, daß Ihr ihr ein Schlafmittel in den Wein getan habt, den sie nicht getrunken hat? Scharfe Augen, scharfer Verstand – das ist Mistress Clarice. Wo seid Ihr gewesen?«

Alcest fuhr sich mit der Zunge über die Lippen und schaute sich verstohlen um, als suche er ein Schlupfloch.

»Wo seid Ihr gewesen?« fragte jetzt auch Cranston.

»Ich bin in meine Wohnung zurückgekehrt. Ich hatte das Silber vergessen. Ich mußte ja Mistress Broadsheets Mädchen bezahlen.«

»Ihr seid ein Lügner«, wiederholte Athelstan. »Ihr seid durch die Gassen zur London Bridge geschlichen. Es war überall bekannt, daß Chapler nachts in die Kapelle von St. Thomas à Becket zu gehen pflegte, wenn es dort einsam und verlassen war. Ihr seid hingegangen, habt ihm den Schädel eingeschlagen und den Toten dann zum Geländer geschleift und hinübergeworfen.«

Alcest schlug die Hände vors Gesicht, und seine Beine begannen zu zittern.

»Ihr habt Edwin Chapler ermordet«, fuhr Athelstan unerbittlich fort, »weil Chapler ein aufrechter Mann war. Er wußte von Euren hinterhältigen Geschäften, von der Ausgabe von Pässen und Ausweisen an die Verbrecher und Gauner der Londoner Unterwelt. Von der Verwendung falscher Namen . . . «

»Wollt Ihr es ableugnen?« fragte Cranston. »Es gibt Leute wie Stablegate und Flinstead, die mehr als bereit sind, sich ihr Leben damit zu erkaufen, daß sie Euch an den Galgen schicken.«

»Wo ist das Geld?« fragte Athelstan. »Die gewaltigen Summen, die Ihr und die anderen damit verdient habt. Alles zusammen in sicherer Verwahrung, nicht wahr? Bei welchem Goldschmied?«

Alcest schluckte angestrengt.

»Als Sir John und ich anfingen, diese Angelegenheit zu untersuchen«, fuhr Athelstan fort, »da gerieten Eure Kollegen in Panik, nicht wahr? War das Eure Absicht? Habt Ihr die anderen veranlaßt, ihr Geld zur Sicherheit in Eure Obhut zu geben? Hattet Ihr etwas dagegen, Euer unrecht Gut zu teilen? Habt Ihr deshalb den Plan gefaßt, sie alle zu ermorden?«

»Nein, nein!« stöhnte Alcest.

»Ich glaube aber doch«, sagte Athelstan. »Ihr seid wie

Stablegate und Flinstead, die gefälschte Ausweise von Euch haben wollten. Ihr seid von Habgier verzehrt. Die Freuden des Bauches und der Lenden sind Eure einzige Richtschnur, aber Ihr wolltet immer mehr.«

»Aber die Rätsel!« heulte Alcest. »Ich würde keine Rätsel zurücklassen!«

»Nicht?« fragte Athelstan. »Ich dachte, Ihr wärt so geschickt in der Kunst des Rätselstellens? Und außerdem, Master Alcest, seht Euch doch an, wie diese jungen Männer zu Tode gekommen sind. Da sitzt Peslep auf dem Abort, mit heruntergelassener Hose . . . « Athelstan hielt inne und starrte in den Lichtstrahl, der durch das Schießschartenfenster hereinfiel. Hatte er etwas Falsches gesagt?

»Bruder?« fragte Cranston.

»Ja.« Athelstan stockte. Er war plötzlich nicht mehr so sicher. »Ihr seid Peslep zu dem Gasthaus gefolgt, weil Ihr wußtet, daß er jeden Tag dorthin ging. Das gleiche gilt für die anderen Morde. Ihr kanntet die Gewohnheiten der Opfer, ihre Lebensweise. Habt Ihr Napham zu seiner Wohnung geschickt?«

»Nein, er wollte gehen . . . «

»Habt Ihr Euch mit ihm verabredet, um zusammen zum Tower zu gehen?«

»Nein.«

»Warum nicht? Wußtet Ihr etwa schon, daß Napham in seine Kammer spazieren und sich von einer Eisenfalle den halben Fuß abreißen lassen würde? Wart Ihr zu sehr damit beschäftigt, in Southwark Chaplers Schwester, Mistress Alison, zu ängstigen? Ihr lauft ja herum wie ein Hofgeck«, fuhr Athelstan fort, »mit einem Mantel und den Sporenstiefeln.«

Alcest verschränkte die Arme und fing an, sich auf dem Schemel vor und zurück zu wiegen.

»Ihr kleidet Euch doch so, oder?«

Alcest nickte.

»Und warum habt Ihr damit aufgehört?« fragte Cranston.

»Weil ich Angst bekam«, sagte der Schreiber. »Als ich hörte, daß Peslep von einem Mann getötet worden war, der Sporen an den Stiefeln trug . . . «

»Es war so einfach, nicht wahr?« sagte Athelstan. »Das Gift in Ollertons Becher – gerade so, wie Ihr versucht hattet, Chapler zu vergiften.«

Alcest hob den Kopf.

»Oh ja.« Athelstan lächelte. »Wir wissen davon. Hat Elflain Euch erzählt, daß er zu Dame Broadsheet gehen wollte? Und wie sollte es weitergehen? Wolltet Ihr einen Angriff gegen Euch vortäuschen, dem Ihr dann entkommen wolltet?«

»Ich bin kein Mörder!« gab Alcest trotzig zurück.

»Ihr seid ein Dieb!« erklärte Cranston. »Ihr seid ein Verbrecher und ein Mörder. Master Alcest«, verkündete er, »ich verhafte Euch wegen einfachen Verrats sowie wegen Mordes und Diebstahls und wegen der Unterstützung und Förderung bekannter Gesetzloser und Verbrecher.« Er kam herüber, hockte sich nieder und schaute Alcest ins Gesicht. »Ich will Euch etwas sagen, Master Alcest: Ihr werdet unter bitteren Tränen bereuen, daß Ihr dieses enge Gemäuer betreten habt.« Er zwinkerte Athelstan zu. »Das war ein Fehler, nicht wahr, Master Colebrooke?« Er sah den Constable an.

Athelstan gefiel der hämische Ausdruck in Colebrookes Gesicht nicht. Der Mann starrte Alcest an wie eine Katze die Maus, als er jetzt vortrat.

»Master Alcest«, verkündete er, »Ihr seid von jetzt an mein Gefangener. In den Tower habt Ihr Euch geflüchtet, und im Tower werdet Ihr bleiben.«

»Denn seht Ihr«, erklärte Cranston, während Colebrooke Alcest auf die Beine zog, »nach altem Brauch und Gesetz kann ein Verbrecher in einer Kirche Asyl suchen, aber wenn man ihn in einem königlichen Bezirk vorfindet – sei es Westminster, Eltham, Sheen oder oder Tower –, so kann er verhaftet und auf der Stelle gefoltert werden. Master Colebrooke hier wird Euch helfen, Euch daran zu erinnern.«

Der Constable zerrte Alcest bereits zur Tür und brüllte nach der Wache. Wenige Augenblicke später hatte man den unglücklichen Schreiber gepackt und hinausgeschleift. Colebrooke befahl, ihn in den Kerker zu schaffen.

»Ist das wirklich nötig?« fragte Athelstan.

»Er wird nicht gestehen«, sagte Cranston. »Und wir müssen uns vorsehen, Bruder. Wenn Alcest den Tower verlassen dürfte, würde er sich vielleicht in eine Kirche flüchten und als königlicher Schreiber Anspruch auf den Schutz der Geistlichkeit erheben.«

»Das würde heißen«, ergänzte Colebrooke, »daß er vor ein Kirchengericht gestellt zu werden verlangt. Bruder Athelstan, ich fürchte, Ihr habt in dieser Sache keine Wahl. Sir John hat den Regenten erwähnt. Der wird verlangen, daß man Alcest eingehend verhört.«

»Aber warum kommt er dann her?« fragte Athelstan leise. »Warum flüchtet er sich aus dem Regen in die Traufe?«

»Ach, komm, Bruder«, sagte Cranston. »Unser Schreiber ist arrogant. Er führt sich auf wie ein Gockel auf dem Mist. Er hat wirklich nicht geglaubt, daß man ihn verhaften würde.«

»Nein, nein, so ist es nicht.« Athelstan schüttelte den Kopf. »Sir John, Master Colebrooke, würdet Ihr mich für ein Weilchen entschuldigen? Ich muß nachdenken und alles reflektieren.«

Und ohne auf eine Antwort zu warten, verließ Athelstan versonnen die Kammer und ging die Treppe hinunter.

»Nun ja.« Cranston seufzte. »Master Colebrooke, ich will nicht, daß Alcest stirbt.«

Der Constable grinste wie ein Wolf. »Sir John, er ist ein Verräter und ein Verbrecher. Er hat die Musik bestellt, jetzt muß er auch tanzen.«

Dreizehn

Cranston blieb in der Kammer sitzen und wartete. Eine Zeitlang döste er vor sich hin, dann erhob er sich, riß die Tür auf und machte sich auf die Suche nach Athelstan. Er fand ihn vor dem Wakefield-Tower im Gespräch mit Colebrooke und einem der Schreiber des Tower. Letzterer hörte sich aufmerksam an, was Athelstan sagte, nickte dann und eilte davon.

»Bruder, wo bist du gewesen?«

»Sir John, ich bitte um Entschuldigung. Master Colebrooke, ich danke Euch. Auf Wiedersehen.«

Athelstan hakte sich bei dem erzürnten Coroner unter. »Kommt, kommt, Sir John«, sagte er besänftigend. »Ich habe ein paar amtliche Dinge erledigt.«

»Was für Dinge?«

»Alles zu seiner Zeit, Mylord Coroner. Es wird spät.«

Sie verließen den Tower. Cranston begleitete Athelstan durch die Tower Street nach Eastchepe. An der Ecke der Greychurch Street blieb der Coroner stehen und zog Athelstan in den Eingang eines Wirtshauses.

»Bruder, ich muß zu Lady Maude und den Kerlchen zurück. Im Rathaus warten amtliche Angelegenheiten auf mich . . . «

»Mit anderen Worten, Ihr seid hungrig, und deshalb wollt Ihr eine Pastete und einen Humpen Ale im ›Heiligen Lamm Gottes‹ zu Euch nehmen?«

Cranston grinste. »Du bist ein Wunderknabe, Bruder, und ein Gedankenleser!«

»Nein, Sir John, Euer Magen veranstaltet einen wahren Trommelwirbel.«

»Oh ja, das tut er.«

»Aber zur Vesper seid Ihr in Southwark, Sir John?«

»Selbstverständlich, Bruder.« Cranston rieb sich die Hände. »Ich wollte schon immer den Sanctus-Mann kennenlernen, und außerdem möchte ich die kostbare Reliquie sehen, die du da hast.«

»Sie gehört nicht mir«, widersprach Athelstan, aber Sir John marschierte schon davon, die Hand zum Abschied erhoben.

Athelstan sah dem Coroner nach, der davonschaukelte wie eine dickbäuchige Kogge, die auf der Themse entlanggleitet. »Gott segne Euch, Sir John«, sagte er.

Athelstan wartete einen Augenblick ab, ehe er weiterging. Ein paar Dirnen, die Köpfe kahl wie Eier, waren dabei ertappt worden, wie sie innerhalb der Stadtgrenzen ihrem Gewerbe nachgingen, und jetzt wurden sie in einer Reihe durch die Stadt geführt; ein Sackpfeifer marschierte vor ihnen her, und seine gellende Musik ließ das Getöse ringsumher verstummen. Die Huren in ihren Kitteln waren mit Seilen aneinandergefesselt und wurden von einem Büttel eskortiert, der einen Fischkorb mit ihren scharlachroten Perücken trug, während hinter ihnen ein Junge die Trommel schlug. Eine ganze Horde von Straßenbengeln lief hinterdrein und sucht nach einer Gelegenheit für Dummheiten. Danach kamen andere Missetäter: Diebe, Beutelschneider und Einbrecher, allesamt hinten an einen Karren gebunden. Die herabgelassenen Hosen schlotterten ihnen um die Füße, und ein schwitzender Büttel schlug sie mit dünnen Streifen von Eschenholz.

Endlich war die jammervolle Prozession vorüber, und Athelstan setzte seinen Weg zur London Bridge fort. Er wanderte zwischen den Läden und Häusern zu beiden Seiten dahin, bis er zur Kapelle von St. Thomas à Becket kam. Dort machte er Halt und trat ins kühle Dunkel der Kapelle. Gleich hinter der Tür setzte er sich hin und starrte zu dem großen Kruzifix hinauf, das über dem Altar hing. Er war sicher, daß Chapler hier ermordet worden war. Der Pater Prior mußte davon erfahren, damit die Kirche gereinigt und neu geweiht werden konnte. Athelstan schloß die Augen und sprach ein Gebet für Chapler und die anderen Opfer und auch eines für Sir John und für sich selbst. Hoffentlich würde der Sanctus-Mann dabei helfen können, die Posse in St. Erconwald aufzuklären.

Athelstan verließ die Kapelle. Er überquerte den Fluß vollends, und in Southwark angekommen, begab er sich durch das Gewirr der Gassen nach St. Erconwald. Er hatte darum gebetet, daß ein Wunder geschehen und Watkin und seine Kumpane zur Besinnung gekommen sein möchten, aber die Lage war noch schlimmer als in seinen kühnsten Befürchtungen.

Vor der Kirchentreppe waren Stände aufgestellt worden, und weitere Reliquienhändler waren erschienen, ihre schäbige Ware auf Tabletts gestapelt, die sie an Riemen um den Hals trugen. Cecily, die Kurtisane, unterhielt sich mit einem fahlgesichtigen jungen Mann am Friedhofstor; davor standen Watkin und Tab, der Kesselflicker, Wache.

Athelstan kochte vor Wut. »Darf ich den ausborgen?«

Er wandte sich an einen überraschten Pilger, der einen langen Stock aus Eschenholz trug. Der Mann machte große Augen und wollte protestieren, aber Athelstan hatte ihm den Stock schon entrissen und marschierte mit großen Schritten auf die Kirche zu, wobei er den Stock von links nach rechts schwenkte, daß Höker und Reliquienhändler nach allen Seiten auseinanderstoben. Der junge Mann, der sich mit Cecily unterhalten hatte, sah die Wut in Athelstans Blick und floh wie ein Windhund in die nächstbeste Gasse, und die Leute, die darauf warteten, Zutritt auf dem Friedhof zu bekommen, besannen sich eines besseren und traten bang zur Seite.

»Aber, aber, Bruder!« Watkin wölbte die Brust. Athelstan sah, daß er einen Teil der Erträge bereits in Bier umgesetzt hatte. »Aber, aber, Bruder, Recht muß Recht bleiben!«

»Dies ist das Haus Gottes!« rief Athelstan und warf Watkin seinen Stab zu, den dieser geschickt auffing.

»Halte die Reliquienhändler und alle anderen, die aus menschlicher Habgier und Schwäche ihren Gewinn saugen, fern von den Türen meiner Kirche!«

»Pater, Ihr solltet unsere Reliquie segnen!«

»Oh, die werde ich schon noch segnen.« Athelstan richtete den Zeigefinger auf Watkin. »Mach dir deswegen keine Sorgen. Sieh nur zu, daß ihr alle hier seid, wenn die Glocke zur Vesper läutet. Mehr habe ich dazu im Augenblick nicht zu sagen.«

Er ging in den Stall, wo Philomel an der Wand lehnte und träge kaute, wie er es immer tat. Athelstan sprach ein Weilchen mit ihm und ging dann ins Pfarrhaus hinüber. Es war sauber und aufgeräumt. Bonaventura war offenbar auf die Jagd gegangen.

»Oder er besichtigt die verdammte Reliquie!« knurrte Athelstan.

Er setzte sich auf einen Schemel, schloß die Augen

und atmete tief durch, um sich zu beruhigen. Dann trank er ein wenig Ale, aß etwas Brot und Käse und stieg danach in seine Dachkammer hinauf, wo er sich auf die Bettkante setzte, in Richard von Wallingfords Buch las und dabei die kunstfertigen Skizzen und Zeichnungen bewunderte.

»Wenn diese Angelegenheit vorüber ist«, sagte er laut, »werde ich den Pater Prior um einen kleinen Urlaub bitten. Dann gehe ich nach St. Alban's, um mir Wallingfords Uhr anzusehen.«

Er klappte das Buch zu und seufzte. Er wagte nicht, den Pater Prior anzusprechen; noch immer dachte er mit tiefem Unbehagen an Bruder Nialls Besuch vor wenigen Tagen. Es lag etwas in der Luft. Irgend etwas würde geschehen, das sein Leben verändern würde. Er legte sich auf sein Bett und dachte an Alcest. Athelstan war sicher, daß der junge Mann ein Mörder war, aber für welche Morde war er verantwortlich? Langsam, aber gründlich durchdachte Athelstan noch einmal sämtliche Umstände. Irgend etwas stimmte hier nicht! Er brauchte es nicht aufzuschreiben, er konnte die Probleme im Kopf aufzählen. Er hatte eine Lösung, aber hatte er auch einen Beweis?

»Ich werde abwarten müssen«, dachte er. Bonaventura, der lautlos irgendwoher erschienen war, sprang zu ihm auf das Bett. »Laß uns schlafen«, murmelte Athelstan. »Laß uns schlafen, wenigstens für ein Weilchen.«

Er erwachte von einem lauten Klopfen an der Tür. Jemand rief seinen Namen. Er stand auf, stieg müde die Treppe hinunter und öffnete. Benedicta und Alison Chapler standen draußen.

»Herein, herein!«

Er ließ sie am Tisch Platz nehmen und bewirtete sie

mit Ale und dem Rest Brot und Käse, der von seiner Mahlzeit übrig war.

»Bruder«, begann Alison, »ich bitte um Entschuldigung, aber ich bin gekommen, um mich zu verabschieden.«

»Ihr wollt gleich fort?«

»Nein, aber morgen früh geht's auf die Landstraße nach Epping. Habt Ihr den Mörder meines Bruders gefaßt?«

»Alcest ist im Tower in Haft«, sagte Athelstan. »Man wird ihn vielleicht noch weiter verhören müssen, aber . . . « Er lächelte sie an. »Morgen früh könnt Ihr gehen. Ich bin sicher, Sir John wird Euch nicht mehr aufhalten.«

»Watkin hat uns von Eurem Wutanfall erzählt«, sagte Benedicta.

»Watkin wird meine Wut noch empfindlicher zu spüren bekommen«, antwortete Athelstan. »Benedicta, die Sache könnte dich interessieren. Bleib doch bis zum Vesperläuten hier. Ihr auch, Mistress Alison. Vielleicht könnt Ihr in Epping eine Geschichte erzählen. Werdet Ihr nach Eurer Rückkehr dort bleiben?«

»Vielleicht.« Sie lächelte ihn mit liebreizendem Gesicht an. »Vielleicht kehre ich auch nach Norfolk zurück.«

»Was?« fragte Athelstan, aber dann wechselte er das Thema. »Kennt Ihr Master Lesures?«

»Den Dokumentenmeister?« Alison verzog das Gesicht. »Edwin hat erzählt, er liebe Knaben. Außerdem sei er faul und tauge wenig, und er kümmere sich nicht um die Arbeit. Ein ängstlicher Mann – Alcest herrsche über ihn und die anderen wie ein Hahn auf dem Mist.«

»Edwin hatte recht.«

Athelstan trat ans Fenster und erkannte, daß er länger geschlafen hatte, als er gedacht hatte. Für eine Weile setzte er sich zu den Frauen. Alison sprach von den Seelenämtern, die sie für ihren verstorbenen Bruder lesen lassen wollte. Athelstan hörte nur mit halbem Ohr zu. Er war müde und ein wenig erschöpft, und er schrak auf, als Cranston polternd hereinkam und Benedicta und Alison lautstark begrüßte.

»Ist der Windhund schon da?« dröhnte er, griff nach dem Bierkrug und trank daraus.

»Wenn Ihr den Sanctus-Mann meint«, sagte Athelstan unwirsch, »nein, Sir, der ist noch nicht da.«

»Nun, bald wird er kommen. Hört doch!« Cranston nahm die Mütze ab und legte den Kopf schräg. »Jeden Augenblick muß er kommen, Bruder.«

Und richtig, Athelstan hörte die Glocken von St. Mary Overy, die über Southwark hinweg erklangen und die Gläubigen – viele waren es nicht – zur Vesper riefen. Benedicta und Alison ließen sich von der Stimmung des Coroner anstecken und richteten sich erwartungsvoll auf, als das Läuten aufhörte.

»Jetzt kommt er doch nicht«, seufzte Cranston. »Ich wette, der Vikar der Hölle hat die Stadt verlassen und sich in die Wälder verdrückt.«

Athelstan schaute zur Tür und erschrak. Eine Gestalt war erschienen und stand auf der Schwelle wie ein Geist.

»Sanctus-Mann?« fragte er und sah fasziniert, wie der Besucher, der – Hose, Hemd und Mantel – ganz in Grau gekleidet war, lautlos hereinkam und die Hände ausstreckte.

»Bruder Athelstan.« Seine Stimme klang leise und liebkosend.

Athelstan ergriff die weiche Hand und schüttelte sie.

»Ich bin der Sanctus-Mann.«

Cranston gaffte die legendäre Gestalt der Londoner Unterwelt staunend an. Es war ein Mann mit einem fröhlichen Engelsgesicht, mit Fältchen an den Augen und rosigen Wangen.

»Sir John, Ihr seht überrascht aus.«

Cranston reichte dem Mann die Hand. Der Händedruck des Sanctus-Mannes war überraschend kräftig.

»Drückt nicht so fest, Mylord Coroner«, bat der Sanctus-Mann. »Meine Finger sind mein Geschäft.«

»Deine Finger werden dich eines Tages noch an den Galgen bringen«, antwortete Cranston barsch.

»Aber, aber, Sir John – ich tue nichts weiter, als reichen Dummköpfen ihr Geld abzuknöpfen.«

»Man erzählt heute noch davon, wie du die Dornenkronen verkauft hast«, sagte Cranston. »Ich habe eine davon gesehen, sie hatte sogar Blutflecken.«

»Ein Kunstwerk«, sagte der Sanctus-Mann. »Ein richtiges Kunstwerk. Was ist eine Reliquie schließlich sonst? Die Leute sehen, was sie sehen wollen, und ich bin dazu da, den Gläubigen zur Andacht zu verhelfen, so daß sie ihre Gedanken auf das Übernatürliche konzentrieren können.«

»Und um dich zu bereichern.«

»Jede Arbeit ist ihres Lohnes wert, Sir John.« Der Sanctus-Mann drehte sich um. »Wer sind diese liebreizenden Damen?«

Athelstan machte die beiden bekannt. Er war gerade damit fertig, als es an der Tür klopfte und Watkin hereingewankt kam.

»Pater, wir sind bereit«, verkündete er leise schwankend, als ob der Boden sich bewegte. »Wer ist das?«

»Guten Abend, Watkin.« Cranston ließ seine Pranke auf die Schulter des Mistsammlers herunterfahren. »Hast du deine Manieren vergessen? Sind wir keine Freunde mehr?«

Watkin rülpste laut und wand sich unter Cranstons Griff.

»Das ist ein Freund von mir«, sagte Athelstan und zog den Sanctus-Mann nach vorn. »Er würde gern euer wunderbares Kruzifix sehen.«

»Das ist aber nicht zu verkaufen.« Watkin funkelte Athelstans Gast mißtrauisch an.

»Oh, ich will es ja nicht kaufen, Sir. Aber jetzt kommt, der Tag ist kurz, und Zeit ist Geld.«

»Ist der Friedhof geräumt?« fragte Athelstan.

»Jawohl, Pater«, sagte Watkin.

Athelstan ging den anderen voraus über den Kirchplatz und durch die Seitenpforte auf den Friedhof. Das wundersame Kruzifix stand am hinteren Ende auf einem eigens errichteten Altar aus Backsteinen und Lehmklumpen, der über und über von brennenden Kerzen bedeckt war, die von den Wallfahrern hier aufgestellt worden waren.

»Es sieht echt aus«, murmelte Cranston. »Man sieht sogar die roten Blutstreifen über einem Feuermeer.«

Der Sanctus-Mann ging weiter, und bevor Watkin oder sonst ein Gemeindemitglied ihn daran hindern konnte, hatte er ein paar Kerzen umgestoßen, das Kruzifix gepackt und heruntergeholt.

»Hinstellen!« schrie Pike, der Grabenbauer, in einem Chor von drohenden Rufen.

»Zurücktreten!« bellte Cranston.

Der Sanctus-Mann studierte das Kruzifix aufmerksam. Athelstan sah die Blutstreifen auf dem Gesicht und dem Körper des Erlösers. »Es ist Blut«, stellte er fest.

»Ganz sicher«, bestätigte der Sanctus-Mann.

»Wie haben sie das gemacht?«

Der Sanctus-Mann untersuchte den Korpus und das Kreuz. »Nirgends ein geheimer Hebel oder Verschluß«, murmelte er und klopfte an die Figur. »Und das hier ist massives, gutes Holz.« Er sah sich unter den Umstehenden um. »Es wird eine schöne Nacht geben«, verkündete er unverhofft und deutete zum Himmel. »Ein Abend wie Balsam.«

»Was hat denn das damit zu tun?« schrie Hig, der Schweinehirt.

»Ich sagte nur, es ist ein sehr schöner Abend. Wenn es jedoch geregnet oder geschneit hätte...« Er betrachtete die geschlossenen Augen des gekreuzigten Christus. »Wer hat das geschnitzt?«

Huddle, der Maler, kam betreten herangeschlurft und wandte sich halb zur Seite, als wolle er Athelstan nicht in die Augen sehen.

»Du bist ein sehr guter Künstler«, sagte der Sanctus-Mann und lächelte ihn an. »Aber sag mir doch, hätte dieses Wunder sich auch ereignet, wenn es geregnet oder geschneit hätte?«

»Was ist das für ein Unfug?« blaffte Cranston.

Der Sanctus-Mann reichte Athelstan das Kruzifix und nahm eine Goldmünze aus seiner Börse. »Ein Vermögen«, flüsterte er. »Mehr Gold, als Ihr je im Leben sehen werdet. Es gehört Euch, unter einer Bedingung, Bruder Athelstan... Auf dem Weg hierher bin ich an einer Schenke vorbeigekommen, die ›Zum Gescheckten‹ heißt. Wir werden folgendes tun. Ich lege das Kruzifix in einen Bottich mit eiskaltem Wasser; der Wirt dort wird es mir geben. Wenn es morgen früh wieder herausgenommen wird, muß das Bluten aufgehört haben. Wenn ich zurückkomme, und es blutet immer noch, so gehört dieses Gold deiner Gemeinde. Außerdem werde ich diese Reliquie zur größten in der ganzen Christenheit erklären. Ich bezahle« – seine Stimme wurde laut – »fünfhundert Pfund dafür, daß ich sie mein eigen nennen darf. Nun?«

Huddle scharrte mit den Füßen und schaute weg. Watkin und Pike, der Grabenbauer, zogen sich in die Front der anderen Gemeindemitglieder zurück, und ihre Verbündeten und Helfershelfer – Tab, der Kesselflicker, Hig, der Schweinebauer, und Cecily, die Kurtisane – schienen alles Interesse an der Sache verloren zu haben.

»Kommt, kommt!« rief der Sanctus-Mann. »Wollt ihr etwa sagen, der liebe Gott läßt es zu, daß ein Wunder durch einen Bottich Wasser und einen staubigen Keller zum Erliegen gebracht wird?« Er steckte das Goldstück wieder in seine Börse.

»Was ist das für ein Gaukelwerk?« Athelstan trat vor und packte Huddle beim Wams. Der Maler schaute sich mit bleichem Gesicht nach Watkin um. »Sag es deinem Pfarrer! Komm, sag es deinem Pfarrer!«

»Ich werde Euch sagen, wie es geht«, erklärte der Sanctus-Mann. »Laßt ihn nur los, Bruder.« Er gab Athelstan das Kruzifix. »Seht Euch die Augen an, Bruder. Ihr werdet es nicht erkennen können, aber da sind sehr feine Löcher. In jeder Wunde wird ein solcher Hohlraum sitzen. Das Loch ist mit einer Wachsschicht verschlossen. Das Blut hätte eintrocknen müssen, aber Huddle hat eine Tinktur beigemischt, die es frisch hält.«

Athelstan nickte. Im stillen bewunderte er diese feinsinnige Vorrichtung.

»Hätte das Kruzifix nun in der kalten Kirche gehangen«, fuhr der Sanctus-Mann fort, dem die Sache großen Spaß machte, »so würde das Wachs sich erhärten, und in den Hohlräumen würde das Blut mit der Tinktur allmählich eintrocknen. Je länger man es hängen ließe, desto fester würde es werden.«

»Aber die Kerzen!« rief Athelstan. »Als das Kruzifix am Taufbrunnen aufgehängt worden war, wurden Kerzen angezündet. Und, die eisernen Kerzenhalter befanden sich auf einer Höhe mit dem Korpus!«

»Ihre Wärme verflüssigte das Blut«, erklärte der Sanctus-Mann, »und Ihr habt einen gekreuzigten Jesus, der blutet.«

»Aber soviel Blut!« rief Cranston.

»Die Hohlräume lassen sich jederzeit wieder füllen.«

Athelstan ging auf seine belemmerten Pfarrkinder zu. »Warum?« rief er. »Warum ein solches Bubenstück? Seid ihr so knapp bei Kasse? Müßt ihr solche Dummheiten machen, so lästerliches Gaukelwerk?«

»Sag's ihm!« rief Huddle zu Watkin hinüber. »Pater«, fuhr er dann fort, »ich will gestehen, daß es meine Idee war. Ein Maler in Genua hatte etwas Ähnliches gemacht, hat mir ein Seemann erzählt, als ich in der Schenke ›Zum Gescheckten‹ beim Essen saß. Ich habe es Watkin weitererzählt . . . «

Die Gemeindemitglieder wichen zurück und ließen den Mistsammler allein dastehen, der sofort lauten Protest erhob.

»Du bestehst doch immer darauf, daß du der Leiter des Gemeinderates seist!« rief Pike tückisch. »Jetzt sag dem Pfarrer die Wahrheit!«

Watkin trat vor wie ein Schuljunge. »Wir haben es für Euch getan, Pater«, bekannte er und hob die lederumhüllten Schultern. »Oh, ich gebe gleich zu, Pater, einen Teil des Geldes habe ich für Erfrischungen ausgegeben . . . «

»Das ist ein Verbrechen!« dröhnte Cranston.

Athelstan bat mit einer Handbewegung um Ruhe. »Hast du davon gewußt, Benedicta?« fragte er leise.

Sie schüttelte den Kopf. »Ich glaube, Ihr solltet sie fragen, warum sie es getan haben. Ich habe da einen leisen Verdacht.«

»Wir haben gehört, daß Ihr fortgeht«, platzte Watkin heraus. »Als Sir John neulich, nachdem Ihr von dieser blutigen Angelegenheit in Westminster zurückgekehrt wart, leicht berauscht im ›Gescheckten‹ saß, da beklagte er diese Tatsache.«

»Und?« fragte Cranston.

»Und da wollten wir Euch das Geld geben«, erklärte Watkin trotzig.

»Wie bitte . . . ?«

»Oh, nicht um Euch zu bestechen«, fügte Tab, der Kesselflicker, besorgt hinzu. »Wir wollten Euch bitten, es dem Regenten als Geschenk zu überbringen, Sir John.« Er fuhr sich mit der Zunge über die Lippen. »Und wenn nicht dem Regenten, dann dem Bürgermeister oder einem Ratsherrn – irgend jemandem, der Einfluß auf den Pater Prior hat.«

Athelstan schaute seine Pfarrkinder streng an. »Lügt jetzt nicht!« warnte er.

»Nein, nein, Pater!« tönte es im Chor zurück.

»Könnt ihr alle beschwören«, fragte Athelstan mit lauter Stimme, »daß ihr es aus diesem Grund getan habt? Es beschwören beim Heiligen Kreuz und beim Leben eurer Kinder?«

Donnernd bejahte die ganze Gemeinde.

»Aber Unrecht war es doch«, beharrte Athelstan kopfschüttelnd. »Ihr habt großes Unrecht begangen, und ihr müßt Wiedergutmachung leisten.« Er hielt Huddle das Kruzifix entgegen. »Verbrenne es!« befahl er. »Den Neugierigen werdet ihr erzählen, daß die

Kerzen das Holz in Brand gesetzt haben. Gottes Feuer habe es vernichtet!«

»Ich werde es sofort tun, Pater.«

Huddle nahm das Kruzifix unter den Arm und lief damit zu der kleinen Backsteinumfriedung hinter der Kirche, wo Athelstan altes Gerümpel zu verbrennen pflegte.

»Sir John wird das ganze Geld einsammeln«, fuhr Athelstan fort. »Jeden Penny. Er wird es treuhänderisch in Gewahrsam nehmen und einem der Armenhäuser der Stadt geben. Im übrigen bedanke ich mich bei ...« Er wandte sich um, aber der Sanctus-Mann war so lautlos verschwunden, wie er gekommen war.

»Sir John! Sir John!« Flaxwith kam schweißüberströmt durch die Friedhofspforte gehumpelt, Samson mit hängender Zunge hinterher. »Sir John, Ihr müßt sofort zum Tower kommen! Dieser Schreiber, Alcest – er hat einen Anfall erlitten! Master Colebrooke sagt, es kam ganz unerwartet.«

Rasch verteilte Athelstan noch ein paar Anweisungen an Watkin und Benedicta.

»Ich fahre Euch hinüber«, erbot sich Moleskin, der Bootsmann.

Sir John nahm das Angebot an, und wenig später eilten sie durch die Gassen von Southwark zur Themse hinunter und kletterten in Moleskins Boot. Samson stellte sich sofort in den Bug, ließ mit geschlossenen Augen die Zunge aus der halboffenen Schnauze baumeln und genoß den kühlen Abendwind.

»Ich bin sicher, daß der verdammte Hund seinen eigenen Verstand hat!« murmelte Cranston. Dabei funkelte er wütend Moleskin an, der ihm gegenübersaß und ruderte.

»Wir haben es gut gemeint«, sagte Moleskin. »Wirklich, Sir John. Wir können Bruder Athelstan nicht fortgehen lassen.«

»Ruhe jetzt!«

Athelstan starrte zum Himmel hinauf, der jetzt zusehends dunkler wurde. »Master Colebrooke war anscheinend zu hart.«

»Nein, nein, ich habe so etwas schon öfter gehört«, sagte Cranston. »Alcest war ein Schreiber. Manchmal sind es gerade die Jungen und äußerlich Kräftigen, die zusammenbrechen – nicht unter den körperlichen Schmerzen, sondern unter der seelischen Folter. Alcest wird nicht der erste und schon gar nicht der letzte sein, der vor Angst stirbt.«

Cranston und Athelstan lehnten sich zurück, während Moleskin sein Fährboot an Kornbarken, Fischerbooten und Kähnen vorbeisteuerte; einige davon hatten in der Dämmerung bereits ihre Laternen aufgehängt. Endlich erreichten sie den Tower. Moleskin, erpicht darauf, ihnen gefällig zu sein, legte am Uferkai an und versprach, auf sie zu warten. Cranston, Athelstan und Flaxwith kletterten an Land, aber Samson wollte nicht aussteigen.

»Verräterischer Köter!« zischte Flaxwith.

»Das glaube ich nicht«, sagte Athelstan. »Moleskin hat immer eine Wurst in seiner Tasche, und wenn ich sie schon riechen kann, dann kann Samson es ganz bestimmt.«

Sie gingen den Kiesweg entlang und überquerten den Festungsgraben. Das Tor war schon geschlossen, aber ein Wachposten mit einer Fackel in der Hand öffnete ihnen eine Seitenpforte und führte sie durch enge Gänge zwischen den Gebäuden zum Tower Green. Colebrooke erwartete sie auf der Treppe vor dem großen normannischen Burgfried.

»Ihr habt ihn zu hart angefaßt!« raunzte Cranston.

»Sir John, wir hatten kaum angefangen«, antwortete Colebrooke und stand auf. »Ich hatte ihn an die Wand ketten lassen. Die Befrager drückten ihm ein Brandeisen auf den Arm, und plötzlich zappelte er wie eine Puppe, und das Blut schoß ihm aus der Nase. Er ist kaum bei Bewußtsein. Ich bringe Euch zu ihm.«

Cranston befahl Flaxwith, draußen zu bleiben, und folgte dann Colebrooke zusammen mit Athelstan die schimmelige Treppe hinunter in das dunkle, weit verzweigte Labyrinth der Kerkergewölbe unter dem Tower. Sie fanden Alcest in einer Zelle auf einem sauberen Strohbündel. Athelstan kauerte sich neben die notdürftige Bettstatt. Er sah einen Bluterguß auf Alcests rechtem Wangenknochen und die Blutkrusten unter der Nase und an den Mundwinkeln. Hände und Füße des Schreibers waren eiskalt. Athelstan tastete nach der Schlagader am Hals des Mannes. Der Puls war langsam und matt. Der Ordensbruder deutete auf eine Talgkerze auf dem Tisch.

»Anzünden!« befahl er.

Colebrooke gehorchte und zündete gleich auch die Fackel an der Wand über der Tür an. Er reichte Athelstan die Kerze, und der ließ sie ein Weilchen brennen, blies sie dann aus und hielt Alcest den qualmenden Docht unter die Nase. Der scharfe, beißende Rauchgeruch brachte den Schreiber zu sich. Flatternd öffneten sich seine Lider.

»Master Alcest«, flüsterte Athelstan ihm ins Ohr, »Master Alcest, Ihr seid sehr krank, und vielleicht müßt Ihr sterben.«

»Ein Priester«, murmelte Alcest. »Pater, ich habe solche Kopfschmerzen. Das ist Gottes Strafe, diese schrecklichen Schmerzen! Ich hatte sie schon öfter.

Manchmal, des Nachts«, stammelte er. »Pater, ich kann meine Hände und Füße nicht fühlen. Es ist so kalt und so dunkel.« Er schloß die Augen. »Sprecht mich von meinen Sünden los, Pater. Sprecht mich los, bevor ich sterbe.«

Athelstan schaute über seine Schulter. »Laßt uns allein«, bat er.

Cranston ging mit Colebrooke durch den Gang davon und hinaus auf den Rasen, wo Flaxwith betrübt zum Fluß hinüberstarrte.

»Es tut mir leid, Sir John«, sagte Colebrooke. »Aber ich habe so etwas schon erlebt. Manchmal platzt ein Blutgefäß im Kopf oder im Hals, und man verliert das Gefühl in den Extremitäten.«

»Habt Ihr einen Arzt hier?« fragte Cranston.

»Einen Bader, aber der ist ein Trunkenbold und liegt jetzt in seiner Kammer. Er könnte kaum die Tür öffnen, geschweige denn einen Mann untersuchen.«

Cranston trat an eine der schweren Kriegsmaschinen und betrachtete sie. »Wo ist eigentlich Rothand?« fragte er unvermittelt. »Vor einigen Wintern bin ich ihm hier begegnet – einem verrückten Zwerg. Er hauste in den Kellergewölben.«

»Den Weg allen Fleisches gegangen«, sagte Colebrooke betrübt. »Ist im letzten Frühjahr an einem Fieber gestorben.« Er deutete zu dem kleinen Friedhof neben der Towerkapelle St. Peter ad Vincula hinüber. »Dort liegt er begraben. Hat seinen Frieden endlich gefunden.«

Cranston und Colebrooke unterhielten sich eine Weile über gemeinsame Bekannte, bis der Coroner seinen Namen rufen hörte und Athelstan die Treppe aus dem Kerker heraufkam.

»Hast du ihm Absolution erteilt?« fragte der Coroner.

»Sein Tod wird besser sein als das Leben, das er gelebt hat«, antwortete Athelstan. »Ich glaube, es wird nicht mehr lange dauern, Master Constable. Es ist nicht nötig, ihn weiter zu verhören. Gebt ihm Wein mit einem Betäubungsmittel und laßt ihn schlafen. Er wird langsam hinübergleiten. Bewegt ihn nicht. Je weniger Bewegung, desto weniger Schmerz.«

Cranston dankte dem Constable.

»Einen Augenblick noch, Sir John«, sagte Athelstan. »Master Colebrooke, wo ist Euer Schreiber?«

»Der ist noch im Byward Tower«, antwortete Colebrooke.

Sofort eilte Athelstan davon. Wenig später war er wieder da, und ohne auf Cranstons fragende Blicke zu achten, bedankte er sich bei Colebrooke, und dann verließen sie den Tower und kehrten zurück zum Kai. Flaxwith trabte hinter ihnen her. Es wurde immer dunkler. Über der Themse ballten sich, von kräftigen Windböen getrieben, die Wolken zusammen. Athelstan blieb stehen und schaute zum Himmel hinauf.

»Für die Sterne wird es eine schlechte Nacht werden, Sir John, aber wir haben ja auch noch etwas zu tun.«

»Was denn?« fragte Cranston. »Bruder, was hast du erfahren?«

»Das kann ich Euch nicht sagen, Sir John. Ich darf niemandem erzählen, was ich unter dem Siegel des Beichtgeheimnisses erfahre.«

»Aber Alcest ist der Mörder?«

»Alcest ist ein Mörder, so schuldig wie Judas.«

Als sie bei der Ufertreppe ankamen, mußte Athelstan grinsen. Seine Prophezeiung hatte sich als richtig erwiesen. Samsom saß im Boot, und ein Ende Wurst baumelte ihm aus der Schnauze.

»Gott sei Dank, daß Ihr wieder da seid!« rief Moleskin. »Ich hatte schon Angst, wenn er mit der Wurst fertig ist, fängt er mit mir an.«

Sie kletterten in das Boot. Samson sprang seinem Herrn auf den Schoß und fing an, ihm das Gesicht zu lecken. Moleskin stieß ab, legte sich in die Riemen und steuerte seinen Fährkahn geschickt über die Themse. Die Dünung auf dem Fluß war im Abendwind heftiger spürbar, und so waren alle froh, als sie in Southwark anlegten. Flaxwith wollte in die Stadt zurückkehren, aber Athelstan bat ihn, zu bleiben.

»Es ist Lesures, nicht wahr?« Cranston zupfte Athelstan am Ärmel, als sie eine Gasse hinaufgingen.

»Ja, ja«, antwortete Athelstan abwesend. »Master Lesures hat sich für so manches zu verantworten.« Vor der Schenke »Zum Gescheckten« blieb er stehen und spähte durch ein Fenster hinein. »Bleibt einen Augenblick hier, Sir John, und kommt nicht herein. Es dauert nicht lange.«

Bevor Cranston protestieren konnte, war Athelstan in der Schenke verschwunden. Als er wieder herauskam, steckte er sich etwas in seine Börse. Cranston sah, daß er sie behutsam festhielt, als sei sie etwas Kostbares.

Der Friedhof und der Platz um die Kirche lagen verlassen da, als sie kamen. Zwar hing der Geruch von Feuer und Kerzenwachs noch immer in der Luft, aber der Behelfsaltar auf dem Friedhof war umgestürzt und alle Spuren des »Wundersamen Kruzifix« waren verschwunden.

»Hoffentlich ist Benedicta da«, murmelte Athelstan.

»Ich denke schon«, sagte Cranston. »Ich sehe Kerzenschein in deinem Fenster, Bruder.«

Benedicta und Alison saßen im Pfarrhaus am Tisch, und Cranston schrie entzückt auf, als er den großen Krug Ale sah, den Benedicta in einer nahen Schenke geholt haben mußte. Sie holte saubere Humpen aus der Küche und trug fünf Teller mit Dörrfleisch, Käse und Apfelscheiben auf. Samson spitzte die Ohren und schaute sich um.

»Lieber Gott«, betete Cranston, »mach, daß Bonaventura jetzt nicht nach Hause kommt.«

»Der wird nicht kommen«, sagte Athelstan. »Er ist ein sehr kluger Kater und weiß, daß Samson hier ist. Aber, Henry, komm her. Ich habe ein kleines Geschenk für dich und deine Frau. Es ist oben in meiner Schlafkammer.«

Ohne die neugierigen Blicke der anderen zu beachten, führte Athelstan den Büttel die Stiege hinauf. Nach ein paar Augenblicken kam der Ordensbruder allein zurück, tauchte seine Finger in eine Wasserschüssel, wischte sie an seinem Mundtuch ab und nahm einen Schluck Ale. Cranston fing an, über einen Wetterumschwung zu spekulieren, aber Benedicta nahm plötzlich seine Hand.

»Pst, Sir John – hört doch!«

Sie lauschten alle.

»Oh nein . . . !« Cranston seufzte tief und erhob sich halb. »Hörst du das, Bruder?«

Der Ordensbruder hörte auf zu essen.

»Da ist jemand, der Sporen trägt!« rief Cranston. »Draußen vor dem Haus!«

»Alcest kann das aber nicht sein!« stellte Alison fest.

»Oh nein, Alcest ist es nicht, Alison.« Athelstan beugte sich vor und griff nach ihrer Hand. »Und obwohl Alcest ein Mörder ist, hat er sich doch nur für einen Toten zu verantworten, nicht wahr, Mistress?«

»Wie meint Ihr das, Pater?«

»Ihr habt mich gut verstanden«, sagte Athelstan. »Mistress Alison, Alcest hat einen Schreiber ermordet, Ihr dagegen vier!«

Vierzehn

Alison wollte aufspringen, aber Athelstan legte ihr die Hand auf die Schulter und drückte sie nieder.

»Wie heißt du wirklich?« fragte er.

»Alison Chapler natürlich. Ich bin Edwins Schwester.«

Cranston war kopfschüttelnd hinter dem Mädchen stehengeblieben. Athelstan beachtete ihn nicht. Benedicta saß mit offenem Mund da. Flaxwith führte Samson davon und setzte sich mit ihm auf einen Schemel in der Ecke; der Hund hockte sich neben ihn und ließ sich die Ohren kraulen.

»Ich war im Tower«, erläuterte Athelstan. »In dieser grimmigen Festung gibt es eine Dokumentenkammer mit Steuerakten, die über Jahrzehnte zurückreichen. Es ist doch interessant, daß die Steuereinnehmer mit peinlichster Sorgfalt sämtliche Einzelheiten notieren. Sie führen Listen von Leuten, nach Wohnung und Beruf geordnet. Nun gibt es in diesen Listen für das Jahr 1362 auch eine Familie in Bishop's Lynn, Norfolk: Vater, Mutter, Sohn Edwin und dessen Schwester Alison, ein Kind von gerade drei Jahren.«

»Nun, Ihr müßt wissen, Pater . . . «

»Nein, nein«, unterbrach Athelstan. »ich bat den Schreiber, einen Blick in die Steuerakte für 1365 werfen zu dürfen. Da waren zwei der Familienmitglieder gestorben: Edwins Vater und seine Schwester Alison – auch sie war als *mortua* bezeichnet. Tot. Wenn du willst, kann ich Sir John nun immer noch bitten, einen königlichen Gerichtssekretär mit einer gründlichen Untersuchung deiner Herkunft zu beauftragen.«

Alison, aus deren Gesicht alle Farbe gewichen war, schüttelte nur den Kopf.

»Ach, übrigens«, sagte Athelstan, »das Klirren, das ihr gehört habt, war ein Paar Sporen, die ich vom Wirt des ›Gescheckten‹ geborgt hatte. Master Flaxwith ging nach oben, band sie an ein Stück Schnur und ließ sie aus dem Fenster herabhängen. Dann schüttelte er sie heftig, damit es so klang, als gehe jemand, der Sporen trägt, draußen auf und ab. Gestern abend hast du in Benedictas Haus das gleiche getan: Aus der Kammer über ihrer Stube hast du die Sporen aus dem Fenster hängen lassen und dann heftig an der Schnur gerissen. Vorher aber hattest du das letzte Rätsel so auf den Boden gelegt, als sei es unter der Tür hindurchgeschoben worden.«

»Ich glaube, Ihr irrt.«

»Nein, meine Liebe. Es hat mich gefesselt, in unserem Gespräch mit meinem Pfarrgemeinderat zu hören, daß du alles über eine Legendengestalt aus Norfolk wußtest, über die Knispelhexe.«

»Edwin hat mir davon erzählt.«

»Das glaube ich nicht, Mistress Alison. Ich kann es kaum beweisen, aber bei deiner Kunstfertigkeit als Näherin, deinen Kenntnissen über Mysterienspiele und deinem Wissen über das künstliche Blut, das die Schauspieler benutzen, nehme ich an, daß du die Tochter fahrender Leute bist. Ich glaube, daß Edwin dir begegnete und sich in dich verliebte.«

»Warum haben wir dann nicht geheiratet?«

»Ach, komm, komm, Alison, oder wie immer du wirklich heißen magst: Wir beide wissen, daß königliche Schreiber – wenn sie nicht schon eine sehr hohe Stellung innehaben – nicht die gewünschte Bevorzugung erhalten, wenn sie verheiratet sind. Eines weiß ich allerdings nicht ...« Athelstan hielt inne und tupfte die Brotkrumen vom Tisch. »Edwin wollte deine Vergangenheit geheimhalten und dir eine neue Identität geben. Warum?«

»Bruder, ich war gar nicht in London, als einige dieser Leute ermordet wurden.«

»Ich will von vorn anfangen.« Athelstan schob seinen Teller weg und nahm einen Schluck Ale. »Edwin Chapler wurde in Bishop's Lynn in Norfolk geboren. Seine Eltern und seine Schwester starben. Ich nehme an, daß er die Domschule von Norwich besuchte und als kluger und gewandter Schüler später in die Hallen von Oxford oder Cambridge geschickt wurde. Welche war es?«

»Cambridge«, sagte die Frau.

»Entweder dort oder wenig später lernte er dich kennen. Du wurdest seine Schwester. Als stilles, fleißiges Paar zogt ihr nach Essex in das Dörfchen Epping. Edwin war mit Empfehlungsschreiben bewaffnet, womöglich von einem Magister in Cambridge, und sicherte sich seine Pfründe in der Kanzlei vom Grünen Wachs. Du bliebst in Epping, Edwin nahm sich eine karge Kammer mit Blick auf den Stadtgraben, aber hin und wieder kamst du nach London, um ihn zu besuchen. War es so, Mistress?«

Alison antwortete nicht.

»Was nun aber der Anfang einer glorreichen Laufbahn im Dienste des Königs hätte sein sollen, verwandelte sich in einen Alptraum. Chapler war ein grundehrlicher Mann. Bald wurde ihm klar, daß Alcest und seine Kumpane – trotz aller scherzhaften Reden, Feste und Rätsel – den Dokumentenmeister durch Erpressung in ihre Gewalt gebracht hatten und allerlei Betrügereien trieben. Sie verkauften Pässe und Reisegenehmigungen an Verbannte und Verbrecher und Bewohner der Londoner Unterwelt. Sie luden Chapler ein, sich ihnen anzuschließen. Mancher junge Mann hätte ein solches Zubrot mit Vergnügen angenommen, aber Edwin war anders: Er war ein integrer Mann.«

»Er war ein wunderbarer Mann«, unterbrach Alison, und die Tränen liefen ihr über die Wangen. »Niemals habe ich gesehen, daß er jemandem ein Haar gekrümmt hätte, aber es stimmt, Bruder: Er betrachtete Alcest und die anderen als Dämonen aus der Hölle. Der Bauch und der Schwanz, das waren ihre Götter!«

»Chapler hat dir alles über sie erzählt, nicht wahr?« sagte Athelstan. »Er hat dir in allen Einzelheiten von ihren Sitten und Gebräuchen berichtet. Wie sie sich kleideten, was sie tranken, welches Bordell sie zu besuchen pflegten. Wie sie in ihrem Reichtum und ihrer Arroganz schwelgten. Natürlich hatte er Skrupel, wie sie jeder rechtschaffene Mann gehabt hätte. Diese Leute begingen schwere Verbrechen, und mit seinem Schweigen begünstigte er sie.«

Alison nickte und wischte sich mit dem Handrücken über die Wangen.

»Ich weiß nicht genau, was dann passierte«, fuhr Athelstan fort. »Aber Edwin muß schließlich protestiert und ihnen vielleicht sogar gedroht haben. Alcest und die anderen drohten ihm ihrerseits und schwiegen ansonsten, bis sie eines Tages versuchten, ihn zu vergiften, indem sie ihm in der Kanzlei etwas in den Malvasier schütteten.«

»Wie hat Edwin sein Verhältnis zu Alison so gut

geheimhalten können?« fragte Flaxwith aus seiner Ecke.

»Ich sagte ja schon«, antwortete Athelstan, »sie gaben sich weiterhin als Bruder und Schwester aus. Alison pflegte in Männerkleidern nach London zu reisen. Ein Spiel, das raffiniert genug war, um jeden zum Narren zu halten, die guten Leute von Epping wie auch jeden, der sie in der Stadt kannte. Außerdem bot es ihr zusätzlichen Schutz während der Reise. Ich habe Chaplers Wohnung besucht. Sie war ärmlich und schlicht, aber er verdiente doch gutes Geld.« Athelstan deutete mit einer umfassenden Gebärde durch die Küche. »Jeder Mensch verdient ein Heim, und du und Edwin, ihr hattet auch eines, nicht wahr? Möglichst weit entfernt von der Kanzlei vom Grünen Wachs, jenseits der Stadtmauer, in Holywell vielleicht oder westlich von Clerkenwell? Wie auch immer – als Edwin krank wurde, verkleidetest du dich als Mann und besuchtest ihn in seinem Quartier. Dir wurde klar, wie ernst die Situation war: Diese Schreiber würden Edwin ermorden. Du flehtest ihn an, zu kündigen und die Kanzlei vom Grünen Wachs zu verlassen, aber Edwin war ebenso störrisch wie mutig. Er wurde gesund und ging wieder zur Arbeit, und da beschlossen Alcest und die anderen, ihn umzubringen. Es war bekannt, daß Edwin gern die kleine Kapelle von St. Thomas à Becket auf der London Bridge besuchte. Alcest veranstaltete ein Fest mit Essen, Wein und hübschen Huren, und dann hüllte er sich in Mantel und Kapuze und schlich sich in der Dunkelheit zur London Bridge, um Edwin aufzulauern. Als der rechte Augenblick gekommen war, schlug Alcest ihm den Schädel ein und warf den Toten dann in die Themse.«

Alison senkte den Kopf, und ihre Schultern bebten.

»Gottes Mühlen mahlen auf eine unergründliche Weise«, sagte Athelstan. »Die Schreiber glaubten, sie könnten einen braven Mann ermorden, ohne daß man ihnen die Schuld an seinem Tod in die Schuhe schieben würde. Sie wollten allesamt beschwören und auch Zeugen dafür aufbringen, daß sie in der Nacht, als Edwin Chapler starb oder doch wenigstens verschwand, zu betrunken waren, um irgendwohin zu gehen, geschweige denn jemanden zu ermorden. Aber da hatten sie nicht mit Mistress Alison gerechnet. Du mußt in der Nacht, als Edwin starb, noch in London gewesen sein«, sagte er, zu Alison gewandt. »Als er am nächsten Tag nicht erschien, ahntest du, was geschehen sein mußte. So groß war eure Liebe, nicht wahr? Du fühltest es in deinem Herzen, und du nahmst dir vor, ihn zu rächen.«

Alison hob das tränennasse Gesicht. »Ich bin doch erst an dem Morgen, als Ihr in die Kanzlei vom Grünen Wachs kamt, in London eingetroffen.«

Athelstan schaute zu Sir John. Hoffentlich würde der Coroner ihn bei seiner kleinen Notlüge unterstützen. »Das glaube ich nicht, Mistress. Wir wissen, daß du schon einige Zeit nicht mehr in deinem Dorf warst. Nein, nein, du hast deine Taten sehr gerissen geplant. An dem Morgen, als wir uns begegneten, hattest du bereits gehandelt. Edwin hatte dir von Pesleps täglichen Gewohnheiten erzählt. Du gingst als junger Mann verkleidet in das Gasthaus ›Zum Tintenfaß‹, und um Alcest nachzuahmen und zu verhöhnen, hattest du Sporen an den Stiefeln. Peslep ging hinaus zum Abort, im Wirtshaus war es laut, du warst allein mit ihm, und so schlugst du zu. Zweimal hast du zugestochen, einmal in den Bauch und einmal in die Kehle, während ihm die Hose noch um die Füße schlotterte. Das wußtest du.«

Athelstan schob ihr einen Bierhumpen hinüber. Sie nahm einen Schluck daraus, ohne den Ordensbruder aus den Augen zu lassen.

»Als ich dich hierher nach Southwark brachte – an dem Abend, als wir William, dem Wiesel, begegneten –, da sagtest du, daß Peslep mit herabgelassener Hose ermordet worden sei. Woher wußtest du das?«

»Ihr habt es mir erzählt.«

»Nein, das haben wir nicht, Mistress«, sagte Cranston. »Bruder Athelstan und ich erzählen niemals irgend jemandem die genauen Einzelheiten einer Mordtat.«

»Dann hat es mir jemand anders erzählt.«

»Nein, nein, das kann nicht sein.« Athelstan schwieg einen Augenblick lang. »Außerdem hast du einen weiteren Fehler begangen. An dem Tag, als ich Edwin im Leichenhaus die Totensalbung spendete, da sprachst du nicht von einem Mörder, sondern von mehreren. Du fragtest, ob ›sie‹ gefaßt und bestraft werden würden. In jenem Augenblick war es nur ein Versprecher, aber als weitere Morde geschahen, wurde ich doch nachdenklich.« Athelstan nahm einen Schluck Ale. »Wie auch immer – du ermordetest Peslep und kehrtest in eure geheime Wohnung zurück, wo immer sie liegen mag, um dort deine staubige Reisekleidung anzulegen und dich in die ›Silberne Laute‹ zu begeben, als seist du gerade in London eingetroffen. Von da aus gingst du in die Kanzlei vom Grünen Wachs. Dort war inzwischen die Nachricht von Edwin Chaplers Tod angekommen. Die Schreiber sagten es dir und trösteten dich. Für sie warst du wie jede Frau ein hübsches Gesicht und ein leerer Kopf. In Wirklichkeit aber bist du gewandt und scharfsinnig, eine wahre Salome, die inmitten der Unschuldigen tanzt.« Athelstan lächelte düster. »Doch so unschuldig sind die vielleicht auch nicht. Du wußtest von ihren Malvasierbechern. Sie ließen dich in der Schreibstube umherwandern, vielleicht Edwins Becher in die Hand nehmen. Im passenden Augenblick schüttetest du das Gift in Ollertons Becher. Du wolltest es ihnen mit gleicher Münze heimzahlen.«

»Edwin hat dir ja alles erzählt, nicht wahr?« fuhr Cranston dazwischen. »Vor allem, wie gern die Schreiber einander Rätsel aufgaben. Also dachtest du dir auch welche aus. Jedes Rätsel stand für einen Buchstaben, und zusammen bildeten sie das Wort *poena*, welches das lateinische Wort für ›Strafe‹ ist. Du wolltest die Mörder ihrer Strafe zuführen.«

»Ich war in Southwark, als sie nach Ollertons Tod das Rätsel erhielten.«

»Hör auf.« Cranston klopfte ihr auf die Schulter. »Müssen wir uns erst bei den Händlern in der Umgebung der Kanzlei vom Grünen Wachs erkundigen? Irgendein Lehrjunge wird sich sicher an einen jungen Mann im Kapuzenmantel und mit Sporenstiefeln erinnern, der ihm einen Brief gab und ihn gut dafür bezahlte, daß er ihn zu einer bestimmten Zeit unter der Tür der Kanzlei hindurchschob.«

»Du wolltest den Eindruck erwecken, anderswo zu sein«, sagte Athelstan, »indem du darum batest, die Stadt verlassen zu dürfen. Aber in Wirklichkeit wärst du nicht fortgegangen, ehe die Angelegenheit vollbracht gewesen wäre.«

Alison schloß die Augen.

»Elflain war ein Kinderspiel«, sagte Athelstan. »Er war auf dem Weg zu seiner hübschen Hure. Für Napham kauftest du ein Fußeisen, und dann stiegst du durch das Fenster in seine Kammer und versteckest es unter den Binsen. Doch für Alcest gab es kein Rätsel. Was hattest du für ihn geplant? Wolltest du ihn mit dem, was du wußtest, den Richtern des Königs überlassen? Schließlich trug er ja Sporen. Chapler hatte dir wahrscheinlich erzählt, daß er das Geld für seine Freunde aufbewahrte, und das würde man vielleicht entdecken. Er würde als letzter sterben. Damit wären nicht nur deine Rätsel vollendet, sondern es würde auch deinen Rachegelüsten entgegenkommen. Alcest würde ein grausige Hinrichtung erleiden.«

Benedicta, die schreckensstarr zugehört hatte, griff nach Athelstans Hand. »Aber Alison hat mir erzählt, daß ein Mann, auf den die Beschreibung des Mörders paßte, bei dem Gasthaus gesehen worden sei, in dem sie wohnte.«

»Oh, das hat sie mir auch erzählt«, sagte Athelstan. »Das machte die Sache ja noch geheimnisvoller, nicht wahr? Es lenkte den Verdacht von ihr ab. Nein, nein, irgendwo in dieser Stadt hat Mistress Alison noch eine Wohnung, in einem Haus oder in einer Herberge, und dort pflegte sie sich auch mit Edwin zu treffen. Dort konnte sie das Kleid ablegen und Hose, Mantel, Hut und Reitstiefel mit Sporen anziehen. In dieser Kleidung ging sie zur ›Silbernen Laute‹, um sich sehen zu lassen, damit kein Mensch auf den Gedanken käme, sie und dieser geheimnisvolle Fremde wären ein und dieselbe Person.«

Athelstan sah Alison an, die beide Hände auf den Tisch gelegt hatte. »Sir John hat genügend Beweismaterial, um dich zu verhaften und ins Gefängnis zu bringen. Die Justiz hat genug beisammen, um es den Richtern in Westminster vorzulegen.« Athelstan zählte die einzelnen Tatsachen an den Fingern ab. »Wir können beweisen, daß du nicht Alison Chapler bist. Wir werden herausfinden, wer du wirklich bist und warum du dich unter einem falschen Namen verbirgst. Wir werden die Stadt nach deiner geheimen Wohnung durchsuchen. Wir werden nachweisen, daß du Epping schon sehr viel früher verlassen hast, als du behauptest.«

»Und da ist noch mehr.« Cranston kam um den Tisch herum und trat neben Athelstan. »Wir werden bei unserer Suche wahrscheinlich noch weiteres Material zutage fördern. Ein Paar Sporen vielleicht, ein Stück Schnur? Die Kronanwälte werden wissen wollen, woher du über die Umstände von Pesleps Tod so gut Bescheid wußtest. Sie werden sich bei den Eisenwarenhändlern der Stadt nach der Fußangel erkundigen.« Cranston spreizte die Hände. »Warum solche Umstände?«

Alison lächelte so liebreizend, daß Athelstan einen Augenblick lang bezweifelte, sie könnte auch nur eine Fliege totschlagen.

»Was macht es schon?« fragte sie. »Edwin ist tot. Sie sind alle tot.« Ihr Gesicht verhärtete sich. »Sie mit ihren Bäuchen, ihren vorgewölbten Hosenlätzen, ihrem großspurigen Auftreten und ihrem Gold. Wieso haben sie Edwin nicht in Ruhe gelassen?« Sie sah Benedicta an. »Ich habe ihn angefleht, weißt du. Ich habe ihn angefleht, sie nicht weiter zu behelligen. Er sollte seine Arbeit tun und sich nicht um sie kümmern. Aber so war Edwin nicht. Er war ein guter Mensch, eine wahrhaft anständige Seele.« Sie sah Athelstan an. »Ist es nicht seltsam, Pater, wie ich von guten Menschen zur Strecke gebracht werde? Erst von Edwin, jetzt von Euch. Vielleicht zeigt es, daß man seinem Schicksal nicht entrinnen kann.«

»Was meinst du damit?« fragte Cranston.

»Mein Vater war ein braver Mann, ein fahrender Schauspieler. Er war außerdem beeinflußt von den Lehren Wycliffes und der Lollards.«

»Von denen habe ich gehört«, sagte Athelstan. »Sie bekämpfen die Verderbtheit der Kirche.«

»Mein Vater hat mir Lesen und Schreiben beigebracht«, fuhr Alison fort. »Als er begann, öffentlich zu lehren, wurde er in Cambridge verhaftet. Die Richter ließen ihn brandmarken, und außerdem wurde ihm mit einem rotglühenden Eisen die Zunge durchstoßen. Mein Vater starb im Kerker. Ich war erst zwölf. Gott weiß, was danach aus mir geworden wäre, aber Edwin pflegte die Gefangenen dort zu besuchen.« Sie holte tief Luft und kämpfte die Tränen nieder. »Er bekam Mitleid mit mir und verbürgte sich für mich. Als ich entlassen worden war, verschaffte er mir eine Arbeit in seiner Universität. Später trat er bei einem Kaufmann in Dienst, mietete eine Wohnung, und ich wurde seine Haushälterin. Die kirchliche Obrigkeit wurde mißtrauisch, und wir zogen um, erst nach Ely, dann nach Epping. Ich verliebte mich in Edwin, und wir ließen uns trauen und wurden Mann und Frau. Ein Wanderpriester vollzog die Trauung, aber in den Augen der Welt blieben wir Bruder und Schwester.«

Sie schob die Hände ineiander und verschränkte die Finger. »Alles weitere wißt Ihr. Edwin bekam eine Anstellung in der Kanzlei vom Grünen Wachs. Was sie dort trieben, war ihm ein Greuel, und er fand, man müsse die Behörde von dieser Korruption in Kenntnis setzen. Natürlich vergalten die anderen es ihm: Erst töteten sie sein Pferd, dann versuchten sie ihn zu vergiften. Ich kam als Mann verkleidet in unsere geheime Wohnung nicht weit von der Herberge des Abtes von St. Alban's. Ich hatte Angst um Edwin. In der Nacht seines Todes war ich in London. Er wollte zum Beten in die Kapelle von St. Thomas à Becket. Als er nicht zurückkam, wußte ich, was passiert war.« Sie strich sich das Haar aus dem Gesicht. »Ich bin froh, daß ich das Recht vollstreckt habe. Ich habe ihnen Rätsel geschickt. Ich habe ihnen angst gemacht. Sollten sie nur auch ein bißchen von der Arznei kosten, die sie Edwin verabreicht hatten.« Sie lächelte Athelstan an. »Als ich Euch begegnet bin, fragte ich mich gleich, wie es wohl weitergehen würde. Deshalb schlug ich so schnell zu. Aber dazu war nichts weiter nötig als ein bißchen Gerissenheit.« Sie nahm einen Schluck aus ihrem Humpen. »Selbstverständlich war ich in London, als Edwin starb. Auch schon vorher. Ehe es geschah, hatte ich schon eine Vorahnung. Als er nach dem Giftanschlag krank geworden war, hatte er mir einen Brief geschickt, und ich war nach London gekommen und hatte mich gefragt, was zu tun sei. Edwin wich nie von meiner Seite, wenn ich in der Stadt war. Ich hörte, daß die anderen Schreiber im ›Tanzenden Schwein‹ gefeiert hatten. Irgendwie wußte ich, daß sie für seinen Tod verantwortlich waren.«

»Und da hast du beschlossen, dich in zwei Menschen zu verwandeln?« fragte Athelstan.

»Ja, Bruder. Als Kind hatte ich bei meinem Vater Erfahrungen im Verkleiden gesammelt, und auch immer dann, wenn ich nach London reiste, um Edwin zu besuchen. Es war eine ausgefuchste Verkleidung. An dem Morgen, bevor ich Peslep umbrachte, war ich noch einmal in Edwins Dachstube, um sicherzugehen. Danach ging es einfach nur darum, immer dafür zu sorgen, daß Alison Chapler woanders war, wenn dieser junge Mann gesehen wurde. Als Ollerton starb, war ich in Southwark. Als ich Elflain erschossen hatte, setzte ich gleich über den Fluß, und das Fußeisen legte ich schon in aller Herrgottsfrühe in Naphams Stube.«

»Hast du gehofft, du könntest entkommen?« erkundigte sich Cranston.

Alison lächelte. »Im Grunde war es mir gleichgültig, Sir John. Ich habe mich nicht verkleidet, weil ich Angst hatte. Ich wollte nur genug Zeit und Mittel haben, um meine Rache durchzuführen.« Sie zuckte die Achseln. »Hätte man mich nicht gefaßt, so wäre ich wohl nach Epping zurückgekehrt, hätte dort meine Habe verkauft und mich in ein behagliches Nonnenkloster zurückgezogen. Männer wie Edwin sind selten; einen wie ihn würde ich nicht noch einmal finden.«

»Es war schlau von dir«, bemerkte Athelstan, »daß du dich absichtlich bei der ›Silbernen Laute‹ sehen ließest und dann den Wirt batest, ein Auge auf diesen geheimnisvollen jungen Mann zu haben, obwohl auch das mich hat aufmerksam werden lassen. Als wir nämlich William, dem Wiesel, begegneten, hattest du kein bißchen Angst, aber du benahmst dich, als hänge dein Leben davon ab, daß du die ›Silberne Laute‹ verläßt.«

»Ich wollte London erst verlassen, wenn das Ende dieses Spiels in Sicht wäre«, sagte Alison. »Nämlich die Vernichtung all dieser bösen Menschen.«

»Und Alcest? Warum hast du dir den Anführer nicht auch noch vorgenommen?«

»Weil es mir so paßte, Bruder. Sein Name ist das Ende der *poena*. Mein Plan war, daß er die Schuld an all diesen Morden auf sich nehmen sollte.« Sie sah Cranston an. »Habt Ihr herausgefunden, wo sie den Ertrag ihres verbrecherischen Treibens versteckt haben?«

»Nein«, sagte der Coroner. »Aber wie ich unseren Regenten kenne, wird er bei allen Goldschmieden und Banken der Stadt nach diesem Geld suchen.«

Alison erhob sich. »Ich nehme an, dies ist das Ende, nicht wahr?«

»Ja«, sagte Athelstan leise. »Das ist es wohl. Alcest hat Chapler ermordet. Du hast alle anderen umgebracht.«

»Ich muß dich verhaften.« Cranston kam um den Tisch herum.

Alison wühlte in ihrer Tasche und förderte einen Geldbeutel zutage. Sie schüttete die Münzen vor Athelstan auf den Tisch. »Das Spiel ist aus«, sagte sie. »Bruder, kümmert Euch um das Grab des armen Edwin. Ich habe bei meinem Pfarrer in Epping ein Testament hinterlassen. Alles soll verkauft werden, und das Geld sollen die Armen bekommen. Gott wird mich verstehen.«

»Ich komme mit dir«, erbot sich Benedicta.

»Gott verzeihe mir«, flüsterte Cranston und winkte Flaxwith heran, »aber du wirst nach Newgate kommen.«

»Ach ja?« Alison lächelte.

Athelstan erhob sich ebenfalls. Einerseits hatte diese junge Frau schreckliche Morde begangen, aber andererseits hatte sie von Herzen geliebt und in ihren eigenen Augen nur Gerechtigkeit geübt.

»Können wir denn nichts tun, Sir John?«

»Nein, Pater, das könnt Ihr nicht«, sagte Alison. »Ich möchte nicht, daß Sir John falsche Versprechungen macht. Diese Schreiber waren die Söhne einflußreicher Familien. Sollte ich irgendwo Zuflucht suchen, würden sie mich aufspüren, und wenn ich vor Gericht stehe, wird Geld von Hand zu Hand gehen.« Sie kam zu Athelstan und küßte ihn sanft auf beide Wangen. »Keine Sorge«, flüsterte sie. »Kümmert Euch um Edwins Grab und lest Messen für ihn und für mich.«

Sie ging zur Tür, wo Cranston, Flaxwith und Benedicta warteten.

»Ich gehe lieber, Bruder.«

Benedicta trocknete sich die Augen und deutete zu dem kleinen Schreibpult am Fenster hinüber. »Ach, es tut mir leid, aber als Ihr im Tower wart, ist Bruder Niall hier gewesen. Er hat einen Brief für Euch dagelassen.«

»Wahrscheinlich will er ein Buch zurückhaben«, sagte Athelstan hastig, bevor Cranston fragen konnte, was in dem Brief stand. Er ging zur Tür.

Alison lächelte noch einmal, Cranston wünschte eine gute Nacht, und alle gingen.

Als er allein war, setzte Athelstan sich auf den Schemel, bedeckte das Gesicht mit beiden Händen und sprach ein kurzes Gebet für Alison Chapler. »Ich habe nicht einmal erfahren, wie sie wirklich hieß«, murmelte er.

Als ob er wüßte, daß Samson weg war, kam Bonaventura zum Fenster herein, den Schwanz emporgereckt, den Kopf erhoben. Er warf seinem Herrn einen Blick zu, als sei er empört darüber, daß dieser es wagte, einen Hund ins Haus zu lassen. Dann sprang er auf das Pult, rollte sich zusammen und schlief ein.

Athelstan nahm Bruder Nialls Brief, erbrach das Siegel und fing an zu lesen.

Cranston und die anderen gingen zur London Bridge und wanderten dort zwischen den Häusern und Läden hindurch auf die andere Seite. Der Coroner ging vorneweg, Benedicta, die sich bei Alison untergehakt hatte, kam als nächste, und Flaxwith und Samson bildeten den Schluß. Bei der Kapelle von St. Thomas à Becket blieb Alison stehen.

»Sir John!« rief sie.

Der Coroner drehte sich um.

»Ich werde nie wieder Gelegenheit dazu haben«, sagte sie und deutete auf den engen Durchgang zwischen der Kapelle und der Brüstung am Rand der Brücke. »Ich möchte gern ein kurzes Gebet sprechen, wo der arme Edwin starb.« Sie schaute dem Coroner unverwandt in die Augen. »Bitte«, flüsterte sie und schob Benedictas Arm sanft von sich. Sie trat vor Cranston und zupfte ihn am Wams. »Bitte«, wiederholte sie. »Ihr wißt, was man mit mir machen wird. Ich werde keine Gnade finden. Nur ein paar Augenblicke. Bitte.«

Cranston warf Benedicta einen Blick zu, aber diese schaute weg. Flaxwith hockte vor seinem Hund und betrachtete eingehend dessen ledernes Halsband. Sogar der Hund wandte den Kopf ab.

Cranston hob den Blick zum Himmel. »Geh schon«, sagte er. »Geh und bete, und dann komme ich dich holen.«

Alison ging davon, ihre Sandalen klapperten in dem Durchgang.

»Sir John! Sir John!«

Der Coroner drehte sich um. Athelstan kam auf ihn zugelaufen, die Kapuze zurückgeschlagen, die Kutte mit einer Hand hochgerafft, glitschte und rutschte er durch den Matsch. Irgendwo öffnete sich ein Fenster, und jemand rief etwas heraus.

»Das Rätsel!« keuchte Athelstan. »Das allererste ... « Er starrte umher. »Wo ist Alison?«

»Ich ließ sie zum Geländer gehen«, sagte Cranston und zeigte zum Durchgang hinter der Kapelle, ohne Athelstan in die Augen zu schauen. »Sie hat gesagt, sie will beten, wo Edwin ermordet wurde.«

Athelstan rannte hinter die Kapelle, und Cranston und die anderen folgten ihm. In dem Durchgang war niemand. Ein Streifen Seide, den Alison sich um die Taille gebunden hatte, war an eine Strebe im Geländer gebunden und flatterte verloren im Abendwind. Athelstan spähte hinunter ins schäumende Wasser. Dann schloß er die Augen und sprach das Totengebet.

»Es ist besser so«, sagte Cranston. »Wirklich, Athelstan. Sie hatte genug gelitten. Ich wollte nicht mit ansehen, wie sie in Smithfield verbrannt wurde oder in Tyburn am Galgen baumelte. Und Gott weiß, welches Grauen sie in Newgate erwartet hätte.«

»Gott lasse sie ruhen in Frieden«, flüsterte Benedicta.

»Sie hat es angekündigt«, sagte Athelstan. »In jenem ersten Rätsel von dem König, der seine Feinde besiegt und am Ende mit den Besiegten am selben Ort liegt wie Schachfiguren, die man einsammelt und in den Kasten legt. Jetzt sind sie alle dahin: Peslep, Ollerton, Elflain, Napham und Alcest. Mein Gott, Sir John, was für ein verworrenes Leben wir doch führen.« Er drehte sich um. »Und wofür? Für ein bißchen mehr Gold, ein bißchen mehr Silber? Für zwei hübsche Brüste? Für Wein und Speise vom Besten, um uns den Magen damit zu füllen? Die Gier nach dem Geld ist sicher eine große Sünde. Dafür mußten diese Schreiber sterben. Alison mußte sterben. Drayton mußte sterben. Stablegate und Flinstead sind dazu verdammt, über das Antlitz der Erde zu irren wie die Söhne Kains, die sie ja sind.« Er rieb sich das Gesicht. »Sir John, sagt dem Menschenfischer, er soll ihren Leichnam suchen. Und er soll sie sanft behandeln. Laßt sie nach St. Erconwald bringen. Dort kann sie neben ihrem Mann ruhen, den sie liebte und den sie so skrupellos gerächt hat.«

»Ich begleite euch zurück«, sagte Cranston. »Es wird dunkel.«

Sie kehrten zurück nach Southwark. Sir John wollte ihn zu einer Erfrischung einladen, aber Athelstan lehnte ab.

»Bringt Benedicta nach Hause«, bat er. »Und sorgt dafür, daß ihr nichts passiert. Ach, Sir John ...« Athelstan drehte sich noch einmal um und ergriff Cranstons Hand. »Ihr seid groß in jeder Hinsicht, John, mein Freund«, sagte er leise. »Ein großer Körper, ein großer Geist, eine große Seele. Gott segne Euch, Sir John Cranston.«

Der Coroner warf ihm einen merkwürdigen Blick zu, aber Athelstan schüttelte nur den Kopf. Er drückte die dicke Pranke des Coroners und marschierte durch eine Gasse davon.

Zu Hause angekommen, verriegelte Athelstan die Tür. Er füllte sich seinen Humpen mit Ale, zündete eine Kerze an und griff nach dem Brief des Pater Prior, um ihn noch einmal gründlich zu lesen. Dann legte er ihn weg und weinte eine Weile. Bonaventura kam und sprang ihm auf den Schoß. Athelstan streichelte den großen Kater und nahm den Brief noch einmal zur Hand. Ein Absatz fiel ihm ins Auge:

> Bei deinem Gehorsamsgelübde befehle ich dir, St. Erconwald in aller Stille und so bald wie möglich zu verlassen. Nimm deine wenigen Habseligkeiten mit und begib dich unverzüglich in unser Haus in Oxford. Dort wirst du neue Anweisungen erhalten.

Athelstan setzte Bonaventura auf den Boden. »Je nun«, seufzte er. »Wenn nicht jetzt, wann dann?«

Die nächste Stunde verbrachte Athelstan damit, seine Sachen zu packen; er stopfte Manuskripte und seine übrige ärmliche Habe in seine verschrammten ledernen Satteltaschen. Er räumte den Tisch ab und säuberte die Speisekammer. Die Lebensmittel ließ er für seine Gemeinde zurück. Dann trat er hinaus in den Hof und überraschte Philomel, führte ihn aus dem Stall und warf ihm den verschlissenen Sattel über. Die Satteltaschen befestigte er mit einem Stück Schnur, und dann kehrte er noch einmal ins Haus zurück. Er vergewisserte sich, daß alles in Ordnung war, blies die Kerze aus und ging zur Tür. Hinter ihm miaute Bonaventura. Athelstan schaute zu ihm herab.

»Es liegt bei dir«, sagte er leise. »Es liegt ganz bei dir. Pater Prior hat gesagt, ich muß forgehen.«

Er hockte sich nieder und streichelte den Kater im Nacken. »Jammer kann ich nicht ertragen. Ich will nicht mitansehen, wie der alte Jack in Tränen ausbricht oder – noch schlimmer – wie Watkin versucht, mich in der Kirche einzusperren. Ich gehe nicht fort, weil ich es will, sondern weil ich es muß.«

Der alte Kater schaute zu ihm auf und musterte ihn aufmerksam mit seinem gesunden Auge.

»Es tut mir leid, daß ich ihm nicht schreiben kann«, sagte Athelstan. »Aber was in aller Welt könnte ich sagen? Vielleicht kommt der alte Jack nach Oxford und bringt Lady Maude und die Kerlchen mit? Oder Watkin? Er und Pike könnten eine Wallfahrt zu irgendeinem Schrein veranstalten und mich dabei besuchen. Philomel kommt mit, und wenn du willst, kannst du auch mitkommen.«

Der Kater tappte hinaus in die Dunkelheit. Athelstan zuckte die Achseln und schloß die Tür. Dann ging er zu Philomel und ergriff die Zügel.

»Komm, mein alter Freund«, murmelte er. »Wir werden ostwärts reiten, bis wir irgendwo die Themse überqueren können.« Er schaute zum Himmel. »Vielleicht irgendwo auf dem Feld schlafen. Wie auch immer – komm!«

Athelstan führte Philomel die Gasse hinunter. Er drehte sich noch einmal um und warf einen Blick auf St. Erconwald und erschrak, als etwas Weiches seinen Knöchel berührte. Bonaventura schaute erwartungsvoll zu ihm auf.

»Na gut«, flüsterte der Ordensbruder. »Dann komm.«

Und Bruder Athelstan, Mitglied des Ordens des Hl. Dominikus, ehemaliger Secretarius des Coroners der Stadt London, Sir John Cranston, und Gemeindepfarrer von St. Erconwald in Southwark, verließ Southwark, begleitet von seinem alten Schlachtroß und seinem getreuen Kater Bonaventura.